Isa Theobald & David Gray

Gebet für
Miss Artemisia Jones

Edition Roter Drache

Dieses Buch wurde klimaneutral gedruckt und versendet.

Klimaneutral
Druckprodukt
ClimatePartner.com/14701-2102-1005

1. Auflage April 2022

Copyright © 2021 by Edition Roter Drache

Edition Roter Drache, Am Hügel 7, 59872 Meschede

edition@roterdrache.org; www.roterdrache.org

Titeldesign: Ulf Torreck

Buchgestaltung: Holger Kliemannel

Lektorat: Alina Isabel Altendorf

Gesamtherstellung: Druckarnia Cyfrowa, Poland

ISBN 978-3-96815-031-4

Erster Teil

Gottes Werk und Satans Beitrag

«Die Vernunft kann sich mit größerer Wucht dem
Bösen entgegenstellen, wenn der Zorn ihr dienstbar
zur Hand geht.»
Papst Gregor der Große, um 595

Hölle

Zeit, einige Fakten geradezurücken. Nicht nur die, die ich im letzten Bericht leicht perspektivverkürzt dargestellt oder schlicht vergessen habe, sondern vor allem jene, die eure Herkunft betreffen.

Der wichtigste Punkt daher zuerst: Nein, auch ich habe keine belastbaren Informationen darüber wie, wodurch und weshalb die Universen entstanden sind. Aber soweit sich nichts Plausibleres an Erklärung findet, lasse ich mich dazu hinreißen, von einem Big Bang auszugehen, mit dem alles begann. Das Schöne genauso wie das Schreckliche.

Irgendetwas geht bei solchen Großereignissen schließlich immer schief. Letztlich sind wir alle nur Sternenstaub. Ob Menschen, Kakerlaken, Schmetterlinge, Riesenfarne, Dämonen, Finsterlinge, Engel oder Gott – läuft alles auf dasselbe hinaus.

Zunächst waren Engel weiter nichts als formloses Bewusstsein, das durch die Tiefen der Dimensionen trieb.

Asrael war die erste, die sich eine Form zu geben vermochte und sich damit von den anderen abspaltete. Die ähnelte zwar nicht der, in der sie heute auftritt, aber Rom wurde schließlich auch nicht an einem Tag erbaut.

Gott imitierte Asrael und gab sich ebenfalls eine Form. Auf Gott folgte ich selbst und auf mich wiederum Lilith und auf sie nach und nach alle übrigen Engel, die sich selbst aus diesem Bewusstsein gebaren. Und ja, das bedeutet genau das: Gott ist ein Engel wie wir anderen auch. Nur eben ein paar Sekundenbruchteile älter als alle anderen Engel. Aber eben auch um ein paar Sekundenbruchteile jünger als Asrael.

Wobei wir feststellten, dass eine physikalische Notwendigkeit existierte, die dafür sorgte, dass wir uns nicht alle in die gleichen Formen bringen konnten. Was ich schon immer damit erklärt habe, dass große Charaktere eben mehr an Körperraum beanspruchen als kleingeistige Korinthenkacker. Dass einige von uns sich weiblich, andere männlich und wieder andere in ein ständiges Wechselgeschlecht materialisierten, spielte lange für keinen von uns irgendeine Rolle. Nur Gott war gleich zu Beginn der Formgebungsphase leicht angepisst, weil er nämlich anders als wir übrigen gar keine Geschlechtsorgane abbekam und sie auch später nicht mehr nachrüsten wollte.

Neben Engeln materialisierten sich weitere Wesenheiten in den Tiefen der Universen. Die meisten waren gerade komplex genug, um ihnen später eine Rolle als Dämon, Finsterling oder Hilfsengel zuzuweisen. Doch in

einigen Falten der Universen und der wirklich grauenhaften Zwischenwelten treiben sich auch Wesen herum, die selbst mir Respekt einflössen und von denen sich sogar Asrael und Gott fernhalten. Das sind die Großen Anderen, die hier allerdings nur eine unbedeutende Nebenrolle spielen, weswegen ich euch mit zu vielen Details über die gar nicht belasten will.

Stellt euch die Universen am besten als eine unfassbar riesige Matrjoschka-Puppe vor. Sie ist nahezu eiförmig, hohl und enthält ein weiteres, etwas kleineres Universum, das wiederum ein noch etwas Kleineres enthält und immer so weiter, bis nahezu unendlich.

Doch wo Gott recht hat, hat er nun Mal recht. Sämtliche Universen können nur deswegen zugleich existieren, weil sie miteinander eine gewisse Balance halten. Sollte die einmal gestört werden, drohen Universenbeben.

Erst neulich hätte die erstaunliche Miss Artemisia Jones beinah eins davon bewirkt, weil sie sich so sehr mit dem Zorn unschuldig geopferter Endlinge auflud, dass sie eine Quantenanomalie auszulösen drohte, die wiederum zu einem solchen Universenbeben hätte führen können. So etwas macht sogar Asrael Angst, weil diese Beben, sollten sie heftig genug ausfallen, das Ende von allem bedeuten könnten. Die Apokalypse, von der der Hochstapler

6

Johannes in seiner Offenbarung schreibt, hätte gemessen daran ungefähr die Relevanz eines umgeknickten Füllhaars am Schwanz einer sich eben häutenden Wolkenkuh.

So weit, so ungemütlich.

Jetzt zu der wirklich unangenehmen Neuigkeit, Endlinge. Ihr verdankt eure Existenz keinem großen göttlichen Plan. Die einzigen Pläne, die Gott je geschmiedet hat, haben etwas damit zu tun, wie er seine Macht unter uns Engeln ausbaut. Ihr seid für ihn dabei höchstens als Geiseln, Komparsen oder unwillige Komplizen interessant.

Eure Existenz verdankt ihr einem göttlichen Rülpser.

Ja, ihr habt richtig gelesen: Gott hat euch sozusagen in die Existenz gerülpst. Und selbst das nur aus Versehen.

Vor einigen Äonen surfte er die Schwarze-Loch-Welle und landete dabei auch auf eurem Planeten, wo er beschloss, sich etwas auszuruhen. Schwarzes-Loch-surfen macht ihm viel Spaß. Aber es hat auch Auswirkungen auf seine Verdauung, weswegen er jenen folgenschweren Rülpser tat, sich aber schließlich von der Erde abwandte und weiter surfte.

Als ihm ein paar Millionen Erdenjahre später allmählich aufging, was sein Aufstoßen angerichtet hatte, fand er das chaotische Wimmeln und Treiben auf der Erde so abstoßend, dass er einen Kometen aus seiner Bahn stieß

und ihn Richtung Erde sandte. Wo der mit einer gigantischen Explosion einschlug, die so ziemlich sämtliches Leben dort vernichtete.

Danach surfte er in unsere Dimension zurück und hatte eine Idee. Das kommt bei ihm äußerst selten vor und ist daher immer wert, besonders hervorgehoben zu werden.

Er kehrte also um und schaute nach, ob vielleicht irgendetwas an Leben auf der Erde den Kometeneinschlag überstanden hätte. Wobei er feststellte, dass einer Kolonie von schwefelfressenden Kleinstwesen genau das gelungen war. Die machten ihm keine Sorgen.

Befriedigt kehrte er zu uns übrigen Engeln zurück.

Einige Zeit später fiel mir auf, dass Gott sich zusammen mit seinen liebsten Speichelleckern Gabriel, Michael und Raphael regelmäßig absonderte. Asrael, der mädchenhafte Tod, machte mich schließlich darauf aufmerksam, dass ich besser vorsichtig sein sollte, weil die vier Streber irgendetwas auskochten, das vielleicht die bisher geltende Hierarchie unter den Engeln umstoßen könnte.

Mir war das eigentlich egal. Um ein Auge auf Gottes Intrigenspielchen zu halten, war ich zu träge. Außerdem war da ja noch diese Sache mit dem Sex, den ich entdeckt hatte, und dessen Verbreitung unter den Engeln mir einen erfreulich langanhaltenden Popularitätsschub beschert hatte.

Von Beginn an war ich Gott ein Dorn im Auge gewesen, weil ich mich nicht für irgendeine der Aufgaben einspannen ließ, die er – überzeugt von seiner grundsätzlichen Überlegenheit – unter den Engeln so breithändig verteilte, wie Karnevalsprinzen Kamelle von Umzugswagen warfen.

Abgesehen von mir selbst und Asrael ließen sich alle übrigen Engel auch relativ widerspruchslos in seine kleinliche Hierarchie einsortieren und spielten darin so fügsam ihre Rollen, als gälte es damit in einer Lotterie zu gewinnen. Unter uns Engeln geht es ähnlich zu wie unter Endlingszwillingen: Die Älteren geben den Ton an. Selbst wenn älter sein nur einen Unterschied von wenigen Wimpernschlagsdauern bedeutet.

Da ich zu den ältesten Engeln zählte, musste ich mir keine Sorgen machen, dass Gott mir je wirklich ernsthaft ins Getriebe fuhr, weil ich nämlich beinah so mächtig war wie er selbst. Außerdem glaubte ich, dass er sowieso nicht clever genug sei, mich je zu irgendetwas überreden zu können, was ich nicht wollte.

Daher hegte ich schon ewig den Verdacht, dass der Plan, den er später aushegte, um mich auf Kante zu stoßen und für seine Vorhaben einzuspannen, nicht vollständig auf seinem eigenen Mist gewachsen sein konnte.

Asrael wusste immer schon, was Tod war. Kein Wunder, schließlich war sie ja diejenige, die ihn brachte. Uns übrigen Engeln war Tod die längste Zeit nicht bewusst. Bisher war keiner von uns an sein Ende gelangt, und Asraels Dienste beschränkten sich darauf, implodierenden Sternen, explodierenden Planeten und schrumpfenden Universen beim Übergang in eine der Zwischenwelten zu begleiten, die selbst sie nur für sehr kurze Zeit betreten kann.

Und, Endlinge, was scheren einen Engel schon implodierende Sonnen? Die sind höchstens interessant, falls sie zu einem Schwarzen Loch werden, das auf einer der berühmten Surflinien liegt.

Was den Tod betraf, waren wir also alle glücklich ignorant, bis Gott uns auf die Erdumlaufbahn einlud, um uns von dort aus vorzuführen, was er damals mit seiner Körperfunktion in Gang gesetzt hatte.

Wobei man vielleicht erklären sollte, dass so ein »kurzer Abstecher« von uns Engeln in eine Planetenumlaufbahn in Erdenjahren gerechnet leicht ein paar tausend davon umfassen kann.

Und sowieso, Endlinge, läuft das mit der Zeit nicht so, wie ihr euch das bislang vorgestellt habt. Zeit ist nämlich nicht linear, sondern gekrümmt. Sie ist so etwas wie eine gigantische Salatschüssel, an deren Oberkanten und

10

Seiten sie anders abläuft als auf ihrem unfassbar tiefen Grund. Weswegen unsere Engelszeit zuweilen so viele verschiedene Zeitgitterebenen umfasst, dass sie von euch niemals wirklich begriffen werden kann.

Da das so weit geklärt ist – zurück zum Wesentlichen. Gott unternahm also mit uns Engeln seinen Betriebsausflug zur Erde.

Die meisten von uns waren nicht sonderlich begeistert von den ersten eurer Art, denen wir von der Erdumlaufbahn dabei zuschauten, wie sie den aufrechten Gang lernten und die ersten primitiven Werkzeuge herstellten. Man muss auch mal ganz deutlich sagen, Endlinge, dass ihr nackt und ohne Flügel keinen besonders ästhetischen Anblick abgebt.

Während Gott sich unverdrossen weiterhin in seiner Aus-Versehen-Kreation sonnte, sahen wir den ersten von euch sterben. Verwundert starrten wir Engel auf ihn herab und fragten uns, weshalb dieses Halbwesen nicht wieder aufstand und sich seine Wunden leckte.

»Alles, was entsteht, ist wert, dass es zugrunde geht«, klärte Asrael uns auf und begleitete dann mit einem ihrer traurigen Teenagerblicke gleich eine ganze Horde

gestorbener Endlinge in die ihnen zugewiesene Zwischenwelt.

Gott war vom Anblick der sterbenden Endlinge und Tierwesen ebenso geschockt wie wir anderen.

»Beim Wolkenkuhtanz!«, rief Michael aus. »Die vermehren sich ja schneller als Knorpelnusswanzen. Asrael, was geschieht mit all denen, die dort unten ihre Ichs aushauchen? Wenn das so weitergeht, verstopfen die uns noch jede Zwischenwelt mit ihren debilen Bewusstseinsresten!«

»Papperlapapp!«, regte Gott sich auf. »So schlimm ist das nicht!«

»Doch!«, entgegnete Asrael leise. »Früher oder später wird sich jemand darum kümmern müssen, sie zu sortieren und aufzubewahren. Ich bin nur eine Botin.«

»Na ja, ist wohl klar, wer das übernimmt. Gott hat uns das eingebrockt. Also wird er sich auch um die metaphysische Müllabfuhr kümmern müssen. Diese Rest-Ichs einfach in einem Zwischenuniversum zu stapeln, kann keine Lösung sein. Zumal die nackten Zweibeiner ja nicht die einzigen sind, die dort unten über ein Bewusstsein verfügen!«, sagte ich.

»Gott? Nee! Asrael wird das übernehmen, oder? Die kümmert sich doch sogar um Planeten und ausgebrannte

12

Kleinsonnen!«, widersprach mir Gabriel in einem Tonfall, als sei damit alles gesagt, was gesagt werden musste.

»Planeten reden nicht viel, aber die haben auch Seelen. Alte, krumplige und zerknitterte«, widersprach Asrael. »Und ich habe bereits zu viele von den Endlingen da unten aus unbequemen Universumsfalten gefischt und in einen vorläufigen zentralen Zwischenspeicher gepackt. Aber der ist auch mal erschöpft und ich werde sie nicht weiter in diesem Niemandsland mit Langeweile foltern, nur weil Gott eines Tages aus Versehen auf den falschen Planeten pinkelte und uns damit diese Katastrophe bescherte!«

Gott sah Asrael pikiert an. »Gerülpst! Ich habe da nicht hingepinkelt. Sondern nur gerülpst!«

»Na ja, rülpsen ist ja wie anlecken, oder? Satan sagt, wer einen anderen bei diesem neuen Sexdings anleckt, der hat ihn während der Dauer des Spiels am Hals. Du hast den Planeten angeleckt, jetzt ist er dein! Lasst uns zurückkehren. Satan hat versprochen, eine neue Lektion zu geben. Da freu ich mich schon die ganzen letzten drei Traverssonnenrunden drauf«, sagte Uriel.

»Iiiih! Gott hat nen Planeten angeleckt?«, regte Michael sich auf, der schon immer ein Hygienefreak gewesen war.

»Ich habe den Planeten nicht angeleckt! Ich habe da unten bloß aufgestoßen!«, entgegnete Gott wütend. »Aber

wenn ihr darauf besteht, räumen wir ihnen eben einen richtig großen Zwischenweltraum frei, da können sie sich dann meinetwegen tummeln, bis ihr Universum implodiert.«

Doch die Wesen dort unten waren durchaus komplex und sie brauchten mehr an Fürsorge als eine kalte staubvernebelte Zwischenwelt, in der sie orientierungslos herumwanderten, um über den Schock des Sterbens hinwegzukommen. Andererseits hatte Uriel auch gerade zugegeben, dass sie sich auf meine Sexlektionen freute und sie war meine eifrigste Schülerin, die darauf bestand, jede Übung mindestens drei Mal zu wiederholen, um sicherzustellen, dass sie die wirklich draufhatte. Was mir durchaus entgegenkam. Schließlich war ich derjenige, mit dem sie übte.

Asrael schaute Gott zorniger denn je an. »Nicht wir, Gott! Das da liegt in deiner Verantwortung! Da unten sind ein paar Seelen, die fast so groß sind wie unsere. Und es werden mehr dazu kommen. Falls du nichts unternimmst, um das Chaos zu regeln, verstopfen sie schließlich das Universum und werden gegen uns aufbegehren!«

Keiner von uns hatte Asrael je so gesehen.

Gott gab auf.

Keiner von uns war so tollkühn sich Asrael in den Weg zu stellen, wenn sie derart zornig war.

»Alles sonst erledigen wir gemeinsam. Aber wenn es mal eine Aufgabe gibt, die wirklich Fingerspitzengefühl erfordert, dann bleibt die an mir allein hängen? Das ist unfair!«, maulte Gott

»Wie Uriel schon sagte: Du hast es angeleckt, also ist es deins. Ich hoffe nur, du kannst mit der neuen Verantwortung umgehen«, rieb ich genüsslich Salz in seine Gekränktheitswunde.

»Also Satan, du, das finde ich jetzt aber wirklich gemein von dir, dass du Gott so von oben herab behandelst«, beklagte sich Michael Hygienefreak, der mich nicht mehr mochte, seit er kapiert hatte, dass meine neue Sexentdeckung in ihrer praktischen Ausübung darauf hinauslief, Körperflüssigkeit mit anderen Wesen auszutauschen.

»Wieso werden die Halbseelen eigentlich immer mehr, Asrael? Wir Engel haben uns ja auch nicht vermehrt«, fragte Gabriel. »Sind die etwa so was wie Dämonen, die sich aus sich selbst teilen und vermehren können?«

»Na, sieh doch hin! Die tun das, was Satan Sex nennt, und irgendwie kommen da kleine Seelen in winzigen Körpern heraus. Geil. Total spannend!«, sagte Uriel.

»Mooooment mal!«, wandte sich Gott mir zu. »Sex? Das, was die da unten tun ist dasselbe, was Uriel, Samuel, Seraphina und Jokasta mit dir treiben?!«

»Gabriel hat da auch schon mitgemischt! Und Lanael auch!«, petzte Michael.

»Interessant!«, trumpfte Gott auf. »Falls das dasselbe ist, was Satan uns als seine Entdeckung verkauft hat, dann fällt's mir aber sehr schwer, da an einen Zufall zu glauben. Satan, dazu musste dich jetzt aber mal wirklich äußern! Wir warten!«

Asrael hatte mich ja gewarnt, dass mein Schwindel früher oder später auffliegen würde. Und jetzt war es so weit.

Klar hatte ich Sex erfunden. Jedenfalls den zwischen Engeln.

Eines Tages war ich allerdings heimlich Gott und seinen drei Speicheleleckern auf ihrem Schwarze-Loch-Surftrip zur Erde gefolgt, aber dann etwas länger geblieben, um mir genauer anzuschauen, was Gott dort angerichtet hatte.

Dabei fiel mir auf, dass sämtliche beseelten Wesen dort unten in der ein oder anderen Form demselben Sexhobby frönten wie wir Engel. Nur diente es bei ihnen, anders als bei uns Engeln, eindeutig dem Zweck, Nachkommen in die Welt zu bringen.

Einige Regeln und Gesetze der Universen sind nun mal universell. Dieses Sexdingens zählte offenbar dazu, dachte ich, und wunderte mich zugleich darüber, wie mechanisch

16

und lustlos die Wesen da unten dem Sex nachgingen, der uns Engeln doch solche Freude bereitete. Jedenfalls all denen, die sich, anders als Michael, nicht zu fein dafür waren, auch mal ein paar Körperflüssigkeiten auszutauschen. Also beschloss ich, mir dieses Treiben noch etwas näher anzuschauen, begab mich ein paar Mal heimlich allein auf die Erde und mischte dort für eine Weile bei den Sexspielchen mit.

Möglicherweise war ich dabei eine WINZIGKEIT zu enthusiastisch vorgegangen und hatte den Endlingen dort Sex etwas zu begeistert schmackhaft gemacht. Sodass selbst die wimmelnden Kleinstwesen ihm inzwischen mit deutlich größerer Ausdauer und Leidenschaft frönten, als ich erwartet hätte.

»Satan? Wir warten!«, drängte Gott und revanchierte sich zugleich für meine Schadenfreude vorhin.

»Wir warten, wir warten?!«, äffte ich Gott nach. »Worauf denn? Ja, ich geb's zu, ich war schon mal hier und habe denen da unten dabei einige absolut unmaßgebliche Sexdetails beigebracht, die ihnen die Freude an ihrem bisschen glanzloser Existenz erhöht haben. Na und?«

»Nee, so einfach kommste hier nicht davon, Satan! Ich kenne dich doch! Du hast denen da unten nicht bloß theoretische Lektionen erteilt. Du hast da kräftig mitgemischt!

Und, wenn dieses Sexdingens, was die dort ständig treiben, dazu führt, dass die sich vermehren wie die Knorpelnusswanzen, dann hast du bei deinem Besuch zu ihrer Vermehrung ja wohl *mindestens beigetragen*, wenn du die nicht sowieso *immens beschleunigt* hast!«, mischte sich Raphael ein, den Uriel schon länger im Verdacht hatte, dass er jeder unserer Sexübungen heimlich zuschaute, um Gott darüber zu berichten.

»Gott hat die da unten in die Existenz gepinkelt und Satan hat ihre Vermehrung beschleunigt. Also kümmern die beiden sich auch darum, was mit dem metaphysischen Restmüll wird, der dort anfällt«, versuchte Gabriel die Diskussion zu beenden und damit davon abzulenken, dass er gegen Gottes Rat hin auch an unseren Sexübungen teilgenommen hatte.

»Ich kann Satan nicht mal leiden!«, maulte Gott.

»Danke, die Abneigung beruht auf Gegenseitigkeit!«, giftete ich in der Hoffnung, dass ein Gezänk zwischen Gott und mir Gabriels Idee bei den übrigen in Vergessenheit geraten lassen würde.

»Hört auf zu streiten!«, sagte Uriel. »Gabriel hat Recht. Eine saubere Kompetenzaufteilung zwischen Satan und Gott löst das Problem. Asrael könnte ja eine Doppelzwischenwelt freischaufeln, die Satan und Gott dann hübsch

18

gemütlich ausstatten und dort diese Rest-Ichs verwahren. Ab und zu besuchen Gott und Satan ihre Zwischenwelten und trösten ihre jeweiligen Seelenrestpfleglinge. So schwer kann das nicht sein.«

Keiner widersprach ihr. Was mich höchst misstrauisch machte.

»Satan ist zu unzuverlässig, um eine solche Verantwortung übernehmen zu können!«, beschwerte sich Gott schließlich in das Schweigen der übrigen Engel hinein.

»Das ausgerechnet von dir, du machtgeiler Streber! Ich unzuverlässig? Dass ich nicht laut lache!«, schoss ich zurück.

»Dann beweis doch, dass du es draufhast, und nimm die Mission an«, provozierte mich Gott.

»Ich habe ein Recht auf Faulheit! Du posaunst doch ständig überall herum, dass du unzufrieden damit bist, wie die Dinge laufen und spielst den übereifrigen Organisator! Na los, hier auf dem Planeten kannst du dich so richtig austoben, Gott!«

»Satan, Liebster, sag mal, diese armen Halbseelchen da unten, tun die dir nicht ein klitzekleines bisschen leid?«, fragte Uriel, wedelte ein wenig mit den Flügeln und holte dann so tief Luft, dass ihre drei Brüste mit den sechs Nippeln sich hübsch blähten.

»Nur, falls die Gott in die Hände fallen. Der wird sie mit seinen Vorträgen über angemessene Hierarchiestrukturen so lange zulabern, bis sie sich vor lauter Langeweile selbst auflösen!«

»DAS muss ich mir von DIR nicht anhören, Satan! Nur weil ich dagegen bin, dass man jede Mode und jedes bisschen Trend mitmacht, bin ich ja wohl noch lange kein Langweiler!«

»Ach? Was meinst du denn damit: Jede Mode und jedes bisschen Trend mitzumachen, hm, Gott? Sex? Aber wir anderen können nichts dafür, dass du davon nichts hast, weil an deiner Form das nötige Werkzeug fehlt!«

»Mir fehlt da gar nix, danke sehr. Ich beschäftige mich eben mit höheren Dingen, du Milchstraßenschlammzüngler!«, giftete Gott zurück.

Ich hatte zwar gar nichts dagegen, dass Wesen zu leiden hätten, die ihre Freude daraus zogen, andere Wesen leiden zu sehen. Aber es widerstrebte mir zutiefst, dass die Engel erwarteten, dass jede der armen Seelen auf diesem komisch blauen Planeten – ob sie es nun wollte oder nicht – Gott überantwortet werden sollte. Der sie nicht nur mit seinen ewigen Harmonielitaneien unnötig quälen würde, sondern sie früher oder später garantiert dazu nutzen könnte, seinen Status unter den Engeln weiter zu erhöhen. Und Uriels

Vorschlag anzunehmen, hieße zumindest Gott einen Strich durch seine blöde Statuserhöhungsrechnung zu machen.

»Krummbeinchen? Uriel hat recht. Du kannst nicht alle Seelen Gott überlassen. Das wäre nicht fair«, sagte Asrael und zupfte mir dabei an meinem empfindlichsten Pohaarbüschel.

»Au!«, sagte ich.

Gott grinste.

Mir kam eine Idee, wie ich Gott für die nächsten Äonen in den Wahnsinn treiben konnte, sollte ich mich darauf einlassen, die Verantwortung für eine überschaubare Anzahl der dort unten auf dem blauen Planetenumher wimmelnden Halbseelen mit ihm zu teilen.

»Was ist nun, Satan? Wir warten immer noch. Du wirst dich ja wohl vor deiner moralischen Verantwortung nicht drücken wollen?!«, drängte Gott auf eine Entscheidung.

»Falls ich mich für die da krumm machen soll, will ich auch was davon haben!«, verkündete ich.

»Du bist aber nicht in der Position Bedingungen zu stellen, Satan«, zischte Gott.

»Also, na ja, Gott, Satan kann ja vielleicht schon eine Bedingung stellen, oder? Immerhin müsst ihr bei dem Projekt länger zusammenarbeiten und in so einer Partnerschaft sollte man schon großzügig zueinander sein«, laberte

Gabriel sich halbwegs wieder auf meine Seite, zweifellos, weil er fürchtete, dass ich ihn von meinen Sexlektionen ausschließen könnte.

Gott blieb weiterhin vorsichtig und fragte, worin meine Bedingung denn nun bestehe. Ich erklärte es ihm.

Er dachte einen Moment darüber nach, wozu er seinen Kopf ein wenig schräg hielt und leise vor sich hin wiederholte, was ich gerade gesagt hatte.

Doch ich blieb fest und wir einigten uns schließlich. Allerdings bestand Gott darauf, dass ich mich um sämtliche Rest-Ichs zu kümmern hätte, die wiederholt einem gewissen, von ihm spontan festgelegtem Moralkodex zuwidergehandelt hätten. Und er bestand darauf, dass ich denen auf meiner Müllhalde nicht nur Friede, Freude, Eierkuchen bot, sondern dort auch dafür sorgte, dass sie ihre Verfehlungen bereuten.

Natürlich war sein Moralkodex absolut engstirnig und völlig auf seine angebliche Bedeutung zugeschnitten.

Mir war das egal. Ich hätte sowieso nicht die Rest-Ichs haben wollen, die sich seiner Liste an blöden Geboten widerspruchslos beugten. So blöd war ich nicht, mir eine solche Last wie diese Rest-Ich-Seelenmüllhalde aufzuhalsen, wenn ich mich dort dann mit Unmengen an Langweilern zu umgeben hatte.

Eins müsst ihr wissen: Bei allem, was er anrichtete, ging es Gott niemals darum Verderben zu stiften. Denn böse ist er nicht. Was ihn antreibt ist der Wille, seine Vorstellungen vom Universum und wie es sein sollte in die Realität umzusetzen. Sein Problem dabei ist, dass seine Vorstellungen einfach zu schlicht für das Universum ausfallen.

So schlossen wir damals unseren Pakt und gingen an unsere Arbeit.

Im Laufe der Äonen blieb es nicht bei diesem einen Pakt. Inzwischen sind acht meiner Bürokratiefinsterlinge nötig, nur um die Kurzversion aus den Regalen zu ziehen.

Trotzdem weiß ich, dass ich letzten Endes den besseren Deal gemacht habe.

Gott brachte seine Speichelleckerclique in Wallung und gemeinsam erschufen sie sein todlangweiliges Paradies, während ich meiner Trägheit vorübergehend entsagte und die Fundamente für den Ort legte, den ihr inzwischen Hölle nennt.

Ich nehme an, dass ihr euch schon so richtig stabil langweilt, Endlinge?

Gut.

Gott hatte euch und alles andere was bei euch so kreucht, fleucht, wächst und gedeiht also wortwörtlich ins Universum gerülpst. Aber weil er keinen Sex haben konnte und auch gar keinen wollte, hatte er auch nie Kinder. Wäre übrigens gut, wenn das mal endlich einer von euch in all den angeblich so wahren heiligen Büchern ändert. Ihr seid nicht Gottes Kinder. Ihr seid höchstens Ergebnis seiner Körperfunktionen.

Doch ich wiederhole mich.

Wie schon gesagt, ist Asrael die älteste von uns. Gott wiederum ist ein paar nahezu unmessbare Zeiteinheiten jünger als sie, während ich eine Winzigkeit jünger als Gott bin und nach mir ein weiblicher Engel namens Lilith sich ihrer selbst bewusst wurde. Auf sie folgten sämtliche Alt- und Vollengel, Gabriel, Michael, Uriel, Lanael, Samuel, Seraphina, Jokasta und all die übrigen.

Lilith hat gleich nach mir unter uns älteren Engeln bei euch das wohl mieseste Image abgekriegt. In euren Legenden und der Propaganda von Gottes uniformierten Fanboys- und (weniger!) Girls gilt sie als Dämonin, die unschuldige Jünglinge zum Sex verführt oder bei Gelegenheit auch schon mal kleine Kinder frisst.

Oookay, ich habe irgendwo weiter oben ja behauptet, dass ich die Lust am Sex ganz allein erfunden hätte.

24

Das entspricht natürlich der wahrsten Wahrheit, ich bin schließlich kein Lügner wie Gott.

Aber vielleicht habe ich vorhin nur aus purer Zerstreutheit zu vermerken vergessen, dass diese Sache mit dem Sex zumindest so etwas wie eine Geburtshelferin gehabt hatte.

Denn eines schönen Abends, lange bevor irgendeiner von uns auch nur ahnte, was Gott auf dem blauen Planeten angerichtet hatte, schlenderte Lilith an meinem Lieblingsort vorbei, schüttelte ihre Flügelfedern aus, setzte sich zwischen Asrael und mich und maulte laut und nervig: »Kopfschmerzen!« (Sie tat es so, dass dahinter eigentlich achtzehn Ausrufezeichen hätten stehen sollen, aber so viel Platz habe ich nicht, die alle hier drucken zu lassen, weswegen das eine genügen muss).

»Tja, blöd!«, entgegnete Asrael und bewarf Lilith mit einer Handvoll Knorpelnussschalenresten. Die Wolkenkühe flogen tief und zwei Sonnen schienen über uns, weder ich noch der mädchenhafte Tod hatten wirklich Bock darauf, uns an Liliths Befindlichkeiten abzuarbeiten.

»Laaaangweilig!«, sagte Lilith.

»Wir könnten Wolkenkühe ärgern«, schlug ich halbherzig vor, streckte meinen Zeigefinger aus und wirbelte die über uns muhenden und blökenden Wolkenkühe durcheinander.

Meine Idee kam nicht so an.

Ich erntete von meinen beiden Mitengeln Augenrollen, das so voller Verachtung war, dass Gott sich bestimmt hätte einschüchtern lassen. Aber ich bin Satan, mir macht selbst das verdoppelte Augenrollen von Lilith und dem mädchenhaften Tod kaum etwas aus.

Ich schob also weiter Wolkenkühe umher und brachte zehn von ihnen dazu, sich in einem ganz besonders hübschen Wirbel zu drehen.

»Hör auf die Kühe zu nerven, Satan!«, rief Lilith.

Ausnahmsweise gab ich nach und stoppte den Kuhwirbel, woraufhin die belämmerten Viecher sich wacklig voneinander trennten und in jede nur erdenkliche Richtung davonflogen.

»Gott hält gleich einen Vortrag über Symmetrie und Harmonie. Erscheinen Pflicht«, sagte Lilith leise.

»Und da findest du, dass das hier langweilig sei?«, entgegnete ich.

»Mäh!«, antwortete Lilith. »Du drückst dich ja immer vor seinen Versammlungen.«

»Ich bin fast so alt wie er. Ich darf das!«

Asrael nickte mir achselzuckend zu. Doch Lilith, die es bisher nie gewagt hatte sich Gott zu widersetzen, weil sie im Grunde zu fügsam und unentschlossen war, schüttelte

beleidigt den Kopf. »Wenn Gott sagt, dass dieses Mal alle teilnehmen sollen, dann meint er auch alle! «

»Bei den vielen neuen Hilfs- und Viertelengeln, die er geholt hat, merkt er doch gar nicht, dass wir nicht dabei sind«, sagte Asrael.

Vor einigen hundert Düstersonnenjahren hatte Gott darauf bestanden, dass seine Speichelleckercrew die Universen nach übriggebliebenen Bewusstseinssplittern durchsuchte, die bislang dort noch gestaltlos umherräuten. Dann hatte er sie dazu gezwungen sich in Engelsgestalt zu verfestigen. Und die so entstandenen Halb-, Viertel- und Hilfsengel in das Heer seiner Gefolgschaft eingegliedert.

Asrael fand das unverantwortlich von ihm.

Mir war das allerdings seinerzeit schon relativ egal gewesen. Die meisten dieser jüngeren Engelswesen rangierten intelligenzmäßig sowieso nur knapp über Wolkenkühen und waren daher weit unter meinem Niveau.

»Na ja, die letzten Male hat er durchzählen lassen und wenn da wer fehlte, gab's Ärger!«, sagte Lilith und wirkte dabei besonders eklig eifrig. Sie konnte so eine furchtbare Streberin sein.

»Er nennt diese Vorträge mit Versammlung übrigens neuerdings Plenum und jeder, der irgendein Problem hat, darf es aussprechen und wird von ihm angehört.«

»Oh, Gott hört zu! Ist ja mal ganz was Neues!«

»Du bist in letzter Zeit immer sooooo negativ, Satan! Macht wirklich keinen Spaß, mit dir zu diskutieren!«, setzte Lilith nach und tappte mir dabei auf meine anatomische Mitte, wohl weil sie hoffte, damit ihr Argument untermauern zu können.

Es war nicht so, dass nie zuvor irgendwer anders als nur ich selbst meinen Schwanz und die roten Eier berührt hätte. Ich wusste natürlich, wie gut sich das anfühlte, wenn ich selbst hin und wieder damit spielte. Das half mir sogar beim Nachdenken. Außerdem geriet man auch schon mal ins Gedränge und andere Engel berührten einen zufällig dort. Aber Liliths Geste löste eine Welle von warmen und tiefen, angenehmen Emotionen aus, die mir in dieser angenehmen Dichte neu waren.

»Mach das noch mal«, sagte ich.

Sie legte den Kopf zur Seite und schaute mich misstrauisch und herausfordernd an. »Nur, wenn du nachher mit zum Plenum kommst.«

»Hm, na ja, vielleicht«, antwortete ich zwar, obwohl ich nicht daran dachte, mich da blicken zu lassen.

Liliths nächste Berührungen dauerten länger und weil sie dabei etwas mit ihren Fingern machte, fühlten die sich sogar noch besser an. Sie konnte auch gar

nicht umhin, das Offensichtliche zu postulieren: Mein Schwanz wurde hart.

»Nicht übel!«, kommentierte sie. »Aber das ist ein bisschen einseitig, oder?«

Musste das jetzt sein, fragte ich mich genervt, diese blöde Gerechtigkeitsdebatte?

Lilith erhöhte die Taktzahl ihrer Streichelbewegungen, ergriff dann meine linke Hand und legte sie auf ihre linke Brust. »Streicheln! Nicht zwirbeln! Und sanft! Sonst hör ich auf!«, drohte sie,

Was denn nun noch?, dachte ich. Keiner konnte es ihr je recht machen. Erst sollte ich zum Plenum gehen und jetzt ihre Brustnippel massieren?

Trotzdem spielte ich mit.

Hm, das fühlte sich überraschend gut an.

Asrael schaute uns zuerst neugierig, jedoch gleich darauf nur noch gelangweilt zu. »Oooch, Sex?! Really? Das hat sooo ewig gedauert, bis ihr da draufkommt!«, sagte sie, und entmaterialisierte sich in einem Luftflimmern.

Lilith und ich setzten unser neues Spiel fort, streichelten und berührten uns schließlich gegenseitig überall dort, wo das diese angenehm dichten Gefühle auslöste.

Schließlich legte sie ihre Lippen auf meine Brust und küsste mich. Das war irre. Ich wollte mehr davon und

immer mehr. Und weil Lilith daran auch ihren Spaß hatte, arbeitete sie sich mit ihren Lippen die komplette Vorder- und Rückseite meines Körpers entlang und gelangte schließlich zu meinem Mund. Dort, Endlinge, fühlte sich das sogar noch cooler an.

Enthusiastisch bauten wir beide daraufhin unsere Fingerfertigkeiten weiter aus.

Lilith hatte sich schon immer ziemlich viel auf ihren makellos elfenbeinweißen Leib, die glänzenden Haare und die goldgelb, weiß und schwarz schimmernden Flügel eingebildet. Ihre Flügelfedern zu berühren, fühlte sich soooo guuuut an.

Wir brauchten nicht lange, um herauszufinden, dass das, was an mir hart und fest wurde, ganz hervorragend dahin passte, wo sie besonders weich und warm war. Die Geräusche, die sie machte, wenn unsere Körper sich an dieser Stelle zu einem verbanden, gingen mir durch Mark und Bein.

Danach waren wir für ziemlich lange Zeit sehr beschäftigt und auf uns fixiert.

Das ging so weit, dass Asrael damit drohte, mir die Freundschaft zu kündigen.

Und Lilith bekam von ihren Freunden wohl Ähnliches zu hören. Jedenfalls platzte sie eines Tages bei

Wolkenkuhweide Neunzehn damit heraus, was wir zusammen taten. Woraufhin es kein Halten mehr gab und die meisten Engel entweder allein oder miteinander und in sämtlichen vorstellbaren Kombinationen ausprobierten, was mit ihren Leibern, Flügeln, Zungen, Mündern und Händen alles möglich war. Woraufhin Lilith und ich erst recht beschäftigt waren. Wenn auch deutlich weniger miteinander.

Gott hielt sich aus unseren neuen Spielen heraus und wie er schienen auch einige der anderen älteren Engel ein Problem mit Sex zu haben. Was mir egal war, es soll ja ein jeder nach seiner Façon selig werden, aber was ich ihnen übel nahm, war, dass sie uns sexuell aktive Engel plötzlich wie Luft behandelten.

Lilith mochte Schwarzes-Loch-Surfen nicht, sie behauptete das mache sie kirre. Daher beteiligte sie sich nicht an meinen heimlichen Ausflügen zur Erde, obwohl ich sie mehrfach darum gebeten hatte. Sie blieb sogar an dem Tag zurück, als alle älteren Engel zur Erde surften, um zu sehen, was Gottes Rülpsen dort ausgelöst hatte. Sie lachte mich aus, als sie von dem Pakt zwischen Gott und mir hörte.

Erde – London

Artemisia Jones rückte ihr kleines, schwarzes Hütchen zurecht und straffte die Schultern, als der Constable ihr die schwere Eichentür öffnete, die zwischen ihr und der Freiheit stand. Unzählige Stunden lang hatte sie wieder und wieder und wieder erklären müssen, dass sie bedauerlicherweise nicht den Hauch einer Ahnung hatte, was auf Clapford Manor geschehen sein könnte, da sie sich beim Dinner mit den Gästen seiner Lordschaft vermutlich am Fisch den Magen verdorben und die ganze Nacht auf dem Abort verbracht hatte. Sowohl die Haushälterin von Clapford Manor, Ms Hutchinson, als auch der Stallbursche Hastings, der von ebenjener Haushälterin geschickt worden war, Medizin für sie zu holen, hatten das bestätigt. Natürlich waren die Beamten des Yards, angetrieben vom Zorn des Innenministers, mehr als bestrebt, die Vorgänge auf dem Anwesen Lord Bullingtons zur Gänze aufzuklären, immerhin war nicht nur ihr eigener Chef dabei ums Leben gekommen, sondern auch sechs weitere Stützen der britischen Gesellschaft. Umso verwirrter war Artemisia gewesen, als nach einer von ihr nicht mehr überschauten Anzahl von Tagen plötzlich ein Constable in ihrer Zelle stand, der ihr erklärte, dass

sie nun gehen könne. Tatsächlich traute sie dem Braten immer noch nicht, und es fiel ihr schwer, nun, wo sie langsam und gemessenen Schrittes vom Yard davonspazierte, nicht andauernd über die Schulter zu blicken. Stattdessen durchsuchte sie die kleine Tasche, in die die Constables von Borehamwood ihr ihre nach Rauch stinkenden Habseligkeiten gepackt hatten, bis sie ihre Börse fand, in der sich tatsächlich noch ein wenig Geld befand. Zielstrebig eilte sie auf das nächstgelegene Teehaus zu, orderte Sandwiches, Scones und eine große Kanne Tee und erlaubte sich, während sie ihren Magen füllte, eine verdiente Pause.

Erst danach machte sie sich auf den vertrauten Weg zur Pembroke Library, wo man sie zu ihrem Erstaunen schon erwartete.

Erst ein paar Tage, mehrere Zeitungsartikel und einige Gespräche mit ihren Kollegen später konnte Miss Artemisia Jones das Puzzle zu ihrer Zufriedenheit zusammensetzen: Wie es schien, hatte der Innenminister während ihrer Inhaftierung bedauerlicherweise einen Herzanfall erlitten, der ihn auf den Stufen des Oberhauses das Leben gekostet hatte. Seinem Nachfolger war es, ebenso wie dem auf Robert Pow gefolgten Kommissar des Yards, ein dringendes Ansinnen, die Ermittlungen bezüglich Clapford Manor zu einem baldigen Ende kommen zu lassen,

weswegen man sich darauf geeinigt zu haben schien, dass die verstorbenen Stützen des Empires einem schnöden Überfall zum Opfer gefallen waren. Auf Anweisung des Kommissars war Artemisia dann freigelassen worden, während der Innenminister die Leitung der Pembroke Library per Telegramm davon in Kenntnis gesetzt hatte, dass Miss Jones ihren Dienst mit sofortiger Wirkung wieder anzutreten habe. Ebenso hatte jemand, vermutlich ein weiterer Vertreter eines der beiden Männer, eine kleine Wohnung in der Nähe der Bibliothek für sie angemietet.

Beinahe, als hätten die Ereignisse auf Clapford Manor niemals stattgefunden, glitt die erstaunliche Miss Artemisia Jones zurück in ihr altes Leben. Beinahe.

Hölle

Ich hatte nach dem Pakt mit Gott schwer damit zu tun, meine Zwischenwelt auszugestalten. Sodass ich Lilith zunächst nur noch selten und schließlich gar nicht mehr sah. Ich vermisste sie. Aber sie ignorierte alle telepathischen Bitten, die ich ihr zukommen ließ. Lilith ignorierte überhaupt alles, was ich damals tat. Sie war auch nicht die Einzige. Denn Asrael machte sich ebenso rar. Was ich ihr genauso übel nahm wie Lilith diese plötzliche Enthaltsamkeit.

Umso verbissener baute ich an meiner Zwischenwelt für den metaphysischen Restmüll der Erde.

Schließlich tauchte Asrael doch bei mir auf.

»Hübsch hässlich hast du es hier, Bocksbeinchen! Die Farbgebung ist ganz besonders kreativ. Jedenfalls für eine Folterkammer«, sagte sie, nachdem sie sich etwa auf Gesichtshöhe neben mir materialisiert und ihre Beine zum Schneidersitz gefaltet hatte.

Die Höllenversion Eins Punkt Null bestand aus zwölf riesigen, kreisförmig angeordneten Gewölben aus rotem und giftgrünem Solarstaubkalkstein, die sich wie in einem Karussell umeinanderdrehten, sobald ich von meinem exakt im Karussellmittelpunkt errichteten Zentralturm ein Pedal und zwei Handzughebel bediente.

»Hm, du magst es nicht?«

»Nö«, antwortete der mädchenhafte Tod und ließ vier buntgekleidete Menschen aus ihren Handflächen auferstehen, die mit komischen Gerätschaften in den Händen eine Art von Musik schmetterten, wie ich sie bis dahin nie gehört hatte. Eine blonde, schreiend bunt gekleidete Endling in weiten Hosen sang davon, dass sie eigentlich eine Langweilerin sei, aber früh schon tanzen gelernt hätte und jetzt dem Karma oder den Göttern oder sonst wem für die Musik dankte.

»Niedlich«, sagte ich etwas angesäuert, weil Asrael mein Hölleninnenraumdesign nicht so mochte. »Eigenkreation?«

»Nö, Erde, spätes 20. Jahrhundert. Die Endlinge nennen es Pop. Geil, oder?«

»Oha, da wird Gott aber sauer sein, wenn du so weit in die Zukunft geschaut hast«, gab ich immer noch enttäuscht zu bedenken.

»Das war ein Kollateralschaden der Sterbebegleitung einer Sonne. Deren Ende bringt manchmal die Zeitebenen durcheinander.«

»Aha.«

»Hm.«

Während diese Endling in ihren Handflächen immer lauter ihr Dankeschön an die Musik sang, schwebte Asrael um mein Gesicht herum.

»Lass das!«

Asrael schüttelte den Kopf. Die Endlinge auf ihren Handflächen unterbrachen ihre Darbietung, standen einige Sekunden belämmert herum und begannen plötzlich einen neuen Song zu spielen. Der war schneller und handelte offensichtlich von einem Mädchen, das zu heiß für seine Umgebung war und ausging, ohne dass seine Mutter davon wusste. Nichts davon ergab für mich irgendeinen Sinn, aber immerhin war's lustig anzusehen.

»Gott hat seine Zwischenwelt fast fertig«, sagte Asrael wie nebenbei.

»Ah! Und ist die schöner als meine?«

»Schönheit liegt im Auge des Betrachters, Bocksbeinchen. Schau sie dir doch einfach selbst an.«

»Hm, werde ich, sobald ich hier fertig bin!«

»Die Engel brauchen dich. Du kannst dich hier nicht ewig vergraben, Satan.«

»Gott wird schon nicht gleich die Universen zum Einsturz bringen, bloß weil die mal auf meine Gesellschaft verzichten müssen. Zumal ich mir auch nur schwer vorstellen kann, dass er mich wirklich vermisst.«

Die Endlinge auf Astraels Handflächen unterbrachen ihren Song und standen einen Augenblick dort herum, bevor sie sich wieder zu bewegen begannen und lossangen. Ein langsamer, trauriger Song über einen Menschen namens Fernando, der an einem Feuer saß.

So allmählich ging mir dieser ständige musikalische Stimmungswechsel auf die Nerven. Aber Asrael hatte offenbar ihren Spaß daran.

»Hm, Bocksbeinchen, von Gott war dabei auch gar nicht die Rede«, sagte sie. »Er ist immer noch eifersüchtig darauf, dass alle außer ihm ihren Spaß an Sex haben. Vielleicht hat er gar nicht mal so Unrecht damit, besorgt zu sein, weil kaum noch wer irgendetwas anderes tut, als Sex zu haben.«

Nichts konnte mir mehr Rille sein als das.

»Wir sind Engel, Rackerchen, wir haben keine andere Verpflichtung, als einfach da zu sein und Spaß zu haben. Ähm, jedenfalls alle übrigen Engel außer dir und mir und Gott. Irgendwann haben die anderen dieses Sexdings schon über. Dann hocken sie wieder einträchtig zu Gottes Füßen und lassen sich von ihm langweilen.«

»Gott ist sauer und er glaubt du seist aus dem Spiel, Satan. Das Problem ist, dass er zu Übersprunghandlungen neigt, solange er sicher sein kann, dass du nicht in seiner Nähe bist, um ihn davon abzuhalten. Du bist nach

38

mir und ihm immerhin der älteste aller Engel. Er hat vor einiger Zeit bei einem Plenum drauf bestanden, neue Regeln einzuführen. Kein Engel darf mehr als drei Mal Sex während eines Düstersonnenmonds haben. Danach wurde die Versammlung sozusagen etwas lauter.«

Das konnte ich mir lebhaft vorstellen. Trotz ihrer Besorgnis war ich allerdings noch nicht melancholisch genug gestimmt, um mir Gottes neuesten Blödsinn anzuschauen oder mir seine neuesten Benimmregeln für Speichellecker und treudoofe Voll-, Halb- und Viertelengel anzutun. Ich würde mich sowieso an keine seiner Regeln halten. Und Gott wusste das auch.

»Na und? Alles bloß heiße Luft!«

»Vielleicht, Bocksbeinchen. Aber Lilith hat sich verändert. Sie ist entweder wütend oder hat Sex. Und sie ist eine von den Ältesten. Die anderen Engel hören auf sie. Da breitet sich gerade eine gaaaanz miese Stimmung aus, Bocksbeinchen.«

Da schau her, dachte ich, die Streberin entwickelt Rebellionspotenziale. Nicht schlecht.

»Außerdem bereitet Gott zusammen mit Gabriel und Michael irgendetwas vor. Die drei stecken ständig zusammen und ab und zu taucht einer von ihnen für längere Zeit ab.«

Mir gingen diese vier Endlinge auf ihren Handflächen inzwischen wirklich auf den Zünder.

»Lass das, Rackerchen!«, zischte ich.

»Nö. Das nennt man *DJing*, Bocksbeinchen und ich find das total scharf«, schnappte sie zurück. Wenn sie in dieser Stimmung war, konnte es ihr nichts und keiner recht machen, daher beschloss ich, einfach die Zähne zusammenzubeißen und die hampelnden Endlinge zu ignorieren.

»Hm, was Gott betrifft: Nimm das nicht so ernst, die drei sind doch immer dabei, irgendetwas auszuhecken. Und nie kommt etwas dabei raus, was dir und mir Kopfschmerzen bereiten könnte.«

Asrael schien meine letzte Bemerkung seltsamerweise ernster zu nehmen als alle anderen zuvor, schüttelte wütend den Kopf, warf die vier Endlinge mit eleganten Handbewegungen in die Luft, wo diese seltsam zwischen ihren Musikgeräten ein paar Mal umherhampelten, bevor sie sich schließlich in kleine bunte Bällchen auflösten, die um mich herum aufstiegen und schließlich zerplatzten.

»Du bist manchmal so naiv, Satan«, zischte Asrael und entmaterialisierte sich.

Na toll, dachte ich, sie ist gekränkt, ich bin wütend und dann gefiel ihr noch nicht mal mein Hölleninnenraumdesign. Sie nahm Gott viel zu ernst.

Ich hatte noch jede Menge zu tun und machte mich verbissen an die Arbeit. Doch meine Hölle gefiel mir plötzlich nicht mehr. Also verwarf ich spontan das Design Eins Punkt Null, zerstörte es und fing noch einmal ganz von vorne an.

Immer waren alle gleich eingeschnappt, wenn man mal nicht ihrer Meinung war, dachte ich. Und seit ich Sex entdeckt hatte, schien das sogar noch häufiger zu passieren als zuvor. Alles Gute ist eben selten zusammen.

Eines Tages, ich vermaß gerade die Seitenlängen meiner magischen Höllenbegrenzungssiegel neu, tauchte Lanael auf. Sie war keine von uns Ältesten, aber stand immerhin als neunter Engel weit genug oben in der Hierarchie, dass ich sie nicht einfach so hinauswerfen konnte. Außerdem war Lanael mit ihren drei Brüsten, den rötlichen Flügelfedern und dem vollen Kussmund eine von denen, mit denen ich ganz gern Sex gespielt hatte. Schnell kam eins zum anderen. Nach ihrem Besuch vermisste ich Asrael und Lilith schon weniger.

Sie kam danach noch öfter. Nicht wirklich regelmäßig. Aber oft genug, dass ich mich ein klein wenig nach ihr zu sehnen begann, falls sie länger nicht auftauchte. Zumal

sie dabei jedes Mal so in Sexstimmung war, dass es eine Schande gewesen wäre, die nicht auszunutzen.

Die Hölle zu errichten war aber auch keine Kleinigkeit und so blieb für Sex und Sehnsucht kaum Zeit.

Die Düstersonnentage- und Jahre vergingen wie im Fluge.

Ich war in der entscheidenden Phase meiner Bautätigkeit und bemerkte gar nicht, dass Lanael sich länger nicht mehr hatte blicken lassen. Ich nehme an, ihr kennt das, Endlinge: Ein Haus errichtet man nicht in drei Tagen. Und die Welt wurde definitiv nicht in sieben Tagen geschaffen, wie der alte Besserwisser das in der Bibel hat kolportieren lassen.

Irgendwann, ich war gerade über jede Säuernis und (fast) jeden Gedanken an meine treulosen Freundinnen hinaus, tauchte Asrael plötzlich wieder bei mir auf.

Ich saß damals gerade am Rande des riesigen Amphitheaters, das ich als neues vorläufiges Hauptdesignelement meiner metaphysischen Müllhalde errichtet hatte, und dachte darüber nach, ob es eindrucksvoll sei, sämtliche Ränge mit einem Entertainmentelement aus zufällig aufpoppenden blaukarierten Flugdinosauriern zu

versehen, als sich Asrael auf einem der Ränge materialisierte und mich merkwürdig intensiv musterte.

»Ha, wird Zeit, dass du mal vorbeikommst! Fast wäre es mir hier mit all der Arbeit langweilig geworden!«, sagte ich.

Einer der kleinen Flugdinosaurier ploppte hinter Asrael auf und umkreiste ihren Kopf. Sie ließ ihn in winzige Sterne zerplatzen, die um ihren Kopf herum schimmernd und schillernd in den dunklen Himmel aufstiegen.

»Dinosaurier, Bocksbeinchen? Nicht lustig!«

»Mann, du bist aber so richtig gut drauf!«

»Gott hat beim letzten Plenum Sex untersagt. Beim vorletzten hat er ihn nur eingeschränkt. Aber beim letzten hat er ihn ganz verboten!«

Ich lachte. »Na klar! Und ich bin sicher, dass sich jeder von seinen vertrottelten Fans dranhalten wird, während alle anderen Engel es fröhlich weitertreiben werden.«

»Nö. Weil er dieses Mal Sex auch unter Strafe gestellt hat. Wer sich widersetzt, der wird aus den Plenen ausgeschlossen und für mindestens drei Düstersonnenjahre verbannt.«

Oha, dachte ich das war wirklich *nicht* lustig. Und es war vor allem neu. Bisher hatte Gott niemals zu Strafen greifen müssen, um das Heer der Engel gefügig unter seiner Fuchtel zu halten.

»Hm, sobald ich hier fertig bin, kümmere ich mich drum. Wollen doch mal sehen, ob er wirklich so dicke Eier hat, dem zweitältesten Engel mit Verbannung zu drohen, wenn der vor ihm mit Lilith oder Lanael Sex spielt.«

Asrael rollte mit den Augen. Ihre Haarspitzen richteten sich auf und begannen eine dieser seltsamen Umeinandertanzübungen, die sie sonst nur veranstalteten, während Asrael einen alten Planeten ins Nichts verabschiedete.

Oha, dachte ich.

»Du hast dich über den Tisch ziehen lassen, Bocksbeinchen. Sein zufälliges Rülpsen auf der Erde, das Leben, das dort entstand und all das Bewusstsein, das sich dabei entwickelt hat, das anders ist als unseres, und dann euer Streit und der Pakt – das war alles von langer Hand vorbereitet, um dich hierher zu lotsen und beschäftigt zu halten, während er unter den Engeln endgültig die Macht übernimmt.«

Das ist so ziemlich das Dümmste, was ich je von ihr gehört habe, dachte ich, wischte einige Male mit der flachen linken Hand vor meinem Gesicht umher und zeigte ihr mit dieser universellen Geste für wie bescheuert ich ihre Ansage hielt.

»Ich dachte, das mit den Verschwörungstheorien hätten wir hinter uns, Rackerchen. Gott ist doch zu fantasielos, um so einen Plan auszuhecken. Außerdem konnte er gar

nicht wissen, dass ich Sex erfinden würde. Und damit hat diese Machtprobe ja wohl erst so richtig angefangen.«

»Er hat das auch gar nicht allein aushecken müssen, sondern zusammen mit Michael und Gabriel. Alle drei gemeinsam verfügen nämlich durchaus über ein paar Funken Kreativität! Sex war ein Zufall, der ihnen in die Hände gespielt hat. Gott hätte dir aber sowieso früher oder später den schwarzen Peter zugespielt und dich dazu gebracht, dich um die Rest-Ichs der Erde zu kümmern. Er hat Gabriel und Michael heimlich auf Missionen hinter die Bogengravitationsgrenze geschickt. Du weißt, was das bedeutet, oder?«

Das wusste ich. Nur glaubte ich es ihr nicht. Denn dort tummelten sich die Großen Anderen und mit denen war gar nicht gut Kirschen essen. Sogar Asrael, Gott oder ich hatten dort nichts zu melden, weil die Großen Anderen in ihrem seltsamen Universum auf einem völlig anderen Level existierten als sämtliche anderen bewussten Wesen.

»Gabriel und Michael halten es keine Millisekunde auch bloß in Spuckweite eines Großen Anderen aus. Du bist überarbeitet. Du brauchst 'n bisschen Erholung! Wie wär's mit ner Runde Kometenkopfball? Oder wir machen ein Zeitfroschrennen mit Wetteinsatz? Was meinste?«

»Du bist sooooo blind und blöd, Satan! Ab und zu frage ich mich wirklich, weswegen ich mich mit dir abgeben soll!«, schnappte Asrael zornig zurück.

Ihre Antwort machte mich wütend. Erst ließ sie mich mit dem Bau der Hölle völlig allein, dann tauchte sie hin und wieder in – RIIIEESIGEN – Abständen auf, um mich voll zu nölen, und jetzt warf sie mir vor, dass ich im Grunde zu blöd war, mir allein die Pohaare zu kämmen. Unverschämt.

»Na, musst dich ja nicht mit mir abgeben! Zwingt dich keiner dazu!«

»Nö, hast Recht, mich zwingt keiner. Aber wenn Gott gekriegt hat, was er will und wir beide und Lilith so richtig im Schlamassel sitzen, bist du daran mindestens genauso sehr schuld wie er!«, sagte sie eher traurig als zornig, schob die Kapuze wieder übers Köpfchen und entmaterialisierte sich.

Blöde Göre, dachte ich, verwandelte sämtliche Beta-testflugsaurier in giftgrüne Feuerringe und sah zu wie die einer nach dem anderen zerplatzten.

Hätte ich damals auf Asrael hören sollen?

Na klar.

Aber sie hätte schließlich auch mit dem Kern des Problems rausrücken können, statt mir vorzuwerfen, dass ich ein ignoranter Dummkopf sei.

Der Kern des Problems bestand nämlich nicht darin, dass Gott seine beiden liebsten Speichellecker heimlich zu den Großen Anderen gesandt hatte, wo selbst Asrael sie nur mit viel großer Mühe und sehr ungenau verfolgen konnte. Er lag auch nicht darin, dass er Sex untersagt hatte – selbst wenn ihm dies schon näherkam. Der Kern des Problems war Lilith. Genauer – die Veränderungen, die sie durchmachte, nachdem wir uns nicht mehr sahen, weil ich damit begonnen hatte, die Hölle zu errichten.

Ich bereute meinen Streit mit Asrael. Aber für uns Engel spielt Zeit eine andere Rolle als für euch Endlinge. Daher wusste ich, dass sie mir nicht ewig böse sein würde und ich einfach nur abwarten musste, bis sie sich beruhigt hatte.

Lanael kam nach dem Streit mit Asrael wieder öfter vorbei. Sie behauptete, Asrael und Lilith hätten sich wegen einer Meinungsverschiedenheit über die Seelengröße von Schwarzen Löchern zerstritten. Gott hätte daraufhin zwischen den beiden zu schlichten versucht, aber sich dabei zuerst von Asrael und gleich darauf auch von Lilith eine Ohrfeige eingefangen. Lanael behauptete außerdem, dass Gott aus purer Eifersucht Sex zwar tatsächlich untersagt habe, aber sich – einschließlich Lanael, Lilith und Uriel – keiner der Vollengel daran hielt. Und selbst die Halb-, Dreiviertel- und Viertelengel gingen angeblich inzwischen

heimlich wieder dazu über, Sex zu haben, wann und wie es ihnen gefiel.

Ich lachte darüber.

Danach hatten wir selbst welchen. Lanael wedelte dabei träge zufrieden mit ihren schimmernden Flügeln.

Während der nächsten Düstersonnentage spürte ich hin und wieder die Wellen winziger Universenbeben. Ich gab nichts drauf. Auf keinen Fall brachte ich die mit Gott und seinen Vollengel-Superfans in Zusammenhang. Obwohl ich das besser hätte tun sollen.

Nach Lanaels Besuch verwarf ich sowohl das Amphitheaterdesign als auch die Strandvariante und näherte mich erneut der Gewölbekarussellvariante an, die ich zuvor bereits verworfen hatte. Außerdem fragte ich mich, welche Engel mir hierher folgen würden. Mir war natürlich längst klar geworden, dass ich allein all die potenziellen Millionen an Endlings-Restichs nicht würde verwalten können. Vielleicht sollte ich bei meinem Design auch Rücksicht auf den Geschmack meiner Seelenrestmüllmitverwalter nehmen?

Verdammt, Asrael und Lilith fehlten mir einfach. Obwohl ich das natürlich niemals offen zugegeben hätte.

Und jeder Besuch Lanaels milderte die Sehnsucht nach den beiden ein wenig

Ein, zwei Mal hatte ich in dieser Zeit das Gefühl, in nicht allzu weiter Ferne zöge ein Großer Anderer durch meinen Teil der Universen. Ich gruselte mich dann ein wenig, aber verdrängte meine Furcht auch gleich wieder.

Eines Tages machte ich auf dem achtzehnten Rang meines Amphitheaterdesigns ein Mittagsnickerchen. Ich hatte das Amphietheater zwar schon verworfen, aber war zu träge gewesen, es auch gleich zu zerstören. Und mein Mittagsschläfchen war mir sowieso heilig. Das verschob ich doch nicht, bloß weil ich über ein neues Design nachdachte

Ich erwachte, weil auf meinem roten Bauch eine Engelsflügelfeder landete. Das kitzelte.

Ich schlug die Augen auf, blickte mich belämmert um und hob die Feder vorsichtig auf. Sie konnte nur Lilith gehören. Kein anderer Engel hatte derart wundervoll schillernde Flügel.

Ich setzte mich auf.

»Was soll das denn sein?«, fragte mich Lilith, die hinter mir auf dem sechzehnten Rang saß, ihre Flügelfedern glattstrich und dabei einfach genauso gut aussah wie immer.

»Was soll was sein?«

»Na – das hier alles!«

»Das ist mein Verwahrzentrum für Endlingsrestichs. Du weißt schon, mein Teil des Pakts mit Gott. Irgendwo müssen die ja hin.«

»Ah! Und da bist du auf ein riesiges Loch mit Sitzreihen gekommen? Nicht besonders kreativ!«

Logisch, sie musste alles, was ich tat, erstmal kritisieren. Blöde Streberin, dachte ich, aber freute mich gleichzeitig, dass sie sich endlich zu einem Besuch herabgelassen hatte.

»Wie geht's?«

»Und selbst?«

»Ich hab zuerst gefragt! Du bist dran!«

»Nö! Einfach: Nö«, antwortete sie, ließ endlich ihre Flügelfedern sein und legte ihre Hände in den Schoss.

»Du bist soooo gesprächig heute. Kaum auszuhalten!«

»Ist wie überall sonst. Man kann eben nur mit dem Material arbeiten, das einem gerade zur Verfügung steht.«

»Kabumm! Der hat gesessen!«, antwortete ich, drehte mich wieder um und tat, als ob ich wieder einschlafen wollen würde.

»Blöder alter Trick!«, sagte Lilith nach einer Weile.

War mir egal. Wenn sie nur gekommen war, um zu meckern und mich auf die Palme zu bringen, konnte sie genauso gut auch wieder verschwinden.

»Gott hat neulich Sex untersagt und ich habe mich mit Asrael gestritten, weil ich beim nächsten Plenum Gott die Gefolgschaft kündigen und dann meinen eigenen Engelsladen aufmachen werde. Der wird übrigens ganz sicher schöner als deiner hier!«

Oha, spannende Neuigkeiten. Die allerdings nicht so richtig mit Lanaels Geschichte übereinstimmten. Aber auf Kommunikationsdefizite hielten nicht nur Schwarze Löcher, alte Sonnen, Otterspinnen und Endlinge das Patent. Die waren extrem generell.

»Na, vielleicht komme ich dann ja mal vorbei und sehe mir dein Reich an«, antwortete ich.

»Ich dachte eher, dass du nicht nur vorbeikommst, sondern mitmachst, Satan. Umso mehr von uns, umso schöner wird's. Wie gesagt, so toll ist deine Müllhalde hier jetzt nicht. Und was scheren dich überhaupt die Rest-Ichs von Wesen, die Gott irgendwann Mal aus Versehen ins Leben gerülpst hat?«

Die gingen mich eine ganze Menge an. Nicht nur, weil ich einen Pakt geschlossen und ziemlich viel Arbeit und Mühe in meine Zwischenwelt investiert hatte. Sondern vor allem, weil mir die Endlingsseelen leidtaten, die bislang verwirrt und eingeschüchtert in diversen kalten und staubigen Universumsfalten umherirrten.

»Hm, warum werfen wir uns nicht einfach zusammen und du kommst zu mir? Ich kann hier immer Verstärkung gebrauchen und ich glaube, dass diese Rest-Ichs ganz spannend sein könnten. Jedenfalls ein paar von denen.«

»Nee, Satan! Ich habe mich lange genug untergeordnet. Das ist vorbei. Entweder gleichberechtigt oder gar nicht. Und den Pakt hast du nun mal mit Gott geschlossen. Da wäre ich immer nur Mitläuferin.«

»Aha«, antwortete ich enttäuscht.

»Was ist nun?«, fragte sie schließlich lauernd.

»Was soll sein? Offen gegen Gott und dessen Heer zu rebellieren, wie du das willst, ist aussichtslos. Du kennst ihn doch! Der kann gar nicht anders, als so was persönlich zu nehmen. Komm zu mir. Ihn gemeinsam zu ärgern, macht viel mehr Spaß. Ich bringe ihn schon dazu, den Pakt zu ändern und dich als gleichberechtigte Partnerin zu akzeptieren. Was willste denn in deinem eigenen Laden den ganzen Tag machen? Nur Sex und Wolkenkühe weiden wird doch auch mal langweilig mit der Zeit.«

»Dass Gott Sex verboten hat, scheint dir völlig egal zu sein? Da gibt's etwas, das mir wirklich etwas bedeutet, aber du redest wieder nur davon, mich unter deine Fuchtel zu bringen?! Das ist sooo typisch!«

»Moooment mal! Keiner hat gesagt, dass Sex unwichtig sei! Ich hab bloß gesagt, dass der wohl nicht alles sein kann, oder? Außerdem kannste knicken, dass sich irgendein Engel an Gottes Sexverbot hält! Also weswegen so einen Aufstand machen? Und was hat überhaupt Asrael dazu gesagt, als du dich wegen des Sexverbots mit ihr gestritten hast?«

Lilith atmete demonstrativ zwei Mal tief durch und rollte mit den Augen.

»Ich habe das dermaßen satt! Seitdem wir Sex miteinander haben, wird erst Mal alles, was ich sage, grundsätzlich entweder verniedlicht oder in Frage gestellt! Ich habe das dermaßen satt!«

»Ooooch, das ist so langweilig! Außerdem bist du eben auf meine Argumente auch nicht eingegangen! Was soll das überhaupt heißen? Nur, weil wir Sex miteinander haben, müssen wir doch nicht immer einer Meinung sein. Manchmal streitet man sich eben!«

»Weißte was, Satan? Dass du dich hier in deiner blöden Zwischenwelt vergräbst und dabei die wichtigsten Errungenschaften der Sexpositiven-Vollengel-Bewegung verpennst, ist jetzt *wirklich nicht* mein Problem! Aber ich hab's ja geahnt, hierher zu kommen war ein Fehler! Und zwar ein großer! Tschüss!«, zischte sie, breitete ihre wunderschönen schillernden Flügel aus und verschwand.

Zurück blieb: Ich. Und ich fühlte mich verwirrt, übergangen, aufgeregt, zornig und rollig zugleich. Außerdem fragte ich mich, was das denn sein sollte, diese »sexpositive Vollengel-Bewegung«.

Vor lauter Frust und Ärger riss ich den oberen Teil des Amphitheaters ab und begann, ihn neu zu errichten.

Das half wenigstens mit meiner Wut. Sonst half es bei nicht viel. Letztendlich gab ich Gott die Schuld. Seine Probleme mit Sex hatten all den Streit erst ausgelöst. Plötzlich stritten sich Asrael und Lilith, und beide auch noch mit mir. Dazu kamen all die winzigen Universenbeben, die es so früher auch nicht gegeben hatte, aber die mir inzwischen genauso heftig auf die Nerven gingen. Wahrscheinlich, dachte ich, biste hier so ganz allein, aber in deinem eigenen Laden immer noch am besten dran. Hm, die übrigen Engel konnten mich mal – und zwar bestimmt nicht mit Vergnügen.

Sich Ignoranz vorzunehmen ist das eine. Die aber auch durchzuhalten etwas völlig anderes.

Also setzte ich mich schließlich irgendwann auf meinen Hintern, wedelte eine Weile lustlos mit dem Schwanz umher und fragte mich dabei zum X-hoch achtzehnten Mal, was das alles zu bedeuten hätte.

Lilith war ursprünglich der stillste unter uns älteren Engeln gewesen. Außerdem wirkte sie stets ein bisschen verträumt. Obwohl sie zugleich auch ziemlich pragmatisch sein konnte. Dass sie immer schon ein bisschen eitel gewesen war, konnte man ihr schwer vorwerfen, wo sie doch der prächtigste und schönste Engel war. Außerdem hatte sie die Angewohnheit alles, was sie einmal begann, unbedingt zu Ende zu führen, und es dabei ganz besonders akkurat zu tun. Weswegen Asrael ihr hin und wieder vorwarf, eine Streberin zu sein.

Diese neue rebellische Ader an ihr überraschte mich. Sie hatte ihr sonst so glattes und angenehmes Gesicht auch kantiger und ihre Blicke kälter gemacht.

Aber eigentlich, dachte ich, hat ihre Veränderung schon begonnen, als wir den Sex entdeckten. Seitdem war wirklich alles komplizierter geworden.

Möglicherweise hatte Sex für Engel gefährliche Langzeitwirkungen, die ich spätestens, sobald ich mit dem Projekt hier fertig war, näher ergründen sollte. Andererseits konnte ich an mir selbst – abgesehen davon, dass ich hin und wieder rollig wurde – keine nennenswerte Veränderung feststellen. Weswegen ich mich fragte, ob Sex womöglich nur für Lilith so gefährlich war.

Jedenfalls war irgendwo in diesem ganzen Sexdings der Wurm drin. Und es war eindeutig ein feister, gefräßiger und mies gestimmter Wurm ...

In jener Nacht träumte ich von Asrael. In meinem Traum sah ich sie vor mir auf einem der Ränge meines Amphitheaters sitzen. Sie sprach mit mir und es schien als sei ihr, was immer sie mir da sagte, enorm wichtig. Nur hörte ich zunächst kein einziges Wort davon.

Plötzlich, mitten in unserer Traumdiskussion, konnte ich sie doch hören.

»Fällt dir nichts auf?«

»Nee.«

»Lanael hat dich hier dreiundzwanzig Mal für Sex besucht und sie hat dir kein Wort darüber gesagt, dass Gott gerade die Regeln ändert?!«

»Lanael ist nicht die hellste Kerze auf der Torte. Die hat das sicher einfach vergessen. Außerdem waren wir beschäftigt.«

»Bocksbeinchen? Schon mal dran gedacht, dass Lanael vielleicht hier war, um dich davon *abzuhalten*, bei Gottes Versammlungen aufzutauchen? Weil sie immer,

wenn Gott in letzter Zeit an den Regeln drehte, dir hier deine Pohaarbüschel gestreichelt hat.«

»Wo warst du denn, hä?«

»Ich bin der Tod! Ich falle aus sämtlichen Kategorien. Aber du bist nach Gott der älteste Engel. Dein Job ist es, dich um die anderen zu kümmern. Nur hast du dich schon einmal von Gott hinters Licht führen lassen. Er gehört eindeutig zu denen, die sich schnell und gründlich dran gewöhnen, andere über den Tisch ziehen zu können. Wer weiß, vielleicht rechnet er schon gar nicht mehr mit dir und freut sich gerade ein dreizehntes Auge an den Hinterkopf, dass er dich mit seinem Trick so einfach kaltgestellt hat?«

»Hm«, sagte ich nachdenklich geworden.

Asrael breitete die Arme aus, erhob sich von ihrem Platz und schwebte mit aufgestellten Haarbüscheln im Schneidersitz vier Mal um meinen Kopf herum.

»Halleluja, Bocksbeinchen! Endlich!«

Ich streckte meine Hände aus und hielt sie von einer weiteren Runde ab.

»Als Gott Sex einschränkte, hat Lilith mit Aufstand gedroht. Gott hat ihr vorgeworfen, eitel und unverantwortlich zu sein. Daraufhin hat sie so getan, als würde sie Sex mit sich selbst haben, dazu ein paar Mal laut gestöhnt und

sich darüber lustig gemacht, dass Gott keinen Sex haben kann und deswegen eifersüchtig auf jedes Wesen sei, das welchen haben könne. Sorgte für eine Menge Lacher, obwohl die meisten wissen, dass es gar nicht stimmt. Gott drohte ihr daraufhin mit Verbannung.«

»Dazu hatte er nicht das Recht! Lilith ist eine von den Ältesten!«, platzte ich wütend heraus. Asrael legte mir ihren entzückenden Zeigefinger auf die Lippen.

»Hör zu, Satan! Nach seiner Drohung hat Lilith Gott die Gefolgschaft aufgekündigt und ist mit eintausendvierhundertzwei Halb- und Vollengeln der zweiten, dritten, vierten und sechsten Kategorie in ein Paralleluniversum geflohen.«

»Scheiße, Asrael? Seit wann gibt's denn Engel der sechsten Kategorie? Und was sollte das denn überhaupt? Ein Aufstand der Engel?!«

Sie nickte mir zu.

»Wie viele Engel hat Gott denn jetzt noch übrig?«

»Ungefähr die doppelte Menge. Und natürlich sind alle älteren Vollengel bei ihm geblieben.«

»Nee! Stooop! Als ich zum letzten Mal bei Gott war, gab es keine zweitausend Engel! Und es gab ganz bestimmt keine der sechsten Kategorie! Die der fünften sind doch schon bloß Schlafdrösen?«

Asrael rollte mit den Augen. Mir wurde klar, dass sie jedes Wort ernst gemeint hatte.

»Du verrechnest dich nicht, oder?«

»Nö!«

»Dann hat er neue Engel gemacht? Aber wie konnte er das?«

»Er hat sie nicht gemacht. Sondern Michael und Gabriel ausgesandt, dass die jeden letzten freien Bewusstseinsrest, der in irgendeinem Universum dräute, zu ihm brachten, damit er sie in Engelsformen pressen konnte. Darunter waren Bewusstseinssplitter, die niemals hätten geweckt werden dürfen! Seelenabspaltungen von Großen Anderen, Staubseelen und Bruchstücke. Er hat sogar ein paar Restmetaphysen von verglühten Sonnen und explodierten Planeten zu Engeln erhoben. Das ist furchtbar grausam, Satan! Die sind nicht dazu geeignet, als Engel zu enden. Die sind wie Zombies. Jede Millisekunde ihrer Existenz ist eine Qual für sie! «

Ich schaute eine ganze Weile auf meine Bocksbeinhufe.

»Was sind Zombies?«

»Hm, dauert noch ein paar dutzend Düstersonnenjahre, bis der erste von denen auftaucht. Stell dir einfach vor, das sei versklavtes Bewusstsein.«

»Bewusstsein kann versklavt werden? Verdammte Hacke, Rackerchen!«

»Hm.«

Ich schaute wieder ziemlich lange auf meine Bocksbeine herunter. »Gott tut nichts ohne mindestens drei Hintergedanken.«

»Nö.«

»Also, was hat er sich dabei gedacht?«

»Gott denkt doch immer nur an das eine!«

»Macht?«

»Das. Und Ordnung. Sex muss ihm einen furchtbaren Schrecken eingejagt haben. Sex geht über seinen Verstand und er kann ihn nicht kontrollieren. Weil er aber sonst glaubt, alles kontrollieren zu können, fühlte er sich davon bedroht. Du warst nicht da, um ihn in Schach zu halten. Also hat er überreagiert. Jetzt sind die Engel uneins. Gabriel und Michael sind zwei Mal an einen Ort verschwunden, an dem selbst ich sie nicht aufspüren konnte.«

»Die waren bei den Großen Anderen?«

»Ja«

»Mutig!«

»Verstörend!«

»Das auch. Vor allem, weil sie offenbar heil und gesund zurückgekehrt sind.«

60

»Kannst du nicht mit den Großen Anderen reden?«

»Die reden nicht mal mit mir, wenn ich einen von ihnen ins Nichts geleite. Die sind wie Planeten. Die sind immer eingeschnappt, sobald ich auftauche. Die existieren auf einem völlig anderen Level.«

»Was machen wir jetzt?«

»Na, was wohl, Bocksbeinchen?«, sagte sie.

Ich bin ziemlich sicher, dass sie noch mehr sagen wollte, aber plötzlich streckte sie Arme und Beine aus und schwebte jetzt drei Schritte von mir entfernt etwa zwei Handbreit über dem Boden. Ihre Augen wurden dabei so schwarz, dass darin jedes Licht verschwand wie in einem der Schwarzen Löcher, die sie so gern surfte. Sie legte den Kopf ungesund weit in den Nacken und wurde von einem heftigen Schütteln erfasst, das sich schließlich zu einer Art Leibesflirren aufbaute.

Ich hatte sie nie so gesehen und machte mir Sorgen. Obwohl es schien, als sei körperlich alles in Ordnung mit ihr, wirkte es, als würde sie von einer Reihe irre schneller und brutaler telepathischer Faustschläge getroffen. Wer zur Kakerlakenschwanzweide hat den Mumm, sich mit dem mädchenhaften Tod anzulegen?, fragte ich mich erschrocken.

Schließlich drehte sie sich einmal um sich selbst und fiel zu Boden.

Ich legte ihren Kopf in meinen Schoss und streichelte voller Panik und Angst ihr Gesicht. »Rackerchen? Bist du krank? Du kannst doch gar nicht krank werden, du bist der Tod! Der Tod ist unsterblich und immer gesund! Jetzt sag doch was!«

Sie schlug die Augen auf und blickte mich voll Trauer und Angst an.

In meinem Traum rollten weiße Tränen aus Asraels Augen, die winzige blaue Spuren über ihre braunen Wangen zogen.

Ich erwachte aus meinem Albtraum

Im selben Moment spürte ich die ersten Wellen eines enormen Universenbebens heranrollen.

Ich richtete mich auf schaute zu den Sternen, die kalt und schillernd zu mir herabblickten.

Ich rief nach Asrael. Mein Ruf erschien mir lauter, sehnsuchtsvoller und ängstlicher, als ich es je für möglich gehalten hätte.

Das Schlachtfeld, auf dem ich Asrael schließlich fand, war das erste, das ich je sah. Wie bei allen ersten bösen

Dingen, denen sich ein bewusstes Wesen auszusetzen hat, beraubte es mich um einen winzigen Teil meines Selbst. Es war einer jener guten, schillernden und verspielten Teile, den zu ersetzen selbst mir niemals vollständig gelingen sollte.

Keiner von euch Endlingen kennt diesen Ort. Aber er lag im Zentrum jenes Universenbebens, das mich geweckt hatte.

Stellt euch also einen flachen Ozean aus kalkbleichem Wasser vor, dessen Strand von riesigen schartigen Steinen übersät ist und über dem vier Sonnen stehen, deren Licht scharf ziselierte Schatten erzeugte.

Ich sah auf spitze Steine geschleuderte Engel, denen man die Knochen aus dem Leib gerissen hatte. All die Knochen waren zu langen Mauern aufgeschichtet worden. Einige bildeten jedoch ein Tor durch das jeder, der sich dem Totenfeld zu nähern wagte, hindurchzuschreiten hatte.

Voller Trauer blieb ich darunter stehen und schaute hinauf zu dem Schlussstein jenes grotesken Gebildes, der aus den grinsenden Schädeln dreier Engel bestand, von deren erst frisch gehäuteten Schädeldächern Blut herabtropfte.

Ich trat über aufgewühlten Sand und spitze Steine hinweg in das lauwarm schwappende, kalkbleiche Wasser des Ozeans hinein, in dem hunderte geköpfte, zerrissene,

verdrehte, verbrannte oder gebrochene Engelsleiber trieben, durch die ich mir meinen Weg auf zwei drei bizarre Hügelgebilde am Horizont bahnte.

Immer noch dampfte der Ozean feinste Nebelwolken von Blut, Engelsfedernflaum und Kalk aus, die sich auf meinen Leib legten und ihn mit einem monströsen Muster versahen, das mir in seinem absonderlichen Chaos als Kriegsbemalung gerade recht kam. Dieser trostlose Ort musste Liliths Zuflucht gewesen sein. Hierhin hatte sie sich mit den rebellischen Engeln zurückgezogen, um Gottes Macht zu entgehen. Angesichts der reichlichen Ernte, die Asrael hier vorfand, musste Gottes Heer Liliths Rebellenschaar überrascht haben und rücksichtslos über sie hergefallen sein.

Wahrer Zorn ist eine rare Empfindung. Er will – anders als Wut – aus Furcht und Ohnmacht geboren, in Raserei gehegt und später mit Vorsicht genutzt werden. Doch hat man Zorn erst einmal so weit herangezogen und sich ihm ergeben, bildet er Waffe und Rüstung zugleich.

Mein Zorn speiste sich aus Furcht um Asrael, Lilith und alle übrigen Engel, rebellisch oder gottestreu. Er wuchs mit der Raserei, die mich ergriff, während ich durch die entstellten, im Kalkwasser treibenden Leiber watete. Doch zur vollen gefährlichen Blüte gelangte er

64

beim Anblick der drei bizarren Hügel, die sich aus dem Zentrum des Ozeans erhoben.

Einer war aufgeschichtet aus den ausgerissenen Herzen der Engel, der zweite war errichtet aus ihren nachlässig gehäuteten Schädeln und der dritte bestand aus ihren abgeschlagenen Flügeln. Die mal schwarz, mal weiß, mal blau und golden oder fein satt dunkelgrün wie frische Weiden glänzten. Alle waren sie von einer fettigen Mixtur aus Blut, Darmschleim und Kalk besudelt.

Die bizarren Hügel bildeten ein Dreieck, in dessen Zentrum Gott auf einem grob behauenen, steinernen Thron saß. Um sich herum hatte er sein Heer aus loyalen Engeln versammelt. Deren erschöpfte Flügelschläge erzeugten hin und wieder kleine Wellen auf der sonst stillen Oberfläche des Ozeans. Zwischen ihnen hielten sie das Häuflein der letzten überlebenden Rebellen gefangen. Deren Augen waren verbunden, ihre Münder verstopft und ihre Flügel grausam gestutzt worden.

Vor Gottes Thron stand Lilith. Ihr weißer Leib war von Blutschlieren bedeckt und ihre Arme und Beine hatte man in Ketten geschlagen. Ihr Mund war mit einem Knebel aus einem scharfkantigen Stein versehen, an dessen Rändern feine Blutfäden über ihr weißes Kinn liefen.

Doch weit über Gottes Heer schwebte Asrael in derselben Haltung wie in meinem Albtraum im schwarzen Himmel. Sie hielt die Arme ausgebreitet, hatte ihre Beine aneinandergepresst und die Füße zur Meeresoberfläche hin überstreckt. Ihre Augen waren verschlossen und hin und wieder durchlief ihren Leib ein heftiges Beben. Dessen Herkunft und Zweck ich mir plötzlich damit erklärte, dass sie dabei war, Engelsseelen ins Nichts zu geleiten.

»Bruder Satan!«, begrüßte mich Gott.

So nannte er mich nur, wenn er in bester Stimmung oder so von Furcht zerfressen war, dass ihm nichts weiter übrigblieb, als mich um Hilfe zu bitten. Ich erwiderte seinen machtsatten, siegestrunkenen Blick nur zögernd. Denn ich fürchtete, dass er sich zu früh vor dem allumfassenden rechtmäßigen Zorn darin fürchten könnte.

»Schau dich ausgiebig um, Bruder Satan! Dieser Wahnsinn ist dein Werk so gut wie meins«, sagte Gott. Im Grunde hatte er sogar Recht damit.

»Ich bin nicht hierhergekommen, um Unschuldige zu massakrieren, Gott!«

»Aber du hast die Rebellion ausgelöst, die ich hier beenden musste!« Er wies über den Ozean und die drei grotesken Hügel. »Glaubst du etwa, ich hätte *gewollt,* dass es *so* endet, Bruder Satan?«

»Du hast es angerichtet, Gott!«, brüllte ich zurück.

»Alle Engel waren gleich und glücklich, bis Lilith und du ihnen bewiesen, dass sie beim Sex nicht gleich sind! Nichts war danach noch wie zuvor! Was hätte ich denn tun sollen?! Wir sind die Wächter des Universums und die Herren der Zeit! Hätte ich einfach zusehen sollen, wie das Heer der Engel zerfällt und sich in nutzlosen Tändeleien ergibt?«

»Wächter des Universums und die Herren der Zeit, Gott? Welch unfassbare Hybris! Wir sind gar nichts! Wir existieren nur, weil wir entstanden sind! Wir sind ein kosmischer Unfall! Niemand hat uns die Wacht über die Universen aufgebürdet! Unsere Existenz ist so absurd und nutzlos wie trockener Regen. Du bist nur zu feige das einzusehen, Gott! Asrael ist die Einzige, deren Existenz einer Bestimmung folgt! Und jetzt sieh dir an, was das mit ihr gemacht hat!«

»Und du, Satan, hast dich stets vor der Verantwortung gedrückt! Du bist mein Bruder, wie habe ich mich nach deiner Unterstützung gesehnt!«

Das war also seine Rechtfertigung, dachte ich. Dass ich mich vor der Verantwortung drückte? Er war solch ein Heuchler und Hochstapler. Und jetzt war er außerdem zum Mörder geworden. Wie erbärmlich.

Lilith, die unserem Streit bisher regungslos gefolgt war, hob den Kopf und schaute mich an. Bei ihrem Anblick zog es mir vor Furcht, Trauer und Mitleid das Herz zusammen. Umso mehr, weil ich in ihren Augen sah, dass in ihr alle Vernunft und jedes Mitleid von unstillbarem Rachedurst ausgelöscht worden waren.

»Schau dir ihre Streitmacht an, Satan! Jeder ihrer Engel war mit Harnischen gerüstet und trug Waffen!«, rief Gott.

Das war nicht zu leugnen.

»Ich habe ihr ein halbes Dutzend Mal die Hand zur Versöhnung gereicht, doch sie hat mein Angebot jedes Mal zurückgewiesen!«

Aus der Masse von Gottes Heer lösten sich Gabriel, Michael und Uriel. Michael trug ein Flammenschwert, dessen unwirklich gefährlicher Glanz mir in den Augen brannte. Deswegen also die Besuche bei den Großen Anderen, dachte ich, um sich von ihnen diese Waffe fertigen zu lassen, der kein Engel je etwas entgegenzusetzen hätte. Und Gott sprach von Versöhnung und Frieden? Lächerlich!

»Wenn wir schon beim Abrechnen sind, Bruder Gott, was ist mit dem Flammenschwert und all den Bewusstseinssplittern, die du aus den hintersten Universumsfalten hast kratzen lassen, um dein Heer zu vergrößern?

68

Wenn ich über deine Streitmacht schaue, sehe ich, dass ein gutes Viertel davon nicht einmal genug an Seele hat, um das Verbrechen, das hier begangen wurde, begreifen zu können! Dieses Schlachten war lange vorausgeplant. Selbst du fürchtest dich vor Dingen, die du nicht kennst. Sex macht keinen von uns gleicher. Er sorgt nur dafür, dass wir uns selbst besser erkennen. Aber das ist für dich zu hoch, Gott. Und wird's auch immer bleiben. Du wirst ewig eifersüchtig auf jedes Wesen sein, das sich fröhlich der Ewigkeit entgegenficken und dabei erkennen kann, wie und wer es wirklich ist!«

Gott ließ sich müde wieder auf seinen Thron fallen und starrte mich voller dumpfer Wut an.

»Was sollte es denn da schon zu sehen geben, Bruder? Dort sieht ein Engel höchstens wie durch einen Spiegel in ein dunkles Wort! Und weder hinter jenem Wort noch hinter diesem Spiegel kann etwas von Wert und Bedeutung verborgen sein. Dort lauern höchstens Hybris und Rebellion. Das hier, Bruder Satan, all die Untaten, zu denen ich mich gezwungen sah, beweisen es!«

Ich hätte ihm entgegenbrüllen sollen, dass dieses Schlachtfeld gar nichts bewies, außer vielleicht, dass selbst Engel sterblich waren. Genauso wie Asrael es uns vor all den vielen Äonen prophezeit hatte.

Vielleicht hätte ich Gott ja auch entgegnen sollen, dass Sex ein Ausdruck von Liebe war. Jedenfalls solange er so betrieben wurde, wie er betrieben werden sollte: Nämlich mit Respekt, Anstand, Anmut, Konsens und so viel an Würde, wie es der Austausch von Körperflüssigkeiten in einer meist ziemlich seltsamen Körperstellung überhaupt zuließ.

Ich fürchtete, dass er nichts davon je begreifen könnte. Für ihn bedeutete Liebe Harmonie und Hierarchie. Nicht das Chaos von Gefühlen, Leidenschaften und Lust. Er hatte aus dem Geflecht seiner Regeln und Verbote ein Gefängnis errichtet und fand Frieden und Glück in seiner Rolle als dessen Baumeister, Wächter und Gefangener zugleich. Dass ihm alle übrigen Engel bereitwillig in jenes Gefängnis zu folgen hätten, um dort mit ihm und in seinem Namen ihre Existenzen in Langeweile zu verschwenden, betrachtete er zweifellos als seine größte Gabe an die Gemeinschaft der Engel.

Der tiefe Zorn machte Mitleid und Trauer Platz, neben denen zunächst nicht einmal Raum für Rachedurst blieb. Obwohl ich ahnte, dass der mich später umso unausweichlicher erfassen musste. Doch dort, vor Gottes Thron, im Angesicht von zerrissenen Leibern, abgeschlagenen Flügeln und aufgeschichteten Herzen, ging dieses Mitleid sogar so weit, dass es selbst Gott einschloss. Der

ahnen musste, dass der Preis für die Verbrechen, die er hier begangen hatte, in einer allumfassenden Einsamkeit bestand, die letztendlich keiner von uns übrigen Engeln je würde mildern können.

»Gut, Bruder Satan, wenn du weiter nichts zu sagen hast, ist es Zeit, die Rebellen zu richten!«, verkündete Gott, erhob sich von seinem Kalksteinthron und trat auf Lilith zu. Er streckte seine Hand nach Michaels Flammenschwert aus.

Lilith schaute Gott geradeheraus entgegen. In ihrem Blick mischten sich Zuversicht und eine Ahnung von Herausforderung mit dem Wahnsinn des Rachedurstes. Sie ahnte, dass Gott ihrer Revolte keinen größeren Dienst erweisen konnte, als ihr jetzt den Kopf abzuschlagen. Weil dies ein so unerhörtes Verbrechen dargestellt hätte, dass es all den übrigen, die hier begangen worden waren, eine blutige Krone aufsetzen und ewig im Gedächtnis der Engel bleiben musste, bis sich eines Düstersonnentages einer von ihnen fand, der in Liliths Namen erneut gegen Gottes Herrschaft aufbegehrte.

Sie sank anmutig auf die Knie und neigte Gott ihren Kopf entgegen.

Ich trat zwischen Gott und Lilith und breitete meine Arme vor ihr aus. »Bevor du sie tötest, wirst du mich töten müssen!«

Gott erhob das Schwert. »Woher, Bruder Satan, nimmst du die Gewissheit, dass ich deinen Kopf nicht genauso abschlagen werde wie ihren?«, rief er.

Murren und Rufe des Schreckens waren aus dem Heer der Engel zu hören und selbst Gabriel, Michael und Uriel erstarrten angesichts von Gottes Drohung.

»Sollten Satan oder Lilith sterben, geht keine Planetenseele, kein Rest-Ich und kein Engel mehr ins Nichts ein. Weil ich dann nämlich streike«, brüllte Asrael plötzlich zu uns herab.

Gott schaute zu ihr auf. »Dazu hast du nicht den Mut, Asrael! Du könntest den gepeinigten Rufen eines Planeten nach Erlösung niemals widerstehen!«

»Töte die beiden und du wirst herausfinden, wie es sich anfühlt, im Zentrum einer Milliarde Universenbeben zu stehen, wenn ich ein Ende mit euch allen mache!«

»Du wagst es nicht, für die beiden alles zu beenden!«, rief Uriel ihr zu und schaute dabei triumphierend auf Gott, gierig darauf, endlich die beiden Streiche zu sehen, mit denen er uns die Köpfe nahm.

Doch Gott zögerte. »Wenn wir alle sterben, wirst du ganz allein sein, Asrael! In alle Ewigkeit allein! Nicht einmal dir können Lilith und Satan so viel wert sein!«

Ich sah Schönheit, Irrsinn, Plagen und Freude des Lebens niemals klarer als in diesem Moment, in dem Gott sein Schwert erhob, um mich ins Nichts zu senden.

»Überlass Satan die Rebellen und er garantiert, dass sie niemals wieder rebellieren werden! Und verbanne Lilith auf die Erde!«, schlug Asrael vor.

»Gib außerdem das Flammenschwert an die Großen Anderen zurück!«, stellte ich eine weitere Forderung, die Gott so überraschte, dass er die Waffe sinken ließ.

»Ich bin hier der Sieger! Seit wann stellen Verlierer Bedingungen?«, rief er ihr zu.

»Gesiegt hat heute hier keiner, Gott!«, entgegnete Asrael trocken.

»Tja, Bruder Gott, das wären dann zwei Köpfe oder ein paar Milliarden Universenbeben? Deine Entscheidung!«, flüsterte ich.

Lilith hob den Kopf und schaute mich an. Vielleicht zum allerletzten Mal stand ein winziger Funken Liebe in ihren Blicken.

Doch Gott stieß mich zur Seite, schwang das Schwert und schlug Lilith die bereits die bereits verstümmelten Flügel vollständig ab. Unter ihren vom Steinknebel verzerrten Schmerzensschreien versanken sie in den weißen

Wassern und nahmen alle Hoffnung auf Versöhnung zwischen den beiden mit sich.

Erschrocken und von Liliths unerhörter Demütigung getroffen schaute ich zu Asrael hinauf.

Und ahnte – nein, wusste – dass sie für jeden hier ins Nichts eingegangenen Engel kalkweiße Tränen vergossen hatte, die auf ihren braunen Wangen winzige blaue Spuren hinterließen.

Äonen später begriff ich, dass jene blauen Spuren sich für immer in Asraels Haut einprägten, wo sie ein kompliziertes Muster bildeten, das mit jeder neuen Träne, die sie später noch vergoss, dichter, feiner und unbegreiflicher wurde. In jener Nacht, in der wir Gott schließlich die endgültige Rechnung für all seine Verbrechen präsentierten, zeigte sie es mir. Es war so schön, nicht weil es sich selbst genügte, sondern weil in ihm die Erinnerung an all die Wesen bewahrt wurde, die der mädchenhafte Tod ins Nichts begleitet hatte.

»Dann greift euch eben die Krüppel, Rebellen und Dämonen!«, flüsterte Gott mir zu.

Das taten Asrael und ich.

Während sie die regungslose Lilith davontrug, versammelte ich die Rebellen um mich und füllte mit ihnen die Hölle.

Die meisten sind immer noch bei mir, sind Finsterlinge, Wächter, Bürokraten und Bahnwärter oder wurden stolze Sukkubae.

Soweit zur wahrsten Wahrheit über das traurige Ende von Liliths Aufstand der Engel. Dass der in Gottes alten Bestsellern jedes Mal mir zugeschoben wurde und ich deswegen seit ein paar Tausend Jahren mit einem gewissen Imageproblem zu kämpfen habe, war ihm natürlich ein ganz besonderes Anliegen.

Aber sei's drum.

Ich sage hier nur so viel: Keine Seite hat der anderen je wirklich verziehen, was sie angerichtet hatte.

Keine Fakenews sind, dass über Äonen hinweg jede Seite im Streit der Engel mal offener und mal heimlicher auf Vergeltung drängte und dass meine Chancen dafür, dem alten Korinthenkacker endlich zu beweisen, was eine Harke ist, mit dem Auftauchen der erstaunlichen Miss Artemisia Jones deutlich gestiegen waren. Selbst wenn ich eine ganze Weile brauchte, um das einzusehen.

Erde – Rom

Als die Glocken des Petersdoms acht Uhr schlugen, legte Kardinal Rodrigo Gutierrez den Brief, den ihm ein geheimer Kurier gestern übergeben hatte, wieder auf seinen prächtigen antiken Sekretär zurück. Dieser war mit einem purpurroten Streifen und zwei altertümlichen Siegeln versehen, die ihn als Eigentum der Inquisition kennzeichneten.

Titel und Aufgabenbereich des Kardinals innerhalb der Kurie waren so nebulös wie ein Novembermorgen in der City of London. Das war ihm nur recht, denn je nebulöser und unauffälliger die ausfielen, umso weiter ließen sich seine Kompetenzen fassen. In jeder anderen staatlichen oder halbstaatlichen Institution hätte man ihn als Geheimdienstchef einsortiert.

Ein weltweites Informantennetz aus Priestern, Laien und einigen Nonnen hielt den Kardinal über die Ereignisse in der Welt auf dem Laufenden. Papst Leo XIII war ihm nicht sonderlich wohlgesonnen, doch diese Abneigung beruhte durchaus auf Gegenseitigkeit. Gutierrez gingen die Bemühungen des Papstes um eine Modernisierung der Heiligen Mutter Kirche deutlich zu weit. Er fürchtete sogar, dass sie Macht und Einfluss der Kurie

unwiederbringlich zerstören würde. Mit dieser Furcht war er nicht allein. Acht honorige und einflussreiche Bischöfe hatten sich ihm angeschlossen, mit denen er regelmäßig korrespondierte.

Jener Brief, den er jetzt unschlüssig auf seinem Sekretär hin und her wendete, stammte vom Prager Bischof Kasimir Hyn. Gutierrez schätzte den Mann nicht besonders, denn der war ein großer Feinschmecker und Genießer, der Wasser predigte, aber Wein und Bier und Schnaps soff – und zudem noch so einiges anderes trieb, woran der Kardinal gar nicht denken mochte.

Dennoch war seine Nachricht ernst zu nehmen, denn er verfügte über Beziehungen in England. Über diese hatte er sich detaillierte Berichte bezüglich einer Reihe rätselhafter Vorfälle auf dem Landsitz eines Lordrichters namens Sir Reginald Bullington beschafft, die er in seinem Brief zusammengefasst hatte. Demnach hatte dort eine uralte Satanistensekte gehaust, der es offenbar tatsächlich gelungen war, den Herrn der Fliegen herbeizuzitieren. Was augenscheinlich im Tod von immerhin acht Menschen geendet hatte, deren furchtbar entstellte Überreste man auf dem Gelände gefunden worden waren.

Die Ereignisse auf dem Landsitz hatten in ganz Europa für Schlagzeilen gesorgt und eine der spektakulärsten

Ermittlungen Scotland Yards ausgelöst. Doch selbst den berühmten Detektiven des Empires war es nicht gelungen, diesen Fall zufriedenstellend aufzuklären.

Eine Zeit lang schienen sich ihre Nachforschungen auf eine Bibliothekarin namens Artemisia Jones konzentriert zu haben, die sich angeblich zur fraglichen Zeit auf dem Landsitz aufgehalten haben sollte. Doch aus für den Kardinal unerfindlichen Gründen hatten die Inspektoren diese Spur rasch fallen lassen und sich stattdessen auf das Hauspersonal des Lordrichters konzentriert, allerdings auch diesen Ermittlungsansatz bald wieder verworfen.

Gutierrez vermutete hinter der verpatzten Ermittlung eine Verschwörung Londoner Politiker und hochrangiger Justizvertreter. Er selbst hatte sein Leben lang Intrigen und Verschwörungen genug gesponnen, um den Braten sicherer riechen zu können, als die schlanken Windspiele des Bischofs von Prag das Gulasch in dessen Küche hätten erschnuppern können.

Dies und eine Fotografie der Kapelle des betreffenden Landguts, aufgenommen am Abend nach den fraglichen Ereignissen, die der Bischof seinem Brief beigelegt hatte, bestärkten ihn in der Annahme, dass man es in England mit einer echten metaphysischen Katastrophe zu tun gehabt hatte. Dazu passte, dass ihm seine Agenten in London

von geheimen Sitzungen des Innenministers und Premiers berichteten, zu denen sie einen bekannten Philosophen, den Nachfolger des designierten Erzbischofs von Canterbury, der den Vorfällen bedauerlicherweise zum Opfer gefallen zu sein schien, und zwei Gentlemen von der *Society for Psychical Research* hinzubaten. Bei dieser Society handelte es sich um einen Gentleman-Club für allerlei Spinner und Modernisten, die glaubten, nach Dämonen und Geistern forschen zu können, ohne dabei Gottes Primat über die Welt anerkennen zu müssen. Bislang waren ihm diese Leute eher lächerlich erschienen, doch dass es einige von ihnen bis in die Hinterzimmer der weltlichen Macht schafften, änderte seinen Blick auf sie. Deshalb hatte er angeordnet, sie zukünftig stärker zu überwachen.

Dasselbe galt für diese etwas zu auffällig unauffällige Bibliothekarin, die, wie er inzwischen wusste, ein bemerkenswertes Doppelleben führte. Sie schien ihm eine jener grundsätzlich aufmüpfigen modernen Damen zu sein, die sich von allerlei tollkühnen Ideen in Journalen und Romanen dazu verleiten ließen, ihren natürlichen Rang innerhalb der gottgewollten Ordnung infrage zu stellen.

Neben all den Interna der Kurie und Heimlichkeiten seiner Mitbrüder hütete der Kardinal auch einige ganz persönliche Geheimnisse. Das wohl potenziell

verhängnisvollste davon hing eng mit Satan und dessen verderblicher Macht zusammen. Selbst hier im Vatikan, der derart von der Furcht vor dem dunkelsten Engel geprägt war, konnte es keinen geben, der Satan je näher gekommen war als Kardinal Rodrigo Gutierrez.

Einer der jungen Dominikaner, die ihm als Sekretäre und Burschen dienten, betrat den Raum.

»Benötigt Eure Eminenz noch etwas?«, erkundigte er sich.

Der Kardinal schüttelte den Kopf. »Nur Ruhe, Ludger! Ach, und senden Sie eine Nachricht an Ihre Mitbrüder in Paris, ich erwarte, dass man dort die Observation einer gewissen jungen Dame namens Artemisia Jones verstärkt. Außerdem sollte es endlich gelingen, eine Vertrauensperson in der Pembroke Library in London zu installieren, die die betreffende Lady auch dort im Auge behält.«

»Sehr wohl, Eure Eminenz!«, entgegnete Ludger und zog sich zurück.

Gedankenverloren starrte der Kardinal auf den Brief des Prager Bischofs. Was, wenn es tatsächlich wahr wäre und der Herr der Fliegen sich auf diesem britischen Landsitz hatte blicken lassen? Gutierrez wusste, dass die dort gestorbenen Herren alle nicht so in der Gnade und dem Licht Gottes gelebt hatten, wie ssie die Öffentlichkeit

glauben gemacht hatten. Dennoch waren sie alle Vertreter bestimmter traditioneller Werte gewesen, die seinen eigenen ähnelten. England, zu dessen Stützen die ermordeten Männer gezählt hatten, bildete Herz und Hirn des mächtigsten Empires, das die Welt je gesehen hatte. Ihr Tod hatte für Unsicherheit gesorgt, was bestimmten progressiven Kräften seither Vorschub leistete. Seit Jahrzehnten befürchtete der Kardinal einen neuen Angriff des düsteren Engels auf die althergebrachte Ordnung der Welt. Im Schatten der unseligen Revolution anno 1789 und den darauffolgenden politischen und moralischen Verwerfungen war der Geist der Rebellion auch unter den katholischen Glaubensbrüdern und Schwestern stetig stärker geworden. Wie der Herr, so rechnete auch sein Gegenspieler in Jahrzehnten und Jahrhunderten, die es brauchte, bis seine unselige Saat Früchte trug. Womöglich war es inzwischen so weit. Jener Schlag gegen einige der besten konservativen Köpfe in England könnte den Auftakt für Satans Ernte unter den unmündigen Massen bilden, die sich heute so sehr nach geistiger Führung sehnten wie kaum jemals zuvor und deswegen bereitwillig den Verheißungen falscher Propheten folgen mochten.

Bis Mitternacht und länger saß der Kardinal am Fenster und schaute in die laue römische Nacht hinaus.

Es war an der Zeit, Entscheidungen zu treffen und die irdischen Heere des Herrn für eine weitere Schlacht im Dunkeln zu sammeln.

Zweiter Teil

Satans Werk und
Gottes Beitrag

«The sky is darkening like a stain. Something is going to
fall like rain. And it won't be flowers.»
W. H. Auden, 1935, aus «The Witnesses»

Erde – Savanne

Etwa zum selben irdischen Zeitpunkt, als der Kardinal sich entschloss, die Heere des Herrn für einen neuen geheimen Kampf zu sammeln, saß ich an einem Wasserloch in der Savanne und schaute zu, wie ein Löwe die Jungen seines Rivalen auffraß. Neben mir warf Gott Steinchen ins Wasser und erfreute sich an den kleinen Wellen, die sie auslösten.

Der Löwe knackte den Kopf eines der Jungen auf und leckte gierig dessen Hirn aus dem Schädel.

»Du hast unseren Pakt gebrochen«, sagte Gott. »Miss Artemisia Jones ist eine Abscheulichkeit, die ausgemerzt gehört! Das Universum beruht auf Symmetrie und Ausgleich. Ihre Existenz unterbricht diese Harmonie.«

Natürlich gab der alte Betrüger mir die Schuld. Unverschämt wie immer. Aber nicht ich hatte Miss Jones geschaffen, sondern Asrael, der mädchenhafte Tod.

Na ja, irgendwie hatte ich schon einen Anteil daran, dass Miss Artemisia Jones unsterblich geworden und wahrscheinlich so unzerstörbar war wie Asrael selbst.

Ich wies auf den Löwen, der immer noch im Schädel des Jungen herumleckte. »Das da, das ist eine Abscheulichkeit. Aber Miss Jones ist höchstens ein Pubertätspickel

am Gesicht des Universums. Das Universum ist allerdings verdammt groß. Ein Pickel mehr oder weniger wird es nicht umwerfen.«

Gott zog seine linke Augenbraue auf. Er hatte sich ein paar Milliarden Jahre Zeit genommen, diese Geste einzustudieren und beherrschte sie deswegen absolut perfekt. »Du hast dem Pakt zugestimmt! Außerdem hinkt dein Vergleich. Denn ich wüsste nicht, wie es möglich sein sollte, sich vorzustellen, dass das Universum Socken trüge.«

Selbstverständlich konnte er sich das nicht vorstellen. Dazu war er schlicht zu steif gewickelt. Einer der Gründe, weswegen er Künstler verachtete und sich vor dem unvorhersehbaren Chaos ihrer Fantasie fürchtete.

»Korinthenkacker!«, sagte ich.

Er schüttelte unwirsch das Haupt. »Auge um Auge, Zahn um Zahn, Satan! Das ist das Diktum, welches das Universum im Gleichgewicht hält. Ausgewogenheit und Balance sind es, denen wir alle unsere Existenz verdanken. Da die Ungeheuerlichkeit namens Artemisia Jones offensichtlich nicht einmal von mir vom Angesicht der Welten getilgt werden kann, wirst du mir etwas dafür opfern müssen«, verkündete er.

Der gefräßige Löwe gegenüber spürte unsere Anwesenheit. Er zog seine Schlüsse daraus, buckelte und fauchte zu mir herüber.

Mein Freund, dachte ich, wenn du nur wüsstest, wer von uns hier das eigentliche Monster ist, ich wäre nicht derjenige, den du anfauchst.

Dennoch: Pakt war Pakt. Und so wie die Dinge lagen, hatte Gott mich bei meinen runden roten Eiern. Da ich aus Erfahrung wusste, wie sehr er das genoss und wozu er fähig war, sollte ich mich seinem Willen weiterhin widersetzen, murmelte ich schließlich einen Namen in die flirrende Luft über dem Wasserloch.

Nicht weit entfernt schrie die Löwenmutter herzzerreißend nach ihren Jungen, deren Karkassen am anderen Ufer des Wasserlochs längst zum Fest für Käfer, Würmer und Hyänen geworden waren.

Das war die Welt, die Gott geschaffen hatte. Das war die Welt, mit deren Einrichtung ich mich trotz meiner legendären Faulheit niemals abfinden würde.

Gott streckte sich am Ufer aus, faltete die Hände über seinem Bauch und schaute zum Himmel hinauf. Sogleich sprossen um sein Haupt bunte Blumen und Blüten aus dem kargen Savannenboden.

Er war eben nicht nur ein Intrigant, Betrüger und Korinthenkacker, sondern auch ein Angeber.

Ich hielt mir das linke Nasenloch zu und schickte aus dem rechten einen Flammenstrahl, der Gottes Blumen in Asche verwandelte.

Asrael hätte mir vorgeworfen, dass es eine kindische Geste sei. Zumal die Blumen gleich nach meinem Feuerstrahl drei Mal so schreiend bunt erneut aus der Asche hervorsprossen.

Gott streichelte seine Angeberblumen.

Ich dachte über unseren Vertrag nach. Seinerzeit, als ich Gott zum ersten Mal heimlich zu dem blauen Planeten gefolgt war und mich dort einige Zeit herumgetrieben hatte, hatte ich etwas bemerkt, das Gott garantiert entgangen sein musste. *Die nackten Zweibeiner dort verfügten über Kreativität.* Sie stellten Dinge her, die keinem praktischen Zweck dienten und verzierten auch ihre Alltagsgegenstände mit Symbolen und Formen, die eigentlich völlig überflüssig waren.

Gott verachtete solchen überflüssigen Zierrat und verfügte auch kaum über einen Funken Fantasie. Was wohl einer der Gründe dafür war, dass er auf Asrael und mich so herabschaute, weil wir beide damit nun wirklich überreichlich ausgestattet waren.

Als Gott und seine Speichellecker mir dann etwas später die Betreuung der metaphysischen Müllhalde

aufgedrückt hatten, die ihr Endlinge inzwischen Hölle nennt, war mir eine Idee gekommen, wie ich Gott für die nächsten Äonen zum Wahnsinn treiben konnte.

Im Gegenzug dafür, dass ich meiner charakterlich verankerten Faulheit zeitweise entsagte und meinen Teil der Restich-Betreuungsvereinbarung erfüllte, hatte ich darauf bestanden, dass Gott mir zwölf Endlinge meiner Wahl zugestand, denen Asrael und er gestatteten, solange mit derselben Seele wieder geboren zu werden, wie sie es wollten und ertragen konnten.

Gott hatte mir daraufhin vorgeworfen, grausam zu sein, weil er davon ausging, dass keiner der zwölf Endlinge diese Seelenwanderung länger als zwei Mal ertragen könnte.

Ich aber wusste, dass jeder von denen, die ich auswählen würde, über eine ähnlich unersättliche Seele verfügte wie ich. Jene Unersättlichkeit und der ewig frostige Splitter Zorn, der gemeinsam mit ihr in den Herzen mancher Wesen wohnte, waren Dinge, die Gott niemals würde begreifen können. Ich war sicher gewesen, mein Dutzend ewig wandernder Seelen würden ausreichen, um Gottes Träume von einer strikt geordneten Welt jedes Mal aufs Neue zu durchkreuzen. Und tatsächlich taten sie das. Sie zettelten Revolutionen an, erschufen wundervolle Kunstwerke, setzten neue für Gott gefährliche Ideen in Welt

oder vögelten sich schlicht so zuversichtlich heidnisch durch ihre Leben, das allein schon dies einen Affront gegen alle göttlichen Regeln darstellte.

Doch heute, an diesem Wasserloch in der Savanne, drohte mir mein schöner Langzeitplan auf die Bockshufe zu fallen. Schuld daran war selbstverständlich die erstaunliche Miss Artemisia Jones.

»Du hast Miss Jones geschaffen und wolltest sie mir unterschieben. Aber es kann nun mal nur zwölf geben, Satan. Mir ist gleich, welche Seele du zerstörst, aber eine wirst du mir opfern müssen. Vielleicht irre ich mich ja und diese Miss Jones ist eben doch nicht ganz unzerstörbar. Dann kannst du sie vernichten und die Harmonie der Universen wäre wieder hergestellt.«

Darin, unzerstörbar zu sein, bestand allerdings Sinn und Zweck von Miss Jones Existenz. Sie war ebenso ewig wie Asrael, die selbst dann noch in der Welt sein würde, nachdem alle bekannten und unbekannten Universen längst zerfallen waren. Miss Jones beiseitezuschaffen war also definitiv nicht drin.

»Du hast dich verzählt, Gott. Denn es gibt immerhin einen Unsterblichen, für den wir beide nichts können. Wie wäre es, wenn ich den opfere, um die Rechnung auszugleichen?«

Gottes albern bunte Hippieblumen ließen plötzlich die Köpfe hängen, rollten die Blätter ein und verwandelten sich in lila Disteln mit enormen Dornen.

»Das ist ja wohl nicht dein Ernst, Satan!?«, rief Gott. »Noch einer?«

»Der war reine Physik. Für den konnte ich nichts. Er hat einen Weg gefunden, Asraels Besuchen auszuweichen. Bisher war er stets unantastbar für sie«, erklärte ich und hoffte, dass er meine Lüge nicht durchschaute.

»Du wirst Asrael hierher beordern, Satan! Und zwar gleich!«, rief Gott.

»Ruf du sie doch! Weshalb sollte Asrael auf mich hören? Sie ist eine Frau. Die sind seltsam.«

»Deine Sukkubae hast du auch im Griff. Mach mir hier doch nichts vor! Du bist der einzige, auf den Asrael hört.«

Seine lila Disteln schüttelten sich und warfen dabei mit schillernden Samen um sich. Dieser Ort würde nach unserem Besuch nie wieder derselbe sein. Eines Tages würden Menschen hier einen Schrein errichten, um all die bösartige Energie, die unser Gespräch an dem Wasserloch zusammengezogen hatte, bändigen zu können.

»Ich nehme an, dass du hier sein wirst, wenn ich zurückkehre?«, fragte ich.

»Verlass dich darauf«, antwortete Gott.

Erde – London

Die erstaunliche Miss Artemisia Jones entschloss sich trotz des miserablen Wetters an diesem Mittwochmorgen im April des Jahres 1898 den Weg von ihrer Wohnung zur Pembroke Library zu Fuß zurückzulegen. Sie brauchte die frische Luft ebenso wie die Bewegung, allein schon, um ein wenig Dampf abzulassen. Die Vermieterin ihrer bedrückend engen und dunklen Dachgeschosswohnung in Whitechapel hatte ihr – schon wieder – einen langen und ausgiebigen Vortrag darüber gehalten, dass es sich für eine Dame ihres Alters ganz und gar nicht schicke, allein zu leben, genauso wenig wie einem Beruf nachzugehen, auch nicht einem so angesehenen wie dem einer Bibliothekarin. Es war Artemisia ausnehmend schwergefallen, der alten Schachtel nicht den Hals um zu drehen. Oder, was vielleicht noch grausamer gewesen wäre, ihr von all den Unmöglichkeiten zu erzählen, die ihr, Miss Artemisia Jones, vor gar nicht allzu langer Zeit auf dem Anwesen von Lord Bullington widerfahren waren, und die durch ein beherztes Eingreifen des Dunklen Lords persönlich dazu geführt hatten, dass sie nun nicht nur über von ihr noch nicht ganz verstandene Fähigkeiten verfügte, sondern, zumindest, wenn man der

Aussage des Dunklen Lords Vertrauen schenken wollte, ebenso über Unsterblichkeit. Das hätte die alte Schachtel zum Schweigen gebracht!

Aber Artemisia war klar, dass sowohl ihre Fähigkeiten als auch ihre Unsterblichkeit ein Geheimnis bleiben mussten. Ganz zu Anfang ihrer Rückkehr nach London war sie nicht umhingekommen, der Versuchung, sich einzumischen, nachzugeben. Sie hatte mehr als einen Raub, mehr als eine Vergewaltigung verhindert, und mehr als einen Schandtäter vom Antlitz der Erde getilgt, bevor sie der Notwendigkeit, ständig neue Kleider zu kaufen, weil die ihren zerschnitten, zerstochen oder zerrissen worden waren, müde geworden war und sich passendere Garderobe besorgt hatte. Ihre Wut an den Untätern und Mistkerlen auszulassen, verhinderte, dass sich zu viel davon anstauen konnte – der dunkle Engel hatte sehr deutlich gemacht, dass sie das nicht noch einmal zulassen durfte.

Ihr wurde klar, dass sich etwas ändern musste, als ihre damalige Vermieterin, die freundliche und warmherzige Mrs Bakerfield, sie darauf ansprach, dass im Haus Gerüchte laut wurden, sie würde sich des Nachts hinausschleichen. Da beendete Artemisia ihre Eskapaden, und mit großem Bedauern suchte sie sich ein neues Zuhause. Die Unterkunft in Whitechapel hatte nicht nur den

Vorteil, fußläufig zur Bibliothek zu liegen, sondern bot ihr auch durch das Fenster ihres Zimmers ungehinderten Zugang zum Dach, sodass niemand mehr bemerkte, wenn sie sich des Nachts hinausschlich, um zum Schrecken der Londoner Unterwelt zu werden. Was sie sich aber nur noch ab und an gönnte, wenn sie ihrer inneren Unruhe anders nicht mehr Herr werden konnte. Sie schlüpfte dann in die schwarze Hose und das dunkle Hemd, das sie einem Schornsteinfegergesellen von der Wäscheleine gestohlen hatte. Natürlich nicht, ohne stattdessen eine kleine Börse zurückzulassen.

Es war bereits Mittwoch. Morgen schon würde sie im Zug nach Paris sitzen. Alles würde leichter werden. Statt im ewigen Dunst der Londoner Nächte würde sie im hellen Glanz der Schönen die Nächte hindurch tanzen, über Literatur diskutieren und im Strahlen der Klugen selbst leuchten dürfen. Paris ...

Es war nicht lange nach den Ereignissen auf Clapford Manor und deutlich vor ihrer Rückkehr zur Pembroke Library gewesen, dass ihre unstete Seele Miss Artemisia Jones nach Paris geführt hatten. Die pulsierende Lebensfreude der Stadt hatte ihr erst Angst gemacht, doch

nachdem sie sich bewusst geworden war, dass es zum einen nichts und niemanden gab, der ihr auf Erden noch gefährlich werden konnte, und zum anderen in Paris auch niemanden, der sie kannte oder dem ihr untadeliger Ruf in irgendeiner Form etwas bedeutete, warf sie sich kopfüber ins Nachtleben. Sie ersetzte die langweilige Garderobe der viktorianischen Jungfrau durch die farbenfrohen Kleider der Pariserinnen, tauschte ihr Hotelzimmer in der Nähe des Gare du Nord gegen ein kleines Appartement auf dem Montmartre und eroberte die Stadt für sich. Nicht weit von ihrem Zuhause, das in einem der wenigen aus Stein erbauten Häuser inmitten all der Holzhütten lag, erwuchs die strahlende Pracht von Sacré Coeur jeden Tag mehr in den Himmel, doch Artemisia hatte nur selten Zeit, die Wunder der modernen Baukunst zu bestaunen – ihre Welt waren die Cafés, die Weinhäuser und Gaststätten, die Cabarets und Variétés und all das bunte Volk, das in ihnen den Grundstein für die Kinder der Revolution legte: Wahrheit, Schönheit, Freiheit und, immer und immer wieder, die Liebe. Dort hatte sie die gefunden, die sie als die ihren betrachtete: jene, die für die Kunst atmeten, der Literatur ergeben waren und die Schönheit als Maß aller Dinge sahen. Unter diesen Menschen fühlte sie sich, auch wenn sie ihnen niemals offenbaren durfte, was

es mit ihr auf sich hatte, gesehen und angenommen. Unter diesen Menschen hatte sie Freunde gefunden. Und doch war sie nach London zurückgekehrt, in das unglamouröse Leben der Bibliothekarin. Warum, das war nicht einmal ihr selbst klar – der Drang, sich zurück in das gesellschaftliche Korsett zurückzuzwängen, war immer stärker geworden. Asrael hätte ihr verraten können, dass es der Einfluss der himmlischen Heerscharen war, der sie dazu bringen wollte, Gottes Willen Folge zu leisten. Aber nicht einmal die Einflüsterungen der Engel konnten Artemisia dazu bringen, Paris ganz fernzubleiben – zu stark war die Sehnsucht.

Artemisia zwang sich dazu, ihre Tagträumerei zu beenden, als sie die Stufen der altehrwürdigen Pembroke Library empor schritt. Aber nichts konnte das sanfte Lächeln um ihre Mundwinkel von ihrem Gesicht fegen, das der Vorfreude auf ihre morgige Reise geschuldet war.

Zwischenwelt

Es gibt Orte im Universum, an die ich mich nur ungern begebe, weil sich dort Wesen aufhalten könnten, die selbst mir Angst machen.

Asrael kannte solche Scheu nicht. Sie war der mädchenhafte Tod, Tochter der Welt, Verweserin der Universen, Zähmerin aufsässiger Sukkubae und die beste Geschichtenerzählerin überhaupt.

Asrael ist klein, zart und schmal. Ihre braune Haut leuchtet wie die Savanne, wenn die Abendsonne auf sie fällt, und manchmal verfärbt sich ihr dunkles Haar spontan rot oder weiß, abhängig von ihrer Stimmung. Meistens trägt sie Wolkenkuhlederhosen, ein Tankshirt mit aramäischen Sprüchen darauf, einen roten Kapuzenmantel und grobe Schnürstiefel, die es ihr erlauben, sogar in Sonnen zu stehen.

Asrael, für die Zeit und Grenzen nicht gelten, weiß stets, wo ich mich befinde. Es ist unmöglich, sie zu überraschen.

Sie schwebte einige Zentimeter über dem Boden, hielt ihre Hände etwas vom Körper ab und hatte deren Handflächen nach oben gewandt. Ihre Haare führten ein fantastisches Eigenleben. Einige von ihnen streckten sich

96

nach oben aus, knickten dann ein oder formten sich in komplexe Zöpfe.

Sie reagierte nicht auf mein Erscheinen. Mit winzigen Gesten ihrer schmalen Finger und jenen eigentümlichen Vorgängen in ihrem Haar kommunizierte sie mit einer Wolke aus Milliarden winziger, silbern leuchtender Fädchen. Einige davon wirkten wie lebendig gewordene, schwebende Buchstaben. Die Wolke, die sie bildeten, veränderte immer wieder ihre Form, ähnlich wie es die Schwärme von Zugvögeln auf der Erde taten, sobald sie sich im Frühjahr oder Herbst für ihre langen Reisen zusammenfanden.

Ich ahnte plötzlich, wozu Asrael an diesen grausig kalten Ort gekommen war und erstarrte vor Ehrfurcht. Außer dem mädchenhaften Tod selbst konnte kein einziges beseeltes Wesen je gesehen haben, was ich gerade sah. Denn Asrael begleitete die Seele eines großen uralten Planeten in jenes schwarze Nichts, in dem eines fernen Augenblicks sämtliche Universen und beseelte Wesen verschwinden würden.

Sie hatte mir hin und wieder flüsternd davon berichtet. Doch ich hätte mir nie vorstellen können, wie wunderbar traurig der Abschied eines Planeten war.

So sah ich still und regungslos zu, wie eines nach dem anderen die silbernen Fädchen verloschen, bis Asrael schließlich zu Boden sank und dort noch einmal mit dreißig oder vierzig Büscheln ihrer langen lockigen Haare der Seele des Planeten hinterherwinkte.

»Ich habe solchen Durst, Bocksbeinchen. Hast du frische Knorpelnüsse dabei? Die sind so schön saftig«, fragte sie, sobald sie beschlossen hatte, mich wahrnehmen zu wollen.

»Nein. Ich hab nur eine Nachricht von Gott«, antwortete ich.

Asrael nickte. »Ich weiß. Er ist hinter das Geheimnis von Miss Jones gekommen und sauer auf dich.«

»Er hat violette Wutdisteln wachsen lassen.«

»Oi, Bocksbeinchen, das tut er selten.«

»Er will ein Opfer. Einer der zwölf Unsterblichen soll in die Hölle einfahren, damit unser Pakt gewahrt bleibt. Vielleicht sollte ich ihn ja endlich einfach in Stücke reißen. Dann sehen wir mal, ob das Universum wirklich platzt, wie er es immer behauptet. Was meinst du?«

»Es ist noch zu früh, ihn zu zerreißen, Bocksbeinchen. Dass die Universen nicht platzen, wenn Gott in Stücke zerfetzt wird, hätte ich dir sagen können. Es gäbe höchsten ein mittelschweres Quantenbeben.«

»So schlimm, wie die die Miss Jones neulich beinah ausgelöst hätte?«

»Hm, weiß nicht genau. Wahrscheinlich schon. Miss Jones ist als Unsterbliche sozusagen noch Teenager. Und von Teenagern ausgelöste Quantenbeben sind unkalkulierbar.«

»Verstehe. Also soll ich ihn jetzt zerreißen oder nicht?«, hakte ich noch einmal nach und ließ dabei meine langen knorpeligen Finger einen nach dem anderen knacken.

»Nur nichts überstürzen, Bocksbeinchen. Außerdem hast du ja eine Idee, wie du ihn hinters Licht führen kannst.«

Die hatte ich tatsächlich. Ich war mir nur nicht sicher, ob die wirklich gut war.

»Stimmt. Aber dazu brauche ich deine Hilfe. Könnte gefährlich werden.«

Sie las wieder in meinen Gedanken, lächelte und schlug ihre Kapuze übers Haar. »Gott hat dein Vorhaben längst durchschaut, Bocksbeinchen. Der wird sich nicht darauf einlassen, Nicolas Flamel gegen Miss Jones auszutauschen.«

»Doch, das wird er. Weil du nämlich dafür sorgen wirst, dass der alte Hochstapler auf Nicolas Flamel sogar noch wütender wird, als er es auf uns und Miss Jones jetzt schon ist.«

»Hm, Bocksbeinchen, immer eine gute Idee, sich Gottes Eitelkeit zunutze zu machen.«

»Und ob, kleiner Racker!«

»Bocksbeinchen?«

»Ja?«

»Wenn du mich noch mal kleiner Racker nennst, werde ich dir zwei Kometen gegen den Kopf stoßen.«

»Oh, wie schön!«, antwortete ich.

Asrael lachte.

Ich erklärte ihr genauer, wie ich mir diese Sache mit Nicolas Flamel, Gott und Miss Artemisia Jones vorstellte.

Es war ein gutes Zeichen, dass sie mir nicht widersprach.

Trotzdem ging bei diesem Plan schief, was nur schief gehen konnte. Woran ich selbstverständlich jegliche Schuld von mir weise. Falls man dennoch so unverfroren sein wollte, mir daran ein winziges Teilchen Schuld zuweisen zu wollen, dann stünde fest, dass einen spanischen Kardinal und einen gewissen Zeitfrosch mindestens so große Schuld träfe wie mich. Ach ja, Lilith, der Heilige Zombie und das Reliquienknochenkarussell wären auch nicht ganz und gar davon freizusprechen, dass um ein Haar wieder mal die Welt untergegangen wäre.

Aber ich will nicht vorgreifen ...

Erde – Paris

Artemisia stieg aus dem Zug, der sie von Calais aus hergebracht hatte, und genoss den Lärm, der am Gare du Nord wie immer herrschte. Da sie ohnehin in London eine völlig andere Garderobe trug als hier, hatte sie nur ein kleines Köfferchen dabei, mit dem sie problemlos allein zurande kam. Also nahm sie sich eine Droschke und ließ sich auf den Hügel fahren. Die Hausherrin, Madame Lafitte, hatte in ihrer Abwesenheit regelmäßig gelüftet, geheizt, Duftkerzen abgebrannt und die Betten aufgeschüttelt, sodass es für Artemisia war, als wäre sie gar nicht weggewesen. Obwohl es für April ganz schön frisch war, öffnete sie alle Fenster und sog den Duft der Stadt tief in ihre Lungen. Bier, Tabakrauch, die Parfums der Damen ebenso wie die der Huren, der Steinstaub der nahen Baustelle von Sacré Coeur und der beißende Gestank der Kanäle vermischten sich zu dem einzigartigen Geruch der Stadt der Liebe. Dass diese eben genau so dreckig war, wie sie nun einmal war, sagte eine Menge über die Liebe an sich aus, fand Artemisia. Sie legte sich auf ihr schmales Bett, schloss die Augen und gab sich ganz der Vorfreude hin. Nachdem sie sich derart erfrischt hatte, suchte sie aus ihrem Schrank ihr Lieblingskleid heraus, ein schmal geschnittenes

Ensemble aus leuchtend violetter Seide. Nachdem sie ihr Haar gerichtet und das zum Kleid passende Hütchen festgesteckt hatte, packte sie ein wenig Geld, ihren Fächer, ihr Taschentuch und die sechs Bücher ein, die sie aus London als Geschenk mitgebracht hatte, und machte sich auf den Weg zum Hotel d'Alsace. In dem kleinen Café direkt gegenüber entdeckte sie schon von weitem ihren engsten Freund, der sicherlich auf sie wartete.

Artemisia war Sebastian schon bei ihrem ersten Besuch in Paris begegnet. In einem Variété, indem sie mit einer Mischung aus Grausen und Faszination die Tanznummern der leichtbekleideten Mädchen beobachtet hatte, war ihr das Raunen, als er den Raum betrat, erst entgangen. Sie hatte jedoch schnell begriffen, dass der schlanke, kränklich wirkende Mann der Grund für die Unruhe war, wenn auch nicht, warum. Von da an begegnete er ihr öfter, und sie begann, seine Nähe zu suchen. Selbst wenn sie nicht miteinander sprachen, gar nicht miteinander agierten, war seine Gegenwart ihr ein Trost, auch wenn sie nicht wusste, warum.

Sie war schon wieder nach London zurückgekehrt und auf einem ihrer unregelmäßigen Besuche in der Stadt der Liebe, als sie ihn wiedersah. Er wirkte noch kränklicher und schwächer als vorher, aber sobald er zu ihr trat und sie

anlächelte, meinte sie, die Sonne sei in diesem Raum aufgegangen. »Bitte verzeihen Sie mein Ungestüm, Madame, aber ich bin außerordentlich erfreut, Sie zu sehen. Ich fürchtete schon, Paris hätte Sie verloren.«

Artemisia errötete, schlug die Augen nieder und antwortete leise: »Ich bin tatsächlich nach London zurückgekehrt, aber ich kann Paris nicht ganz und gar den Rücken zuwenden. Es zieht mich immer wieder hierher zurück.«

»Was für ein Glück!« Er lächelte erneut, zog sich einen Stuhl heran, fragte nonchalant »Darf ich?« und saß schon, bevor Artemisia nicken konnte.

Die darauffolgenden Stunden gehörten zu den Schönsten ihres Lebens. Sie unterhielten sich über Musik, Literatur, Kunst, die Sterne, griechische Mythen, ägyptische Geschichte, und bevor sie sich versahen, war es spät in der Nacht und der Kellner fegte sie aus dem Café. Weil sie es aber noch immer nicht übers Herz brachten, auseinanderzugehen, spazierten sie an der Seine entlang und führten ihr Gespräch fort. Erst, als der erste Schimmer der Morgendämmerung die Ränder der Nacht einfärbte, brachte er sie nach Hause, verabschiedete sich mit einem formvollendeten Handkuss und verschwand in die Nacht. Von diesem Tag an sahen sie sich, so oft sie es einrichten konnten. Einzig seine schwindende Gesundheit konnte Sebastian davon

abhalten, mit ihr durch die Cafés zu ziehen oder neben den Feldern des Montmartre mit ihr zu picknicken.

Als sie durch den schmalen Torbogen in das Außengelände des Cafés trat, bemerkte sie sofort, dass er schon wieder schmaler geworden war. Unter seinen Augen lagen tiefe Ringe, und obwohl der Tag frühlingsmild und sonnig war, lag eine dicke Decke um seine Schultern. Sobald er sich aber umwandte und sie näher kommen sah, vertrieb das strahlende Lächeln die Müdigkeit in seinem Gesicht. Artemisia beugte sich zu ihm hinab und begrüßte ihn mit Wangenküsschen. »Bonjour, Sebastian. Schläfst du genug?«

»Dir auch einen guten Tag, meine Liebe. Wie aufmerksam von dir, mich mit der Nase darauf zu stoßen, dass ich auch schon mal hübscher war.«

Sie knuffte ihn in die Schulter, und auch, wenn er es zu verbergen suchte, bemerkte sie, wie er vor Schmerz das Gesicht verzog. »Sebastian, was ist los? Geht es dir nicht gut?«

»Es ging mir seit Jahren nicht mehr gut, mein Herz. Das, was von meiner Gesundheit noch übrig ist, flackert wie eine Kerzenflamme im Wind. Aber mach dir keine Sorgen, heute werde ich noch nicht versterben. Hast du mir Bücher mitgebracht?«

Sie packte ihren Beutel aus und reichte ihm die sechs Titel, die sie für ihn ausgewählt hatte. Begeistert stöberte er in den Bänden, blätterte durch die Kapitel und las ihr Stellen vor, an denen er hängenblieb. Viel zu schnell wurde er wieder ernst.

»Artemisia. Mein Herz. Ich muss dich um etwas bitten.«

Sie zog eine Augenbraue hoch.

Er lachte. »Bitte lass das. Du siehst aus wie Großonkel Charles, wenn du das machst.«

Artemisia lachte mit, sagte aber nichts.

»Ich möchte, dass du etwas für mich tust, meine Liebe. Und es muss bald geschehen, denn auch, wenn kaum etwas mir so viel Freude bereitet wie hier mit dir in der Sonne zu sitzen und der literarischen Lust zu frönen, weiß ich doch nicht, wie viel Zeit mir noch bleiben wird. Und ich möchte, dass du es noch zu meinen Lebzeiten tust.«

»Sebastian, ich kann einen Arzt ...«

»Der kann auch nicht mehr tun, als mir zu raten, mich zu schonen und die Kälte zu meiden. Tue ich schon, vielen Dank, dafür muss ich keine zehn Francs zahlen.« Er wehrte ihre Einwände mit einer Handbewegung ab. »Nein, Artemisia. Es muss getan werden, bald. Willst du mir diesen Gefallen tun?«

»Du hast mir noch nicht gesagt, um was es eigentlich geht.«

»Details! Du musst für mich nach Genua reisen, meine Liebe.«

»Nach Genua? Was soll ich denn in Italien?«

»Du musst etwas für mich holen.«

»Aus Genua?«

»Ja. Aus dem Grab meiner Frau.«

»Willst du mich verhohnepiepeln?«

»Nein. Im Gegenteil. Es ist mein tödlicher Ernst.«

»Wie soll ich denn bitte etwas aus dem Grab deiner Frau holen?«

»Ich gebe dir natürlich den Schlüssel.«

»Das Grab deiner Frau hat ein Schloss?«

»Artemisia, ich bitte dich. Das Grab hat selbstverständlich kein Schloss.« Er sah mit leerem Blick in die Ferne und sah dabei so traurig aus, dass Artemisia ihn gerne in den Arm genommen hätte, wenn das denn schicklich gewesen wäre. »Keiner von uns verfügte über das Vermögen, das für eine angemessene Gruft notwendig gewesen wäre. Nein, meine Liebe, sie liegt in einem gewöhnlichen Grab in der Erde, so schrecklich das auch sein mag. Aber das Kreuz auf ihrem Grab hat ein Schloss. Es ist unauffällig und leicht zu übersehen, wenn man nicht weiß, dass es da ist. Mit dem Schlüssel

lässt der Grabstein sich öffnen. Und darin liegt etwas, das ich wirklich dringend brauche. Wirst du mir das holen?«

Artemisia atmete tief ein. Sie hatte tausend Fragen, aber wem wollte sie etwas vormachen? Es war völlig gleichgültig, was im Grabstein seiner Frau so Wichtiges lagerte, sie würde ihm seinen Wunsch nicht abschlagen. Er hätte sie auch bitten können, ihm ein Sandkorn aus dem Tal der Könige zu bringen, und schon wäre sie auf dem Weg nach Ägypten gewesen.

»Ich werde morgen herausfinden, wann ein Zug fährt«, sagte sie leise.

Er lächelte. »Musst du nicht, habe ich schon.« Er griff in die lederne Umhängetasche, die hinter ihm an der Lehne des Korbstuhls hing. »Dein Zug geht morgen Vormittag.«

Sie sah ihn ungnädig an. »Wie konntest du dir sicher sein, dass ich das für dich tun würde?«

»Weil du mich liebst.«

»Das ist nicht die Antwort«, sagte Artemisia leise. Um ihren Mundwinkel lag die Spur eines Lächelns, und in ihren Augen funkelte es.

»Ach?«

»Nein. Ich fahre, weil *du mich* liebst. Und du würdest niemals jemanden lieben, der dich wie etwas Gewöhnliches behandelte.«

»Touché, Madame!« Er lachte und griff nach ihrer Hand. »Du bist das zauberhafteste und reinste Geschöpf auf Gottes weiter Erde, Artemisia Jones. Das weißt du, nicht wahr?«

Artemisia drehte den Kopf zur Seite. Rein? Wie konnte sie rein sein, wenn es doch der Teufel selbst gewesen war, der ihr die Unsterblichkeit geschenkt hatte?

Der Mann griff sanft nach ihrem Kinn und zwang sie dazu, ihm ins Gesicht zu sehen. »Artemisia, ich weiß nicht, was geschehen ist, dass dich so schlecht von dir denken lässt, aber wenn ich dich ansehe ... wenn ich dich ansehe, fühle ich mich, wie wenn ich in die Sterne schaue. So schön. So weit weg. So unerreichbar.«

»Ich bin direkt hier.«

»Und trotzdem so weit weg.« Er strich mit den weichen Fingern sacht über ihre Wange. »Hör auf, schlecht von dir zu denken, Artemisia. Du bist fantastisch.«

Und das im Wortsinn, dachte Artemisia bitter, nur anders, als du dir denkst. Sie widersprach jedoch nicht.

Artemisia ahnte nicht, dass jede ihrer Zusammenkünfte mit ihrem geliebten Sebastian von einem unauffälligen Herrn namens Marcel Dupont beobachtet worden war.

Monsieur Dupont war ehemaliger Inspecteur der Pariser Sûreté und hatte sich nach seiner Pensionierung als freiberuflicher Detektiv selbstständig gemacht. Der gläubige Katholik sah es als immense Ehre an, im Auftrag hochgestellter Herren innerhalb der Kurie diese steif wirkende britische Mademoiselle zu observieren, wie sie sich um den halb irischen Perversen bemühte, der in seinem Hotelzimmer eindeutig auf dem letzten Loch pfiff.

Dass das Honorar, das man ihm für diese Mission zahlte, nicht ganz angemessen war, konnte Dupont verschmerzen, denn was die Spesen betraf, waren die Männer des Vatikans umso großzügiger. Schon während seiner Zeit in der Sûreté hatte der ehemalige Inspecteur ein Netz an Droschkenfahrern, Bistrobesitzern, Huren und halbkriminellen Zuträgern aufgebaut, das ihn zuverlässig mit gefälschten Quittungen versorgte, sodass er mit den Spesenabrechnungen an seinem Auftrag letztlich sehr gut verdienen würde. Was wussten diese Italiener im Vatikan schon darüber, wie man in Paris eine fachgerechte Observation durchführte?

Jetzt sprang Mademoiselle Jones eben die schmale Hoteltreppe hinab, schwang dabei etwas verhaltener als gewöhnlich ihren Regenschirm und winkte auf der Straße nach einer Droschke. Was die beiden im Zimmer besprochen hatten, würde er sich später von dem Zimmermädchen berichten lassen. Die junge Spanierin, die einige Zeit in London verbracht hatte und die Sprache deshalb ganz ordentlich beherrschte, freute sich über den kleinen Zuverdienst und lauschte zuverlässig und unauffällig.

Bisher war dabei jedoch kaum etwas von echtem Belang herausgekommen. Die beiden redeten stundenlang über Poesie, die neuesten Romane oder längst verblassten Gesellschaftsklatsch. Nichts davon wäre die die Kirche von Belang.

Während er sich eine Kutsche herbeiwinkte, um Miss Jones Droschke zu folgen, fiel ihm für einen Augenblick ein etwas grau wirkender Herr in einem recht altmodischen Anzug auf, der nachdenklich Miss Jones Gefährt nachblickte.

Monsieur Marcel Dupont gab nichts auf ihn.

Dabei hätte er das besser tun sollen. Denn jener etwas graue Herr war wohl der erstaunlichste Bewohner einer mit außergewöhnlichen Menschen geradezu übersatten Stadt. Sein Name lautete Nicolas Flamel und in wenigen

Tagen würde er in seinem schmalen Haus in der Rue de Montmorency seinen 558. Geburtstag feiern.

Im Gegensatz zu Dupont, der sein Tagewerk als beendet betrachtete, sobald er Artemisia zu ihrer Wohnung gefolgt war, wusste Flamel sehr wohl, dass die erstaunliche Miss Jones sich hin und wieder voller Begeisterung ins bunte Pariser Nachtleben stürzte. Er fand das höchst bemerkenswert, wenn auch nicht so interessant wie ihre Beziehung zu dem Mann in dem Hotel. Der nämlich, das hatte Flamel längst begriffen, war mindestens ebenso außergewöhnlich wie seine regelmäßige Besucherin aus London.

Hölle – Paris

Hm, Endlinge, dass Monsieur Marcel Dupont einen gewissen Nicolas Flamel übersehen hat, war wirklich ein blöder Fehler. Denn im Gegensatz zu Monsieur Marcel Dupont ist Flamel für den weiteren Verlauf der Geschichte wichtig. Asrael und ich planten ihn bei Gott gegen die erstaunliche Miss Jones auszutauschen und so das Gleichgewicht der Wandernden Seelen halbwegs wieder herzustellen.

In gewisser Hinsicht könnte man sogar behaupten, Flamel sei einer der Schurken dieser Geschichte.

Bei euch Endlingen scheint das Vorurteil verbreitet zu sein, mein Lieblingsort auf eurer Welt sei der Vatikan in Rom. Das ist aber pohaarsträubend falsch. Mein Lieblingsort auf Erden ist selbstverständlich Paris.

Ich habe dafür gesorgt, dass dort die Grundsteine für die schönsten Paläste und prächtigsten Kathedralen gelegt wurden. Ich habe die ersten Leichen auf dem Cimetière des Innocents in ihre Gräber gelegt und ich war es, der im Irrenasyl von Bicetre den Polsterer Guilleret ständig mit erotischen Visionen dabei störte, die Zwangsjacke zu erfinden. Ich stand unter der Guillotine und sah zu, wie die Ideen der Aufklärung, die ich so sorgfältig unter den

Endlingen gestreut hatte, im Blut vieler tausender Unschuldiger gebadet wurden. Jeder einzelne von ihnen bescherte mir Tränen der Trauer, sodass Asrael kommen musste, um mich mit einem Kuss auf die Wange zu trösten.

Dennoch werde ich die Revolution der Wäscherinnen, Handwerksburschen, Arbeiter und Schreiber, die 1789 eure Welt erschütterte, immer als einen meiner größten Triumphe betrachten. Sie war der Anfang vom Ende Gottes unbeschränkter Herrschaft über euch, Endlinge. Selbst wenn die meisten von euch das bis heute nicht wahrhaben wollen.

Bis man ihn planierte und seine Kapelle verbrannte, war der Friedhof Les Innocents mein Lieblingsort in Paris, wo ich in der Nacht zu Ostersonntag mit meinen Sukkubae und Hexen tanzte, mit den schönen und starken ebenso wie mit den schwachen, dummen und grausigen.

Ich habe es zwar nicht so mit Groupies und echte Hexen sind auf meine Unterstützung für ihre Künste auch selten angewiesen, denn sie ziehen ihre Macht aus der Natur und den Gesetzen der Physik. Dennoch sind meine Sukkubae, Finsterlinge, Dämonen und ich selbst immer große Fans echter, stolzer Hexen gewesen und haben sie deswegen stets unterstützt.

Echte Hexen haben in meinem Namen auch nie mehr als bloß Worte, Wurzeln, Hähne und Schweineblut geopfert. Im Gegensatz zu meinen Fanboys, die im Laufe der Zeit zehntausende Jungfrauen geschlachtet haben, um mich zu Stippvisiten auf der Erde zu zwingen.

Vor allem meine Sukkubae beharrten darauf, dass wir diese Ostersonntagspartys auf dem Friedhof veranstalteten. Die waren und sind unersättlich in ihrem Spieltrieb und erwarteten wenigstens einmal im Erdenjahr einen größeren Betriebsausflug, bei dem sie sich so richtig austoben konnten und keine Rücksicht auf mich und meine Befindlichkeiten zu nehmen hatten.

In manchen Jahren gesellte sich auch Asrael zu uns. Sie verfolgte dann wortlos in ihren roten Mantel gehüllt das Treiben vom Rande der Gräberfelder aus. Erschien sie, wusste ich, dass der Stadt, die mir die liebste auf Erden war, im Laufe des Jahres Katastrophen bevorstanden.

Die Propaganda der Priester beschreibt diese Hexenpartys ungefähr so wild wie sich schleimige Mathelehrer, Supermarktfilialleiter oder mittelalte Herrenreiter Sexorgien in irgendeinem babylonischen Harem vorstellten.

Dabei verliefen die in der Regel so zahm, dass sie selbst für Disneyfilme getaugt hätten. (Abgesehen von den Nippeln und Hintern, die dabei hin und wieder zu sehen

waren. Aber der Disney-Konzern war eine Erfindung Gottes und der hat eben so seine Probleme mit Sex, Anarchie, Vernunft und Rebellion.)

Trotzdem, Endlinge, fragt euch mal ernsthaft, wie das Fest von ein paar hundert Frauen, die sich ein ganzes Jahr lang nicht gesehen haben und in ihren besten Kleidern zu einer Party versammeln, bei der es statt Wein oder Bier Knorpelnüsse und Hexenkräutertee gibt, wohl verlaufen wird?

Orgien sehen ganz anders aus.

Die Kinder, die in all den Jahrhunderten auf diesen Partys gezeugt wurden, kann ich an den Fingern meiner Hände abzählen. Falls es dabei schon mal zu Sex kam, dann wurde der sowieso überwiegend zwischen Sukkubae und Hexen vollzogen. Und bei der Kombination kommt's nicht zu Nachwuchs. Die meisten Hexen hatten sowieso mehr Spaß daran, entweder gemeinsam übers Feuer zu springen oder ein paar Meter freihändig durch die Lüfte zu schweben. Sex konnten die schließlich das ganze Jahr über reichlich haben.

Auf der Ostersonntagsparty des Jahres 1365 sah ich Perenelle und Nicolas Flamel zum ersten Mal. Wobei

sich herausstellte, dass Perenelle nicht nur das Rezept für den besten Eintopf der Welt gefunden hatte, sondern eine der mächtigsten Hexen überhaupt war. Sie war auch deutlich klüger und ihre Magie mächtiger als die ihres Gemahls Nicolas, der scheu war und zu Eifersucht und Gier neigte. Selbst meine beiden besten Sukkubae konnten in dieser Nacht seine grundsätzlich trübe Laune nicht anheben. Monsieur Nicolas schien weder am Fliegen noch an Hexenklatsch oder Eintopfrezepten interessiert. Der Mann war eine geborene Stimmungsbremse.

Seine Gattin hingegen konnte ganze Horden von Hexen und Sukkubae unterhalten. Und gut, ich geb's zu, ich habe mit ihr geflirtet, während Asrael unter ihrer roten Kapuze an die Kapelle gelehnt stand. Aber ich musste bei den Betriebsausflügen schließlich auch auf meine Kosten kommen.

Der Winter des folgenden Jahres 1366 fiel so grimmig aus, dass sich hungrige Wölfe über die gefrorene Seine bis in die Pariser Gassen und Friedhöfe trauten, wo sie die steifen Leichen der erfrorenen Toten auffraßen.

Die hungernden und verzweifelten Pariser hatten sämtliche Bäume in und um die Stadt gefällt und längst ihre Möbelstücke, Holzlöffel, Zuber, Wagen, Kutschen und Geschirre verheizt. In wilden Banden waren sie weit ins

Umland eingefallen, um dort Brennmaterial und Nahrung von Menschen zu stehlen, die selbst hungerten und froren.

Der König schickte überall im Land nach Jägern, um seine Hauptstadt von der Wolfsplage zu befreien. Wer damals die Stadt betrat, der fand über sämtlichen Toren die Köpfe getöteter Wölfe angeschlagen.

In einer der furchtbarsten Nächte dieses Winters rief Asrael mich nach Paris, weil sie zum allerersten Mal überhaupt daran gehindert worden war, Endlinge in ihre jeweils zugeordneten Zwischenwelten zu geleiten. Bei jenen Endlingen handelte es sich ausgerechnet um Perenelle und Nicolas Flamel, die sich in ihrem frostigen Haus verbarrikadiert hatten. Dort standen sie sich in einem auf den Wohnzimmerboden gezeichneten Bannkreis aus Salz und Kreide gegenüber und erwarteten Asraels Besuch, der von Perenelle offenbar korrekt prophezeit worden war.

Ich fand ihre Sturheit sich dem Tod zu verweigern verwunderlich. Perenelle und Nicolas wussten schließlich sehr genau, dass sie in der Hölle kein Fegefeuer erwartete, sondern ein Wiedersehen mit Hexen, Sukkubae und alten Freunden, die bereits vor ihnen gegangen waren.

Als Asrael mich in jener Nacht rief, erschien ich in meiner damals bevorzugten Gestalt als dicklicher, etwas abgerissener Narr in Paris. In jener Nacht starb im Schloss

das Kind des Königs, der in seiner Raserei dafür zwei der drei Ammen, die es hätten säugen und wärmen sollen, mit seinem Schwert durchbohrte.

Bei einem der Stadttore hatte sich eine Rotte sterbender Soldaten in ihren Tuniken und Blechharnischen an die Leiber ihrer Kameraden gedrängt. Als ich sie passierte, waren sie steifgefrorenen und ragten nun wie frostige Wegweiser aus dem fast hüfthohen Schnee.

Ein Wolfsrudel lief mit schillernden Augen vor mir davon, sowie ich in die Gasse der Flamels einbog. In ihren Mäulern trugen sie Arme und Bauchfleisch eines jungen Mannes.

Asrael stand vor der Tür der Flamels und schaute mir halb amüsiert, halb besorgt entgegen.

»Flamel steht heute mit einer unabsichtlichen Vergiftung auf der Liste und seine Frau sollte bei dem widerwillig gestarteten Versuch ihn zu retten die Treppe herunterfallen und sich das Genick brechen. Stattdessen haben die einen Bannkreis aus Kreide und Salz gezogen und sind jetzt schon vier Stunden überfällig. Ihr Bannkreis ist zwar Salz und Kreide nicht wert, die sie daran verschwendet haben, dennoch kann ich sie nicht berühren. Was ist da los?«

»Gott!«, zischte ich wütend zur Antwort.

Asrael schüttelte den Kopf. »Er kennt sie nicht einmal.«

Ich war nicht in meiner wirklich subtilsten Stimmungs-
nuance und schlug deswegen vor, das Haus einfach in
Brand zu setzten. Was den Vorteil gehabt hätte, dass die
Nachbarschaft der Flamels es für den Rest der Nacht
immerhin warm gehabt hätte.

Asrael schlug das aus. Sie gab zwar zu, dass sie es begrü-
ßen würde, sollten die Nachbarn es warm haben. Aber sie
vermutete auch, dass der Brand die Flamels verschonen
würde, was ihn zu legen wirklich überflüssig machte.

»Ich fürchte, sie haben einen karierten Zeitfrosch da
drinnen. Die sind zwar schwer zu fangen, aber die könnten hier auf der Erde das Raumzeitkontinuum theoretisch
so weit zum Vibrieren bringen, dass ich keine Handhabe
finde, die beiden herüberzuführen.«

Zeitfrösche, gleich ob von der karierten, lila oder
blauen Sorte, waren Überbleibsel einer Reihe metaphy-
sischer Unfälle, um deren Beseitigung sich bisher keiner
gekümmert hatte, weil man sie für absolut harmlos hielt.
Was sie auch so lange waren, wie sie sich nicht auf die
Erde verirrten und dort Menschen in die Hände fielen.
Äußerlich könnte man Zeitfrösche als eine misslungene
Mischung zwischen südkalinorischer Kometenzecke,
Tannhäuser Gate Wanze und europäischer Warzenkröte
beschreiben. Sie nutzten winzige Risse zwischen den

Dimensionen, um sich über alle möglichen Universen zu verbreiten. Führende höllische Wissenschaftler stimmten in ihrer Auffassung überein, dass Zeitfrösche sich zwitterartig vermehrten und von einer Sorte Sternenstaub ernährten, der überall in den Universen reichlich auftrat.

»Das sind Menschen! Die sind zu blöd, um Zeitfrösche zu fangen und dahinter zu steigen, was man mit einem von den Viechern anfangen kann.«

»Perenelle ist eine mächtige Hexe, das hast du selbst gesagt, Bocksbeinchen!«

Das stimmte. Aber so mächtig konnte sie auch wieder nicht sein. Alles hatte schließlich Grenzen. Nicht einmal meine nahezu unbegrenzte Fantasie hatte bisher dazu ausgereicht, ein Planspiel darüber zu veranstalten, was zu erwarten sei, sollte ein Zeitfrosch je in die Hände von Endlingen fallen.

»Ich kann da nicht hinein, ohne die halbe Stadt in ein Zeitflirren zu versetzen. Und du weißt, was das bedeutet, Bocksbeinchen!«

Ganz Paris, vom Menschenbaby bis hin zur letzten überlebenden Mückenlarve würde sich auf Tage hinaus kaum auf den Beinen halten können, weil Zeitflirren bei sterblichen Wesen den Gleichgewichtssinn beeinträchtigen. Hinzukäme, dass sich die meisten Pariser Endlinge

halb tot kotzen würden. Allein die Verunreinigung der Stadt und der daraufhin zu erwartende Gestank könnte hunderte von ihnen das Leben kosten.

»Gut, Rackerchen, dann geh ich eben rein und schau mir das an. Sollte ich in einer Erdenstunde nicht wieder draußen sein, haben die da drin das neunzehnte Weltwunder vollbracht und mich in ihrem scheiß Bannkreis festgehalten.«

»Dann schick ich die höllische Kavallerie«, versprach der mädchenhafte Tod.

Während ich die Haustür eintrat, stellte ich mir vor, wie Paris nach einer Attacke der höllischen Kavallerie aussehen mochte und hoffte für die Flamels, dass es so weit nicht kommen würde. Ein solcher Einsatz hätte die Stadtbevölkerung nachhaltig verstört.

Ich fiel also wortwörtlich mit der Tür ins Haus, genauer gesagt die Küche, und spürte bereits dort, dass Asraels Vermutung ins Schwarze traf. Im Haus hielten sich mindestens zwei Zeitfrösche auf, die sich in einer für Endlinge nicht wahrnehmbaren Tonfrequenz heftig miteinander stritten.

Die ersten beiden Dinge, die ich im Wohnzimmer der Flamels wahrnahm, waren der brennende Kamin und das Goldfischglas auf einem der letzten Möbelstücke, das in diesem grimmigen Winter noch nicht im Feuer gelandet

war. Eigentlich hätten die ersten Goldfische dreihundert Jahre später in Europa auftauchen sollen. Irgendwie hatten die Flamels es fertiggebracht, ihrer Zeit auch in Bezug auf Haustierauswahl weit voraus zu sein. Das Problem war nur, dass sich Zeitfrösche vor nichts so fürchteten wie vor Goldfischen.

Die Flamels standen sich in ihrem lächerlichen Bannkreis gegenüber und schauten mich ungläubig an. Diese Reaktion auf meine Besuche war ich gewohnt. Offenbar befanden sich Madame und Monsieur eben in einem heftigen Ehestreit. Dessen akute Hasswellen waren so heftig, dass sie für einen Moment in meinen Ohren ein unangenehmes Piepen auslösten.

»Der dunkle Herr, Perenelle!«, sagte Monsieur verdutzt.

»Du bist ja so ein Schlaumeier!«, giftete Perenelle zurück.

Zwischen ihnen, unter einer Glasglocke, hockten die beiden Zeitfrösche und stritten sich darüber, wer von ihnen schuld sei, dass sie hier in einem Raum mit einem jener schrecklichen Goldfische gelandet waren. Erstaunt entnahm ich ihrem Gezeter, dass es sich bei ihnen ebenfalls um ein Ehepaar handelte. Da ging dann die These dahin, Zeitfrösche seien Einzelgänger, die sich zwitterartig vermehrten.

»Bisschen frisch hier, Freunde. Also in meiner Hölle hättet ihr es richtig gemütlich warm!«

»Hab ich's dir nicht gesagt?! Der dunkle Herr ist hier, um uns zu holen!«, fuhr Perenelle ihren Gemahl an.

»Besserwisserin! Das sehe ich selbst!«

»Besserwisserinnen heißen Annika. Was du meinst sind Klugscheißerinnen, die sind namensmäßig flexibler«, bemerkte ich. »Was ist nun? Die Hölle wartet. Da ist es warm und über Hunger seid ihr dort auch hinaus. Der Tod steht draußen und friert ein bisschen. Aber ich mag sie und finde es unhöflich, sie noch länger warten zu lassen!«

»Ah, hörst du, Perenelle? Der Dunkle Herr hat dem Tod ein weibliches Pronomen verliehen! Nichts mit männlich und auf einem fahlen Pferd unterwegs! Die Apokalypse ist noch fern.«

Asrael hätte auf jedem Pferd eine reizende Figur gemacht, ganz gleich in welcher Farbe der Zossen nun kam. Aber das war es nicht, worüber die zwei da wirklich stritten.

»Ich würde Euch ja folgen, Dunkler Herr. Aber Monsieur muss ja mal wieder eine Extrawurst braten und weigert sich!«, rechtfertigte sich Perenelle.

»*Je suis trés désolé, mon Seigneur,* aber meine Arbeit hier ist noch nicht beendet. Ich habe keine Zeit zu sterben.«

Als ob mich das davon abhalten könnte, dich in die Hölle zu schleifen, dachte ich.

»Arbeit kann ich dir auch in der Hölle beschaffen, gar kein Problem.«

»Hörst du?«, schlug Perenelle rhetorisch auf ihn ein.

»Dann geh doch! Ich halte dich bestimmt nicht auf!«, maulte Monsieur zurück.

Die Zeitfrösche stritten sich derweil in ihrem gläsernen Gefängnis darüber, ob die Welt, die sie durch das Glas sahen, echt sei oder eine Illusion.

Asrael war die härteste unter den Engeln und eher wäre der Frost in heiße Tränen ausgebrochen, als dass sie sich von ihm beeinträchtigen ließe. Zeit war also gerade kein Problem. Und ich wollte – nein musste – einfach wissen, wie die beiden Zeitfrösche unter Nicolas Flamels Alchimistenglasglocke gelandet waren. Falls das Zeit-froschfangen Schule machte, hatte nämlich nicht nur der mädchenhafte Tod ein Problem. Dann brach früher oder später die gesamte höllische und göttliche Rest-Ich Abtre-tungsterminbürokratie zusammen.

»Niedliche kleine Racker, die ihr da habt, Nicolas. Wo kommen die her?«

Flamel schaute auffallend befriedigt zu den Fröschen. »Ein Venezianer hat sie mir verkauft. Er sagt, er hätte sie

124

von einem Mann namens Marco Polo erworben, der bis an die östlichen Ränder der Welt gereist sei. Obwohl ich das für Händlerlatein halte. Die Erde hat keine Ränder und kann keine Scheibe sein, wie es in den alten Schriften heißt. Am ehesten noch ist sie rund. Aber das wisst Ihr sicher ganz genau!«

»Hört Ihr das, Dunkler Herr? Der Herzog von Orleans und sogar die Königin sind gekommen, um bei mir Liebespulver und Medizin zu kaufen. Aber mein werter Herr Gemahl macht sich Gedanken darüber, ob die Erde rund sei oder nicht! Brotlose Kunst! Und all das, obwohl er mir bei unserer Hochzeit versprochen hat, immer für mich zu sorgen! Pah, dass ich nicht lache! Ich verdiene mit meinen Pülverchen so viel, dass ich sogar noch an die Armen abgeben könnte, wenn er unser Geld nicht mit vollen Händen für karierte Frösche herauswerfen würde!«

Weder Nicolas noch seine griffig bissige Gemahlin ahnten bisher, was sie für einen Schatz an Land gezogen hatten.

Ich reichte Perenelle meine Hand, weil ich davon ausging, dass ihr Gatte ihr folgen würde, sollte sie mit mir zur Hölle fahren. Ehestreit hin oder her.

»Kommt, Madame, tretet heraus! Ich zeige Euch erst die Wunder der Welt und führe Euch dann durch die der Hölle.«

Perelle trat tatsächlich einen damenhaft winzigen Schritt auf mich zu. Doch Flamel hielt sie in dem Moment zurück, in dem sie aus dem Wirkungskreis der Zeitfrösche getreten wäre.

»Hase, du bleibst hier!«, rief er. »Satan ist nicht ohne Grund höchstselbst gekommen, um uns zu holen! Wir sind doch nicht irgendwer! Wir sollten Bedingungen stellen!«

Sieh an, sieh an, dachte ich, Monsieur entdeckt seine Eier im selben Moment wie seine Geschäftstüchtigkeit.

Madame schaute ihren Gemahl pikiert an.

»Bleib du doch bei deinen blöden Fröschen, Bärchen!«, sagte sie und legte mir dann ihren Arm um die Taille.

Nie zuvor und niemals wieder hörte ich einen Endling einen vermeintlichen Kosenamen mit solch tiefer und von Herzen kommender Verachtung aussprechen.

Im nächsten Augenblick sank ihr Leib fahl und grau geworden an mir herab. Asrael hatte zumindest die Hälfte dessen bekommen, was sie wollte.

Flamel starrte völlig außer sich auf Perelles leblosen Leib und wich bis an den äußersten Rand seines nutzlosen Bannkreises zurück. Leider befand er sich auch dort immer noch im Wirkungsradius des Zeitfroschpaares.

»*Mince alors*, Dunkler Herr! Ist sie etwa?«

»In eine bessere Welt gegangen? Ja. Dieses Ehegelöbnis, das Gott euch Endlingen aufzwang, ist eine dreiste Lüge. Denn ‚bis dass der Tod uns scheidet‘ gilt in meinem Reich nicht. Also, Maître Flamel, kommt und folgt Eurer treuen Perenelle in eine wärmere Welt!«

Flamel blieb, wo er war. »Diese Hexe soll bleiben, wo der Pfeffer wächst, *mon Seigneur!* Ich gehe hier nicht weg!«

Einer der beiden Zeitfrösche, von dem mir mein Bauchgefühl sagte, dass es sich um das Weibchen handeln musste, gab einen Laut von sich, den selbst Flamel wahrnahm, und hüpfte dann tollkühn gegen die Glaswand seines Gefängnisses an. Ihr Gefährte blieb trotzig still hocken.

So sehr mich Flamels grandiose Selbstüberschätzung gerade frustrierte, starrte ich dennoch ebenso fasziniert auf die Vorgänge in dem Glaskolben wie er.

»*Putain de Merde!* So lebendig hab ich die nie zuvor gesehen!«, flüsterte er und stieß mit der Fußspitze gegen das Glas, das daraufhin jedoch umstürzte und die beiden Frösche freisetzte.

Eines der verflixten Viecher hüpfte ausgerechnet auf Flamels Hand. Wo es ihn eine Sekunde musterte, nur um anschließend seine breite Froschschnauze und die

warmen Äuglein seiner Gefährtin zuzuwenden und jene triumphierend anzuquaken.

Ich war auf den Frosch mindestens so wütend wie auf Flamel. Der starrte schockiert auf seinen Bannkreis herab, den ich gerade mühelos übertreten hatte.

»Oh *merde!* Die Schriften tausender Gelehrter gegenstandslos!«

»Tja, Monsieur, hätten die mal jemanden gefragt, der sich wirklich damit auskennt!«, antwortete ich und streckte im Eifer meines Amüsements die Hand nach ihm aus. Wobei ich in den direkten Wirkungskreis des verdammten karierten Froschs geriet, der daraufhin unwillkürlich in den Verteidigungsmodus ging und zu vibrieren begann.

Das Ergebnis war ein Zeitflirren der Temporärbebenstärke 0,0004. Es sorgte dafür, dass in Flamels Stadtviertel jegliches beseelte Wesen seinen Gleichgewichtssinn verlor und von Schwindel erfasst wurde, der zu den damit einhergehenden typischen weiteren Symptomen führte.

Bloß Flamel selbst, der sich im Zentrum des Flirrens befand, blieb davon verschont und wunderte sich über den plötzlichen Lärm, der rundum die Stille der Winternacht zerschnitt.

Der zweite Zeitfrosch quakte beleidigt vom Boden her zu seinem Gefährten herauf, schüttelte sich drei Mal und

hüpfte durch ein winziges natürlich aufgetretenes Dimensionsfenster in eine andere Welt.

Da stand ich nun mit meinem Doppelproblem aus einem alleingelassenem Zeitfrosch und einem Endling, dem allmählich aufging, welche Macht ihm der Frosch verlieh.

»Ich verstehe!«, rief Flamel und legte dabei seine Hand schützend über den Zeitfrosch. »Mein Bannkreis kann Euch nicht aufhalten, aber vor dem Frosch schreckt Ihr zurück? Und vor der Tür steht der Tod, aber sie konnte Perenelle erst in ihre Fänge bekommen, nachdem Ihr sie von dem Froschglas weggclockt habt? Ihr seid gegen dieses winzige Tierchen machtlos? Ihr, der Dunkle Herr, machtlos?! Hah, wir haben in dieser Nacht noch sehr viel zu besprechen, Satan! Und Gott sei es gedankt, dass Ihr mich Perenelles entledigt habt!«

Dass er mir ausgerechnet in diesem Moment Gottes Namen entgegenhielt, machte mich so zornig, dass sich meine sämtlichen Haarbüschel aufstellten. Ich fragte mich, ob ich ihm sagen sollte, dass Perenelle geplant hatte ihn zu vergiften und er mir daraufhin vielleicht schon allein deswegen in die Hölle folgte, um ihr dort dann den Marsch blasen zu können. Aber dieser Mann war ein Feigling und die neigten nicht zu spontanen Entscheidungen aufgrund von Wutanfällen.

»Endling, du bist nicht der erste, der glaubt, mit mir verhandeln zu können. Aber du wärst durchaus der Erste, der dabei das bessere Geschäft machen würde. Ein Zeitfrosch kann mich nicht ewig davon abhalten, dich zu holen. Und es existieren eine Menge höchst ungemütliche Ecken in meinem Reich, in denen es dir ganz und gar nicht gefallen würde.«

»Zeitfrosch? So nennt sich das? Interessant!«, rief Flamel und schaute mir dabei überheblich in die Augen. »Dann nehme ich an, dass der Name keinem Zufall entspringt, oder? Zeitfrösche heißen demnach Zeitfrösche, weil sie es vermögen, Zeit zu manipulieren?«

Überflüssig, darauf zu antworten.

Der Herr Alchimist fand zugleich mit seiner Frechheit auch sein Verhandlungsvermögen wieder. Er schaute mich ziemlich durchtrieben an und ich fragte mich unwillkürlich, ob ich ihn bisher nicht sträflich unterschätzt hatte.

»So, dunkler Herr! Da sind wir also und haben uns in ein ganz hübsches Patt hineinmanövriert, was? Aber man ist ja kein Unmensch. Mit mir könnt Ihr reden, dunkler Herr! Versprecht mir zunächst nur eines, sollte ich jemals in die Hölle einfahren, dann weist mir dort einen Platz so weit von Perenelle entfernt zu, wie es nur möglich ist!«

Nichts leichter als das, dachte ich, zumal es sowieso *Standard Operational Procedure* in der Hölle war, gemeinsam oder kurz nacheinander verstorbene Eheleute für einige Zeit in verschiedenen und weit entfernten Auskühlungsbereichen unterzubringen. Die neigten nämlich dazu, Stress zu machen, entweder miteinander oder gegeneinander.

»Du weißt, dass dein Leben nicht ewig währt, Flamel. Eines Tages werde ich dich in der Hölle haben und es könnte sein, dass ich dann nach all dem Terz hier recht übel gelaunt bin und es an Nachsicht fehlen lasse. Nicht alle Teile der Hölle sind so warm, trocken und von angenehmer Gesellschaft bevölkert wie jener, in den ich vorhin deiner Gattin ihren Platz zuwies.«

»Papperlapapp, dunkler Herr! Solange dieser Frosch bei mir ist, könnt Ihr mir offensichtlich gar nichts! Und dem menschlichen Geist ist nichts unmöglich. Ich bin der begabteste Alchimist meiner Generation. Es wird mich nicht einmal den Bruchteil eines Bruchteils der Ewigkeit kosten, den Stein der Weisen und den Jungbrunnen zu finden und so wahre Unsterblichkeit zu erlangen.«

Na, dachte ich ansatzweise amüsiert, falls du wirklich darauf setzt, dass dir ein Vollbad im Jungbrunnen Unsterblichkeit verleiht und du dann auch noch einen

Stein findest, der Scheiße in Gold verwandelt, werde ich nicht allzu lange auf dich zu warten haben. »Nun gut, Maître Flamel, wie man sich bettet so liegt man. Ich sehe, Ihr habt Euer Lager gewählt. *Au revoir* denn!«, verabschiedete ich mich, deutete ironisch eine Verbeugung an und schritt zurück auf die Gasse hinaus, die von torkelnden Hühnern, Schweinen, Pferden und Menschen angefüllt war. Asrael lächelte unpassend fröhlich und strich mir sacht über den Bauch.

»Na, wie geht's deiner roten Eitelkeit?«

»Danke der Nachfrage. Beschissen geht's ihr.«

»Aber?«

»Was aber? Ich bin Satan und Flamel ist ein Endling. Ich habe die Bürokratie und die Jurisprudenz erfunden. Einer meiner geheimen Namen lautet Fürst der Klauseln und schwarzer Engel der Allgemeinen Geschäftsbedingungen! Maître Flamel hofft auf den Jungbrunnen und sucht nach dem Stein der Weisen? Der wird eines Tages in die Hölle einfahren und dann bekommt er den Platz direkt neben seiner von Herzen gehassten Gemahlin! Die wird bis dahin hoffentlich ihre spitze Zunge noch ein paar Schärfegrade spitzer geschliffen haben.«

Asrael winkte mit einer Geste ihres linken kleinen Fingers ein paar Dutzend Tiere und Menschen ins Jenseits

und kraulte mir dann spielerisch den Bart. »Hm, in die Hölle einfahren wird er, Bocksbeinchen. Aber eben nicht mehr heute Morgen und auch nicht die folgende Nacht, was?«

»Ach, je länger ich auf ihn warten muss, umso größer der Spaß, sobald ich ihn bekomme!«

»Kann ja sein, aber der Mann stellt ein übles bürokratisches Problem dar.«

Darüber hatte ich schon nachgedacht. »Nur, falls wir ihn auch weiterhin als vermisst den Annalen führen. Und, Rackerchen, wollen wir das?«

»Nö, Bocksbeinchen, wollen wir nicht!«

Dies, Endlinge, war also der wichtigste Teil der Geschichte jenes Mannes, dessen Seele ich Gott exakt 567 und ein Viertel Erdenjahre später im Austausch für die der erstaunlichen Miss Artemisia Jones unterzujubeln gedachte.

Erde – Savanne

Und da saßen wir nun exakt diese 567 und ein Viertel Erdenjahre später bei Gott am Wasserloch. Der hatte sich die Zeit bis zu unserer Rückkehr damit vertrieben, immer mehr dieser lila Disteln wachsen zu lassen, die, während sie aus dem Boden sprossen, bereits ihre giftigen Samen auswarfen.

Asrael verwandelte die Samen mithilfe lustiger Bewegungen ihrer Locken in gelbe Luftballons, die von der Savanne aus in den weiten blauen Himmel stiegen.

Ich konnte nachvollziehen, dass der kannibalische Löwe sich vor einigen Augenblicken mit eingezogenem Schwanz verdrückt hatte.

»Hallo, Gott! Die Luftballons sind schön, oder?«, stichelte Asrael.

Gott sagte nichts, aber schaute einer Gruppe gelber Ballons nach, die er mit einem Fingerschnippen etwa auf Baumwipfelhöhe zerplatzen ließ.

Offensichtlich hatte seine Laune sich nicht gebessert.

»Artemisia Jones, Asrael. Ich bin sicher, dass du etwas mit dieser Abscheulichkeit zu tun hattest.«

»Och, Miss Jones ist eigentlich wirklich niedlich, Gott. Abscheulichkeit würde mir zu ihr nun gar nicht in den Sinn kommen.«

»Schluss mit den Spielchen! Du weißt genau, was ich meine! Also?!«

»Miss Jones erstand aus einem reinen Zufall, hab ich dir doch schon gesagt, Gott!«, spielte ich den Diskursball zurück. »Wenn da irgendwer nicht aufgepasst hat, dann bist du es. Du behauptest schließlich permanent, deine Allmacht erwiese sich darin, dass in deiner Welt keine Zufälle existierten.«

»Es ist wie es ist, Gott. Ich kann Miss Jones nicht mehr rückgängig machen!«, pflichtete Asrael mir bei. »Und Satan und du auch nicht. Wir werden mit ihr leben müssen.«

»Du bist der Tod! Deiner Macht ist nichts und keiner in den Universen gewachsen! Lass dir etwas einfallen und gib dir gefälligst ein bisschen Mühe, du Göre!«, erwiderte Gott genervt.

»Gott?«, flüsterte Asrael. »Nenn mich gefälligst nicht Göre!«

»Sonst was?«, giftete er zurück.

»Mache ich Urlaub?«, drohte Asrael. Im gespannten Verhältnis zwischen Asrael und Gott entsprach ihre Ankündigung eines Urlaubs ungefähr der Androhung

eines atomaren Erstschlags zwischen Supermächten in eurer Endlingswelt. Selbst sämtliche himmlischen und höllischen Heerscharen hätten das darauffolgende bürokratische und biologische Chaos nicht wieder vollständig in den Griff bekommen können.

»Untersteh dich!«, fauchte Gott.

Asrael lächelte fein.

»Hör zu, Gott, Miss Jones ist unter Kontrolle und tut keinem etwas. Weshalb der Terz? Hast du nicht ein paar drängendere Probleme zu lösen?«

»Die reibungslose Funktion der Universen beruht auf Harmonie! Ausgleich! Balance! Du hast von mir zwölf unsterbliche Seelen bekommen, Satan! Nicht dreizehn oder achtundfünfzig. Pakt ist Pakt. Es geht auch gar nicht nur um Miss Jones. Offensichtlich hast du noch eine solche Ungeheuerlichkeit produziert, die es auszumerzen gilt!«

Asrael hatte die Reste ihrer von Gott zerplatzten Ballons inzwischen in kleine gelbe Blüten verwandelt, die sanft zur Erde schwebten, dort auf Gottes Disteln fielen und sie in Sekundenbruchteilen verdorren ließen.

»Wenn dieser andere Unsterbliche schon für mich nicht greifbar ist, wie kommst du darauf, dass deine Engel ihn erkennen und finden könnten, Gott?«, fragte sie.

Gott sah sie wütend an. »Weil ich Gott bin? Und du der Tod? Wir sind die ältesten und mächtigsten Engel! Ich bin der HERR und ich erwarte, dass das respektiert wird!«

Er schnippte mit den Fingern, woraufhin Asraels gelbe Blüten sich in kleinen Verpuffungen zu winzigen gelben Wölkchen auflösten.

»Dieser Endling, der vorübergehend keiner mehr ist, heißt Nicolas Flamel, Gott. Er hat einen Zeitfrosch gefangen, der ihn unangreifbar macht. Aber das ist bloß ein Problem, das wir mit ihm haben. Das andere besteht darin, dass er fast sechshundert Jahre Zeit hatte herauszufinden, wie Zeitfrösche sich fortpflanzen«, erklärte ich.

Gott schaute mich an, als hätte ich eben sämtliche Wolkenkühe samt Nachwuchs zum Rudelkacken gebracht.

»Tja, Gott, Flamel könnte gerade dabei sein, Unsterblichkeit zur Handelsware zu machen«, fügte Asrael hinzu.

Bis hierher war alles exakt nach meinem Plan verlaufen. Eigentlich war es sogar besser als bloß exakt verlaufen. Denn Gott war deutlich schneller zum Punkt gekommen als erwartet.

»Scheiße«, sagte Gott und richtete sich auf.

Asrael formte die kleinen gelben Wölkchen zu Kugeln, die sie mit ein paar Bewegungen ihrer Finger auf die übriggebliebenen Disteln abschoss.

»Lass das gefälligst!«, fuhr Gott sie an.

»Was denn?«, antwortete sie.

»Lass meine Wutdisteln in Ruhe!«

»Na gut!«, antwortete sie und zog eine beleidigte Schnute.

»Ihr schafft mir diesen Flamel und seine Zeitfrösche vom Hals!«, brüllte Gott in die Savanne. Er erhob sich und stapfte wütend davon.

Ziel erreicht, dachte ich. Seine Wut darüber, dass Flamel die heilige Harmonie der Universen zu stören drohte, überwog inzwischen eindeutig seinen Ärger über die Existenz der erstaunlichen Miss Artemisia Jones.

Wir schauten ihm schweigend nach, wie er sich schließlich in den Hitzeschleiern über der Savanne verlor.

Asrael pflückte eine von Gottes überlebenden Wutdisteln und betrachtete sie fasziniert.

»Artemisia hat jetzt zwar eine Schonfrist. Aber wir müssen trotzdem dafür sorgen, dass Flamel den Zeitfrosch verliert, oder? Schon irgendeine Idee, Bocksbeinchen?«

»Und ob, Rackerchen, bloß könnte es sein, dass die dir nicht gefällt.«

»Hm, käme auf nen Versuch an, oder?«

»Na dann, Rackerchen, um es mit einem Wort zu sagen: Lilith. Und ein Schwerkraftteilchenbeben der Kategorie 15.«

Asrael schürzte ihre entzückenden Lippen und ließ zu, dass ihre Augen wieder schwärzer als schwarz wurden.

»Lilith? Das ist riskant, Krummbeinchen, wo du sie doch dorthin gebracht hast, wo sie jetzt ist und ich es damals nicht verhindert habe. Und Schwerkraftteilchenbeben sind tückisch ...«

»*No risk, no fun.* Aber selbst Gott wird irgendwann begreifen, dass er mit Flamel einen schlechten Deal gemacht hat und uns erneut mit Artemisia nerven, oder? Was dann?«

»Hm, stimmt Bocksbeinchen«, gab sie zu. »Aber ich sehe gerade nicht, wie du das verhindern willst.«

Also erklärte ich es ihr.

Asrael dachte darüber nach.

»Da musst du dir aber schon Mühe geben, eine Menge Rädchen zum richtigen Zeitpunkt in die genau richtige Stellung zu bringen, um das bewerkstelligen zu können.«

Ich kreuzte die Arme über meiner Brust und ließ mich in den Savannensand fallen.

»Stimmt. Aber ich hab längst damit angefangen. Der Trick besteht darin, dass man sich vergangene Ereignisse zunutze macht, um zukünftige zu steuern.«

»Aha, Bocksbeinchen!«, sagte Asrael milde skeptisch lächelnd.

Erde – Paris & Genua

Artemisia begab sich am frühen Morgen zum Gare de Lyon, wo sie den Zug nach Genf bestieg. Gegen Mittag würde sie dort einmal umsteigen müssen, um am frühen Abend in Genua zu erreichen. Die lange Fahrt hätte zum Ärgernis werden können, aber natürlich hatte Sebastian, wie immer auf ihr Wohlergehen bedacht, Tickets der ersten Klasse besorgt und sie mit Lesestoff für die Reise ausgestattet. Wo immer er auch das Geld dafür hergeholt hatte ...

Artemisia machte sich nichts vor. Sie wusste, dass ihr Freund, so brillant und begabt er auch war, verarmt war und sich, wenn sie in London war, das Geld für seine Bücher vom Mund absparte, also hatte sie zumindest die Buchhändler auf dem Montmartre aufgesucht – alle und jeden einzeln – um dafür zu sorgen, dass er dort anschreiben lassen konnte. Ebenso wie sie dafür gesorgt hatte, dass sein Zimmer nicht gekündigt werden würde. Ein Mann, dessen geistige Klinge so scharf war und derart brillant geführt wurde, würde nicht auf der Straße verhungern. Nicht unter ihrer Wacht.

Der Zug fuhr mit nur wenig Verspätung im Bahnhof ein. Artemisia war noch nie in Genua gewesen, aber Sebastian hatte ihr ein kleines Hotel in der Nähe der Kathedrale empfohlen. Ihr italienisch war ganz passabel, also stiefelte sie, zur Verwirrung der anderen Reisenden, mit ihrem kleinen Koffer in der Hand aus dem Bahnhof hinaus und zielsicher auf die wartenden Droschken zu, ohne die Hilfe der um Kunden buhlenden Stadtführer in Anspruch zu nehmen. Der Kutscher kannte das Hotel, das ihr empfohlen worden war, und verstand sie trotz ihres ausgeprägten Akzents. Er fuhr zuerst am Hafen entlang. Artemisia konnte der Versuchung nicht widerstehen, sich die Nase an der Scheibe plattzudrücken – von diesem Hafen aus war die ganze Welt zu erreichen! Eine unbestimmte Sehnsucht wuchs in ihr, die in der Gewissheit gründete, dass sie, sie allein unter allen Kindern Gottes, die Zeit haben würde, die ganze Welt zu sehen, und die Erregung, die dieser Gedanke in ihr auslöste, ließ ihren Atem flattern. Doch sehr schnell brachte sie sich wieder unter Kontrolle – die Welt würde warten müssen, immerhin hatte sie eine verantwortungsvolle Aufgabe in der Pembroke Library. Um Sebastian musste sie sich ebenfalls kümmern.

Der Kutscher lenkte die Droschke in die schmalen Gassen der Altstadt, und für einen Moment kam es Artemisia

so vor, als würden die Schatten der hohen Häuser ihr die Luft abdrücken. Hätte sie das Fenster geöffnet, sie hätte ohne Probleme die Finger über die Hauswände gleiten lassen können, so schmal waren die Gassen. Der Kutscher lenkte sein Gefährt hindurch, als wären sie auf einer breiten Straße, allenfalls hörte sie ihn ab und an schimpfen, um Passanten aus dem Weg zu treiben. Sie hatte längst die Orientierung verloren, so oft waren sie schon abgebogen, zurückgefahren, aufwärts, abwärts und wieder hinauf. Das änderte sich erst, als sie die schmalen Gassen hinter sich ließen und auf einen großen, gepflasterten Platz abbogen.

Der Kutscher sprang vom Bock, öffnete ihr die Tür und half ihr hinaus. Dabei wies er mit unbestreitbarer Grandezza auf die Kathedrale San Lorenzo. Artemisia tat ihm den Gefallen und folgte seinem Blick.

Die grau-weiß gestreifte Fassade des beeindruckenden Prachtbaus war wirklich schön. Rechts und links der gewaltigen Treppe, die zu den Toren hinaufführte, lagen zwei marmorne Löwen, deren bedröppelter Gesichtsausdruck Mitleid in ihr weckte. Am oberen Ende der Treppe waren drei unterschiedliche große Torbögen. Über dem größten, mittleren lag in der Bitte des Baus die große Fensterrosette. Eine wirklich schöne Kirche, dachte Artemisia bei sich. Und doch fühlte sie sich unwohl, ganz so, als würde

sie beobachtet. Sie blickte sich um. Im eiligen Treiben der Passanten auf dem Platz war niemand stehengeblieben und keiner schenkte ihr besondere Aufmerksamkeit. Der Kutscher erklärte ihr indessen wortreich unter Zuhilfenahme seiner Hände und Füße, welcher der winzigen Gassen, die nur für Fußgänger nutzbar waren, sie folgen musste, um zu ihrem Hotel zu gelangen.

Das Glück war ihr hold, das von Sebastian empfohlene Haus hatte noch ein Zimmer für sie frei. Nachdem sie ihren Koffer in der kleinen Kammer im zweiten Stock verstaut hatte und sich ein wenig frischgemacht hatte, war Artemisia bereit, sich ihrem dringendsten Problem zu stellen: sie hatte Hunger. Der Besitzer des Hotels empfahl ihr ein kleines Wirtshaus, das nicht allzu weit entfernt lag, war aber entgeistert, dass sie tatsächlich nach Einbruch der Dunkelheit allein dorthin gehen wollte. Artemisia setzte sich über seine Sorge hinweg, spazierte durch den frühen Abend und genoss die milde Wärme, die über der Stadt lag. Das Essen schmeckte ausgezeichnet, wenn auch ungewohnt. Der Rotwein, den sie sich gegönnt hatte, war schwer und sorgte für ebenso milde Wärme in ihrem Bauch. Sie begann, Genua zu mögen.

Auf dem Rückweg zum Hotel verlief sie sich erst, fand dann aber durch den Turm der Kathedrale zurück zum

Platz und folgte dem Weg, den der Kutscher ihr früher am Abend gewiesen hatte. Sie schlief ein, kaum dass ihr Kopf das Kissen berührte, und schlummerte tief und traumlos.

Am nächsten Morgen ließ sie sich von der Frau des Hotelbesitzers erklären, wie sie zum Friedhof kam – obschon sie gern durch den milden Frühlingsmorgen gewandert wäre, vertraute sie dem Rat der Senora und nahm erneut eine Droschke. Das war eine weise Entscheidung, denn die Fahrt dauerte fast eine Stunde. Den Fußmarsch diesen Weg entlang hätten die Absätze ihrer Stiefel vermutlich nicht überstanden. Zumal auch noch ein ordentlicher Spaziergang vor ihr lag: der Cimitero di Staglieno erstreckte sich kilometerweit. Artemisia freute sich darauf, ihn zu erkunden. Sie hatte Mark Twains Bericht über seinen Besuch dort mit großer Freude gelesen. Außerdem hatte Sebastian ihr erzählt, ein Mailänder Industrieller hätte sich dort eine Gruft errichten lassen, die eine kleinere Kopie des Mailänder Doms sei – fast 30 Meter hoch! Das hatte sie kaum glauben können und konnte es kaum erwarten, dieses Wunder mit eigenen Augen zu bestaunen. Die Droschke entließ sie vor dem Haupttor der gewaltigen Nekropole. Dahinter verlief eine breite Straße schnurgerade den Hügel hinauf zu dem aus weißem Marmor erbauten Pantheon, das rechts und links

von Grabarkaden eingerahmt wurde. Die Schönheit der Anlage verschlug Artemisia den Atem. Sie folgte den liebevoll gepflegten Wegen, bis sie zur ersten Arkade kam. Sie wagte erst nicht, den Säulengang zu betreten, obwohl die Statuen auf den Gräbern so schön waren, dass sie sie am liebsten gestreichelt hätte – aber um sie zu erreichen, musste sie auf die Grabplatten im Boden treten. Sie beobachtete, wie die anderen Besucher, von denen es erstaunlich viele gab, ungerührt über die Gräber liefen, und entschloss sich, dem Ruf der Statuen zu folgen. Die Kunstfertigkeit, mit der der schneeweiße Marmor verarbeitet worden war, versetzte sie in entzücktes Erstaunen. Erst, als die Glocken der nahegelegenen Kirche San Pantaleo zur Vesper läuteten, begriff sie, wie lange sie schon auf dem Friedhof umherstreifte. Sie hatte keine Ahnung, wo genau auf dem gigantischen Areal sie sich gerade befand, hoffte aber, zurück zum Zentralgebäude zu finden, wenn sie immer bergauf ging. Auf dem Weg dorthin kam sie auch an dem Nachbau des Mailänder Doms vorbei und musste sich zur Ordnung rufen, um nicht in seinen Details zu versinken.

Vom zentralen Pantheon aus war es ihr ein Leichtes, den Weg zum Grab zu finden, denn Sebastians Beschreibung war sehr präzise gewesen. Die Ruhestätte war unauffällig, aber gepflegt, und der Name auf dem steinernen

Kreuz war gut lesbar. Artemisia trat vorsichtig um das Grab herum, bemüht, dabei nicht versehentlich auf eins der Nachbargräber zu treten. Die Intarsien, die die Vorderseite des Kreuzes schmückten, zogen sich auch auf die Rückseite, doch eine Öffnung für den kleinen Schlüssel, den ihr Freund ihr mitgegeben hatte, konnte sie nicht erkennen. Sie hockte sich hinter das Kreuz und verfluchte im Geiste die unpraktischen Kleider, die sie trug, dann ließ sie ihre Finger über den kühlen Stein gleiten. Systematisch fuhr sie die Verzierungen von oben nach unten ab, bis sie das eine Stück fand, das sich ganz leicht zur Seite schieben ließ. Und wirklich, dahinter verbarg sich das gesuchte Schlüsselloch. Vorsichtig schob Artemisia den winzigen Kupferschlüssel in die Öffnung und drehte vorsichtig. Eine kleine Klappe öffnete sich. Ihre zaghaft tastenden Finger fanden ein Schächtelchen aus Holz, das sie herauszog und neugierig betrachtete. Es war mit den gleichen Intarsien verziert wie das Grabkreuz. Ihre Neugierde loderte hell, doch Artemisia öffnete das Kästchen nicht. Es war nicht an ihr, zu entscheiden, ob sie sehen durfte, was sich darin befand. Sorgfältig verschloss sie die Öffnung wieder, steckte Schlüssel und Kästchen ein und erhob sich. Auf der anderen Seite des Grabes stand ein Mann, der sie neugierig ansah.

Artemisia wich unwillkürlich einen Schritt zurück. Der Mann wirkte nicht bedrohlich, er lächelte sie an, doch ihr lief ein kalter Schauer den Rücken hinab. Sein dunkelblondes, schütteres Haar war zur Seite gekämmt, sein Aufzug unmodisch, aber gepflegt. Er schien um die vierzig zu sein. »Bitte entschuldigen Sie, Signorina«, sagte er in nahezu akzentfreiem Italienisch. Seine Stimme war sonor und nicht unangenehm. »Ich wollte Sie nicht erschrecken.«

Artemisia atmete tief durch. Auch wenn sie die fremde Sprache verstand, fühlte sie sich nicht wohl dabei, sie zu sprechen.

»Es ist nichts geschehen«, sagte sie leise. Die ungewohnten Silben wollten sich in ihrem Mund verheddern, doch es gelang ihr, ihre Stimme nicht brechen zu lassen. »Kein Grund, sich zu entschuldigen.«

»Das ist sehr freundlich von Ihnen.« Der Mann wechselte nahtlos ins Englische. Auch hier war kaum ein Akzent zu hören, und der, der tief darin verborgen lag, erschloss sich Artemisia nicht. »Es ist schön zu sehen, dass jemand nach dem Grab der lieben Constanze sieht.«

»Sie kannten sie?«

»Ein wenig. Ich hatte die Freude, ihr in Bayern zu begegnen.«

»Und das bringt Sie dazu, ihr Grab in Italien aufzusuchen?«

Der Mann lachte. Artemisia spürte, wie sich die Haare in ihrem Nacken aufrichteten. »Nur, da ich ohnehin gerade hier in Genua war, aus gänzlich anderen Gründen. Umso größer ist aber meine Freude, Ihnen hier zu begegnen, Miss Jones.«

Artemisia erstarrte.

»Ich befürchte, Sie sind mir gegenüber im Vorteil, Sir.«

»Mein Name, verehrte Miss Jones, ist Flamel. Nicolas Flamel.«

»Nicolas Flamel? Der Alchemist?«

»Ich bevorzuge die Bezeichnung *Homme de lettre* – das, was man dieser Tage wohl einen Wissenschaftler nennen würde.«

»Mir wäre neu, dass die Wissenschaft einen Weg gefunden hätte, den Tod zu überlisten – was Ihnen wohl offensichtlich gelungen ist.«

»Und nicht nur mir, nicht wahr, Miss Jones?«

Artemisia kniff ihr linkes Auge zusammen. Dass dieser ... Mensch anscheinend so viel über sie wusste, gefiel ihr ganz und gar nicht. Sie konzentrierte sich auf ihn, doch auch wenn ihr zurückgekehrtes Auge normalerweise in die Seelen der Menschen zu schauen imstande war, konnte

sie Flamels Absichten nicht erkennen. Ihr war noch nicht einmal klar, ob er die Wahrheit sagte. Sie musste auf der Hut sein.

»Sie scheinen eine Menge über mich zu wissen, *Monsieur* Flamel.«

»Es geschieht nicht sehr oft, dass das Universum in seinen Grundfesten erschüttert wird, Miss Jones. Es lag in meinem Interesse, herauszufinden, wer für dieses Realitätsbeben verantwortlich war. Das war zugegebermaßen nicht ganz so einfach, aber ich bin nicht ohne Grund einer der genialsten Wissenschaftler, die die Welt jemals gesehen hat, nicht wahr? Ich weiß zum Beispiel«, er hob die Hand, und Artemisia, die ihm hatte ins Wort fallen wollen, schwieg, »dass Sie nach wie vor ihrem Beruf als Bibliothekarin in der Pembroke Library nachgehen, wenn Sie sich auch regelmäßige Auszeiten nehmen, um auf wahrhaft skandalöse Art dem Nachtleben in Paris zu frönen. Dort sind Sie unserem gemeinsamen Freund begegnet, von dem ich stark annehme, dass er Sie hierher zum Grab seiner bedauernswerten Gattin geschickt hat. So wie ich ihn kenne, vermutlich aus entsetzlich sentimentalen Gründen. Schauen Sie nicht so böse, ich habe da vollstes Verständnis für, ich vermisse meine Perenelle auch nach all den Jahrhunderten noch. Sie hätte bei mir

bleiben können, hätte sie sich nicht vom dunklen Lord ... aber das tut nichts zur Sache. Wir sind uns begegnet, und was für eine glückliche Begegnung das ist!«

Er strahlte sie mit blitzenden Zähnen an. Artemisia war sich ganz und gar nicht sicher, ob diese Begegnung so glücklich war, aber die anerzogene Höflichkeit brachte sie dazu, zurückzulächeln. Flamel nahm das zum Anlass, seinen Monolog fortzusetzen.

»Wie unwahrscheinlich ist es, dass gleich zwei so erstaunliche Wesen, wie wir es sind, sich an einem solchen Ort begegnen – einem Denkmal für die Endlichkeit des Menschenlebens, die wir hinter uns gelassen haben. Man möchte den Kopf schütteln ob der Ironie. Trotzdem, was ein Glück! Denn ich, Miss Jones, habe eine Information, die von elementarer Notwendigkeit für Ihren weiteren Weg ist.« Er setzte eine Miene solch gewichtigen Ernsts auf, dass Artemisia sich das Lachen verkneifen musste. »Miss Jones, es ist unumgänglich, dass Sie die wahre Geschichte den dunklen Lords erfahren. Finden Sie Hyronimous' Niederschrift der ursprünglichen Vulgata, vor den Kürzungen, die Papst Damasus durchgesetzt hat, bevor sein Nachfolger auf dem Heiligen Stuhl vier der fünf existierenden Exemplare vernichten ließ.«

Artemisia sah ihn an, als wären ihm gerade Hörner gewachsen. Wollte dieser angeblich unsterbliche Mann der Schriften ihr die Apokryphen als größtes Geheimnis des Universums verkaufen? Hielt der sie für dumm?

»Welche der Apokryphen bringt mir denn dieses Wissen, das ich so dringend benötige? Das Petrus-Evangelium? Die Oratio Manassis? Der Codex Brucianus? Oder reden wir von noch ungewöhnlicheren Texten? Das Sefer ha-Razim? Das sechste und siebte Buch der Thora? Ich kann Ihnen versichern, dass ich mich mit all diesen Texten auseinandergesetzt habe, Mr Flamel.«

Sie sah Flamel ins Gesicht, das für einen Sekundenbruchteil in purem Hass entgleiste, bis er sich wieder im Griff hatte und ihr sein unverbindliches Lächeln präsentierte.

»Wie erfreulich, dass ich es mit so einer gebildeten jungen Dame zu tun habe«, erwiderte er gönnerhaft. »Doch so informativ die von Ihnen erwähnten Schriften auch sein mögen, sie haben nichts mit dem Buch zu tun, von dem ich spreche. Hyronimous hat wahrhaftig alle vorliegenden Texte übersetzt. Auch die, die weder Gott noch Teufel jemals veröffentlicht sehen wollten. Diese Sammlung, von der ich spreche, ist gut versteckt. Es gibt nur eine einzige Abschrift. Und die, meine liebe Miss Jones, befindet sich

im Grabmal des Heiligen Nepomuk im Veitsdom zu Prag. Wenn Sie also wissen wollen, wie Sie sich als Spielball der heiligen und unheiligen Mächte verteidigen können, empfehle ich Ihnen dringend einen Ausflug nach Prag. Habe die Ehre!«

Er verneigte sich, drehte sich auf dem Absatz um und ließ Artemisia verwirrt und nachdenklich zurück.

Aufgrund der Dringlichkeit von Sebastians Bitte gönnte Artemisia sich nur einen kurzen Aufenthalt in Genua und machte sich schon nach wenigen Tagen, in denen sie die Sonne Italiens genoss, zurück auf den Weg nach Paris. Als Sebastian auch am zweiten Tag, an dem sie wieder zurück war, nicht im Café auftauchte, begab sie sich zu seinem Hotel. Der Wirt, dem sie des Öfteren Geld zusteckte, damit ihr Freund gut umsorgt war, schickte sie auf sein Zimmer.

»Sebastian! Geht es dir nicht gut?«

»Artemisia! Du bist wieder da.« Er hatte sich in den Kissen aufgerichtet und strahlte ihr entgegen, doch schon diese kleine Anstrengung schien ihn zu erschöpfen. Artemisia stürmte an seine Seite. Beunruhigt befühlte sie seine Stirn. »Du hast Fieber! War der Arzt schon hier?«

»Ja. Zu meinem Leidwesen. So viel Geld dafür, dass dieser Quacksalber mir mit seinem heißen Zwiebelsäckchen fast das Gesicht verbrannt hätte und mir einen Tee dagelassen hat. Tee nennt der das! Irgendwelche obskuren Pflanzenstücke, die nichts, aber auch gar nichts mit echtem Tee gemein haben.«

Artemisia griff nach dem kleinen Stoffbeutel, auf den er gezeigt hatte, und schnupperte. Kamille, Minze, Mädesüß, Weidenrinde und ein wenig Lavendel – letzteres vermutlich eher gegen Sebastians schlechte Laune als gegen das Fieber. Sie nickte zufrieden – zwischen all den tatsächlichen Quacksalbern wusste dieser Doktor tatsächlich, was er tat.

»Sei froh, dass er dich nicht zur Ader gelassen hat.« Sie stand auf, goss eine große Tasse der Mischung auf, nahm frisches Bett- und Nachtzeug aus dem Schrank und wandte sich zu Sebastian um. »Jetzt machen wir alles erstmal frisch, dann geht's dir bald besser.«

154

Erde – Paris

Artemisia stand im strömenden Regen auf dem Cimetière de Bagneux und sah mit ausdruckslosem Gesicht zu, wie der Totengräber Erde auf den schlichten, hölzernen Sarg warf. Sie hielt ihren Schirm geschlossen in der Hand und stützte sich darauf wie auf einen Stock, während die Regentropfen ihre Locken glattzogen. Es war ihr gleich. Das körperliche Ungemach war nichts im Vergleich zur Kälte in ihrem Inneren. Sebastian war tot, sein brillanter, scharfer Verstand, der bis zum letzten Atemzug ein Leuchtfeuer in der Dunkelheit dieser Welt gewesen war, für immer erloschen.

Sie erinnerte sich daran, wie zornig er gewesen war, als sie, nicht lange nach ihrem Ausflug nach Genua, ihre Anstellung in der Pembroke Library ebenso gekündigt hatte wie ihre kleine Wohnung in Westminster, um nach Paris zu ziehen und sich um ihn zu kümmern. Sie hatte schon vorher miterlebt, wie krank er werden konnte, wenn seine Ohren sich entzündeten, doch erst an jenem Tag war ihr klargeworden, wie schlecht es um seine Gesundheit tatsächlich gestanden hatte. Nachdem seine erste Wut verflogen war, war er dankbar gewesen, dass sie sich um ihn gekümmert hatte. So viele Stunden hatten

sie damit verbracht, sich gegenseitig vorzulesen, über Gott und die Welt zu diskutieren, über Politik und Philosophie zu streiten, und sich gegenseitig ihre Sicht auf die Welt zu lehren. So viel hatte sie gelernt von ihm, mit Genuss jedes Wort in sich aufgesogen, dass er jemals geschrieben hatte, mit ihm über seine Figuren diskutiert und sich in seinem Schein gesonnt. Ihr war klar, dass ihr Leben selbst von der, im Gegensatz zur Londoner, recht offenen Pariser Gesellschaft als skandalös betrachtet wurde, aber es war ihr gleich gewesen. Sebastians – auch wenn sein wahrer Name auf seinem Grabstein stand, für sie würde er immer Sebastian bleiben – Sebastians Licht war ihr genug gewesen. Nun war es erloschen. Für immer.

Der klägliche Rest der kleinen Trauergesellschaft hatte sich schon zurückgezogen. Im warmen Café würden sie bei Rotwein und großen Worten seiner gedenken, sich einreden, ihn gekannt zu haben. Artemisia aber stand still im Regen. Wäre ihr Inneres nicht so taub gewesen, hätte sie erkannt, dass sie sich nichts mehr wünschte, als von den Tropfen davon gespült zu werden. Aber diese Gnade würde ihr ebenso wenig zuteilwerden wie die ewige Ruhe. Der Tod sei ein Geschenk, hatte der dunkle Lord zu ihr gesagt, damals, an der Küste hinter Clapford Manor. Sie hatte es nicht verstanden, damals. Jetzt hingegen ...

Es war in Sebastians letzten Tagen gewesen, als sie nach all der Zeit endlich dahintergekommen war, warum sie sich vom ersten Moment an zu ihm hingezogen gefühlt hatte. Sie hatte ihm vom Abtritt zurück in sein Bett geholfen, und als er auf der Kante saß, seine Kissen ordentlich aufgeschüttelt. Als sein vertrauter Duft, der unter all der Krankheit noch immer da war, ihre Nase traf, schloss sie kurz die Lider. Doch vor ihrem inneren Auge sah sie nicht Sebastians hagere, ausgezehrte Gestalt, sondern einen kleinen, pummeligen Mann mit Halbglatze und zwei unterschiedlich farbigen Augen. In diesem Moment wurde ihr klar, dass der Duft ihres Freundes sie vom ersten Augenblick an den dunklen Lord erinnert hatte, doch sie wagte nicht, danach zu fragen. Sie hatte Sebastian niemals von ihren Erlebnissen auf Clapford Manor erzählt. Jede vorsichtige Andeutung, es könne mehr geben zwischen Himmel und Erde, als die Schulweisheit erträumen ließe, war von ihm abgebügelt worden. Er hatte nie an das Übernatürliche geglaubt, hatte keine Geduld mit Gott gehabt und Satan für eine miese Ausrede gehalten, die Feiglinge vorschoben, die keine Verantwortung für ihre Handlungen übernehmen wollten. Als es ihm schlechter und schlechter ging, brachte er selbst das Thema auf. »Artemisia, glaubst du an Gott? Glaubst du an die Hölle?«

Sie lachte bitter. »Ich brauche nicht zu glauben, Sebastian. Ich weiß, dass Himmel und Hölle existieren.«

Er sah sie neugierig an. »Und glaubst du, dass ich für meine Sünden in der Hölle schmoren werde?«

»Ich weiß es nicht, mein Lieber«, antwortete sie ernst. »Aber ich bin mir sicher, dass wenn dem so ist, du dort Freunde finden wirst.«

Er lachte und ließ das Thema fallen.

An seinem letzten Tag war sie morgens wie üblich bei ihm gewesen und hatte ihm Croissants und frische Milch gebracht, auch wenn er nur noch wenige Krümel zu sich nehmen konnte. Er war ganz bei sich gewesen, wach und aufmerksam, und Artemisia hatte sich erlaubt, Hoffnung zu schöpfen. Bevor sie ging, um ihm die Madeleines zu holen, auf die er solche Lust gehabt hatte, hatte er noch Witze über die Tapete gemacht. Er hatte ihr die erste Zeile eines neuen Gedichts vorgetragen, das sie später für ihn niederschreiben sollte. Als sie mit den Madeleines zurückkehrte, war sie auf der Treppe mit einem katholischen Priester zusammengestoßen, der Sebastian die Sterbesakramente erteilt hatte. Da hatte er schon nicht mehr sprechen können.

Artemisia spürte, wie sich heiße Tränen mit dem kalten Regen mischten. Es war nicht fair! Dieser große Geist, der brillante Verstand, all dieses Talent, begraben in kalter Erde. Es war einfach nicht fair. Sie spürte, wie ihre Fingernägel sich so tief in ihre Handflächen gruben, dass nur die Handschuhe sie vor blutenden Wunden schützen. Die Wut in ihrem Bauch wuchs pulsierend.

»Miss Jones.«

Die Stimme erschien ihr vage vertraut, doch den alten Mann, der schwer auf einen Stock gestützt zu ihr trat, hatte sie noch nie gesehen. Obwohl ... forschend starrte sie ihm ins Gesicht. Er lächelte breit.

»Ich befürchte, als wir uns das letzte Mal gesehen haben, meine liebe Miss Jones, war mein Äußeres noch ein wenig ... vorzeigbarer.«

Der seltsame Akzent, die Stimme und vor allem dieses Lächeln. Sie sah ihn entgeistert an.

»Mr Flamel? Was ist geschehen?«

»Es gab ein kleines ... Missgeschick. Nichts, was ich nicht wieder in den Griff bekommen hätte, aber ich fürchte, ich muss nun mit dem Körper eines alten Mannes vorliebnehmen. Die Zeit zurückzudrehen, das ist ein Wunder, das mir noch nicht gelungen ist. Mein Beileid, Miss Jones.« Er zog

trotz des strömenden Regens seinen Hut vom Kopf, auf dem kein einziges Haar mehr wuchs.

»Danke, Mr Flamel. Er wird fehlen. Nicht nur mir, der ganzen Welt.«

Er nickte, wischte sich mit der Hand über die Glatze und zog den Hut wieder auf. »Miss Jones, ich weiß, dass es verführerisch ist, sich der Trauer hinzugeben – auch ich habe diese Versuchung verspürt, als ich meine geliebte Perenelle verloren habe – aber sie dürfen sich ihrer Verzweiflung nicht ergeben.«

Sie sah ihn wortlos an. Er bot ihr den Arm, und obwohl sie sich in seiner Gegenwart nach wie vor unwohl fühlte, ergriff sie ihn. Er gab den Weg vor, und statt zu dem kleinen Café, in dem sich die anderen Trauernden versammelt hatten, führte er sie in Richtung des gewaltigen Turms, den Monsieur Eiffel gebaut hatte. Seine Lichter, die noch vor wenigen Wochen zur Weltausstellung ihren hellen Schein über die Stadt geworfen hatten, waren erloschen, doch er prägte das Stadtbild weiterhin. »Miss Jones, ich verstehe, dass Sie bislang nicht die Muße hatten, sich um die Niederschrift des Hyronimous in Prag zu kümmern – ich rechne es Ihnen hoch an, dass Sie sich so liebevoll um unseren gemeinsamen Freund gekümmert

haben – aber es ist an der Zeit, dass Sie sich Ihre Unsterblichkeit untertan machen.«

»Warum ist Ihnen das so wichtig?«

»Bitte?«

»Warum ist es Ihnen so wichtig, dass ich dieses Buch in die Hände bekomme? Was erhoffen Sie sich davon?«

»Touché!« Er lachte erneut. »Wissen Sie, Miss Jones, es gibt in diesem Buch so einiges, was ich gerne lesen würde, aber um ganz ehrlich zu Ihnen zu sein« – es würde noch einige Jahrzehnte dauern, bis Artemisia sicher wissen würde, dass ein jeder, der diese Floskel benutzte, gerade dabei war, ihr einen Bären aufzubinden – »vermute ich sehr stark, dass ich darin Hinweise darauf finden werde, wie ich meinen Alterungsprozess stoppen kann. Aber vor allem, meine Liebe, sollte dieses Buch die einzige existierende vollständige Anleitung darüber enthalten wie man die Unsterblichkeit – verzeihen Sie mir den Wortwitz – gesund an Geist und Körper übersteht. Denn eines, Miss Jones, sollte einer so klugen und welterfahrenen Frau wie Ihnen längst klar geworden sein: Die Unsterblichkeit auszuhalten ist wahrlich kein Zuckerschlecken!«

Artemisia, die sich daran gewöhnt hatte, dass sie mit ihrem wiederauferstandenen Auge sehen konnte, wenn jemand log, ärgerte sich erneut darüber, dass ihre

übersinnliche Wahrnehmung diesen Mann nicht lesen konnte. Aber sie war sich auch darüber im Klaren, dass sie alles, was sie mit ihrem alten Leben verbunden hatte, hinter sich gelassen hatte, als sie nach Paris gekommen war, um Sebastian zu pflegen, und das hier nun nichts mehr auf sie wartete als eine leere Wohnung und ebenso leere Tage. Weshalb also nicht jenes angeblich so rare und geheimnisvolle Buch beschaffen? Zumal Flamel Recht damit haben könnte, dass es die einzige Anleitung dazu enthielt, wie sie die Unsterblichkeit, die ihr jetzt schon zuweilen eher wie ein Fluch als ein Geschenk erschien, überstehen könnte.

»Also gut, Mr Flamel. Was muss ich tun?«

Fünf Minuten später sah Flamel der erstaunlichen Miss Jones nach, wie sie traurig und bedrückt den Friedhof verließ.

Er schlug den Kragen seines Mantels auf und spürte doch, wie ihm der Regen weiter in den Nacken tropfte.

So trist Umgebung, Wetter und der Anlass ihres Treffens auch waren, innerlich frohlockte Flamel. Er winkte sich eine Droschke herbei und fuhr in sein kleines Haus in der Rue de Montmorency. Dort angekommen betrat

er sein Labor, das sich im ehemaligen Salon befand und setzte den schlafenden Zeitfrosch in dessen Terrarium aus festem Glas und Stahl. Der Frosch atmete träge und lag regungslos zwischen dem feuchten Moos, mit dem Flamel das Terrarium ausgelegt hatte.

Dann rückte der Alchimist den uralten Handspiegel zurecht und wischte all die Schminke aus dem Gesicht, entfernte die falschen grauen Wimpern und borstigen Augenbrauen, pulte drei Gazeeinlagen aus dem Mund, die seine Gesichtsform verändert hatten, und rubbelte zuletzt auch die dünne Schicht der Theaterschminke von Händen und Hals.

All das erfolgte routiniert und rasch.

Nach dem denkwürdigen Besuch des Dunklen Herrn und Perenelles Tod hatte Flamel sich viele Jahre kaum aus seinem Haus gewagt, aus Angst dabei den Zeitfrosch zu verlieren oder sich so weit von ihm entfernen zu müssen, dass der dabei seine unglaubliche Macht verlor.

Allerdings hatte es damals auch kaum Grund dazu gegeben, sich unters Volk zu mischen. Denn alles, was ihm wirklich wichtig war, fand er in den Büchern, die ihm die Händler lieferten. Jene Osterorgien des Dunklen Herrn auf Les Innocents mied er erst recht.

Flamel traute Satan nicht, von dem er jederzeit misstrauisch erwartete, dass der eine Lücke in ihrer Vereinbarung fand und ihn daraufhin doch noch in die Hölle einfahren ließ. Dennoch hatte es über die Jahrhunderte Augenblicke gegeben, zu denen Flamel die Anwesenheit von Dunklen Anderen in seiner Stadt zumindest gespürt hatte. Von denen gab es mehr als nur den Dunklen Herrn. Selbst wenn er der mächtigste unter ihnen war.

Immer wenn ihn eine jener Ahnungen überkam, verkroch er sich tiefer in die Kammern seines Hauses, das er mit einer Reihe mächtiger magischer Siegel versehen hatte, von denen einige aus den geheimen Schriften katharischer weiser Frauen und Männer stammten, über deren Vernichtung er in seiner Jugend grausame Geschichten gehört hatte, die die Kinder schrecken sollten. Andere hatte er aus den mystischen Schriften der Juden und Muslime kopiert, die er sich im Laufe der Jahrzehnte beschafft hatte. Je komplexer und detailreicher dabei sein Bild von der Welt wurde, umso größer wurden seine Zweifel. Schon ein Zehntel dieses Wissen musste ausreichen, um die Welt in Brand zu setzen, Gelehrte gegen Ungebildete, arm gegen reich, Noble gegen Gemeine zu hetzen und so ein grauenvolles Chaos anzurichten.

Wissen war kostbar. Das sollte es auch sein und das musste es bleiben. Denn nur so war die Welt im Gleichgewicht zu halten. Jeder, der gegen diese Regel verstieß, versündigte sich an den Menschen.

Dass Perenelle eine Hexe war, hatte ihn damals nicht abgeschreckt. Im Gegenteil – es hatte ihn fasziniert und den wahren Grund gebildet, weshalb er so vehement um sie geworben hatte. Sie war ihrer Magie völlig naiv und intellektuell ungefiltert nachgegangen und hatte ihm so als Beweis dafür gedient, dass gemeine Leute nie in den Genuss echten Wissens und tieferer Durchdringung der Rätsel des Universums gebracht werden dürften.

Wenn Perenelle ihn damit geneckt hatte, dass seine gekränkte intellektuelle Eitelkeit wohl der wahre Grund dafür gewesen sei, dass er sich ausgerechnet eine Hexe zum Weib genommen hatte, hatte ihn das durchaus getroffen. Auch wenn er dies nie hätte offen zugeben können. An seiner Grundhaltung änderte es sowieso nichts.

Selbst noch während der österlichen Hexenfeiern auf Les Innocents hatte er sich darüber beklagt, dass dazu zu viele junge Hexen eingeladen wurden, denen man kaum einen verantwortungsvollen Umgang mit Perenelles Eintopfrezepten zutrauen konnte, geschweige denn jenen mit

allerlei magischen Formeln, wie sie da überall ausgetauscht und besprochen wurden.

Im Grunde hatte Flamel die Hexensabbate und die Haltung absoluter Freiheit, die dort gefeiert wurde, immer verachtet. Satans mächtigste Hexen sprachen kaum mit ihm und der Dunkle Herr selbst nahm seine Anwesenheit nur selten zur Kenntnis. Ganz im Gegensatz zu der Perenelles, mit der er sich mindestens drei Mal hinter eines der Gräberfelder zurückgezogen hatte. Dort hatten sie sicher anderes als Eintopfbeilagen besprochen.

Die letzten Sabbate, die er sich lange nach Perenelles Tod aus der Ferne angesehen hatte, darauf bedacht, nicht entdeckt zu werden, und verborgen hinter allerlei Schutzmagie, waren ihm zügelloser und geprägt von einer Verachtung für die Zukunft, die ihm immer fremd bleiben musste, erschienen.

Flamel wusste, dass eine kleine Gruppe von sechs Würdenträgern der Heiligen Mutter Kirche das gesammelte, geheime Wissen der Welt verwahrte, und er fand dies verantwortungslos. Ein einziges Unglück reichte aus, um die alten Männer und mit ihnen deren unersetzliches Wissen auszulöschen.

Selbstverständlich würde die Heilige Mutter Kirche niemals einen der Hexerei verdächtigen Schreiber und

166

Gelehrten, wie er selbst einer war, in ihren Reihen dulden, darüber machte er sich keine Illusionen. Aber er hatte nach Perenelles Tod inzwischen mehrere Lebensspannen Zeit gehabt herauszufinden, wo sich die wichtigsten geheimen Texte der Christenheit – die, in denen nicht nur die wahre Geschichte des Universums, sondern auch das Mysterium echter Unsterblichkeit zu entnehmen war – verbargen. Denn das war es, was Flamel regelmäßig in kalten Schweiß ausbrechen ließ: Was wurde aus ihm, falls seinem Zeitfrosch etwas zustieß? Dann würde Satan ihn holen kommen.

Trotz seiner Weigerung an den Osterfeierlichkeiten auf Les Innocents teilzunehmen, war es Flamel gelungen, ein kleines Netzwerk aus verbündeten Hexern und Hexen aufzubauen, die ihm mithilfe von Brieftauben und gezähmten Krähen über Ereignisse und Erkenntnisse im Rest Europas auf dem Laufenden hielten.

So war er auch einer der ersten gewesen, die vom Herannahen einer Welle aus Hass und Verachtung gegenüber der alten Magie hörten. Jene Welle breitete sich von den nördlichen europäischen Ländern über die gesamte Christenheit aus, um schließlich nahezu jeden bekannten Winkel der alten und neuen Welt zu erfassen.

Er hatte mit dem kleinen Vermögen, das Perenelle ihm hinterlassen hatte, klug gewirtschaftet und verfügte über genug Geld. Also traf er seine Vorbereitungen, kaufte ein Haus in der Provinz und legte Goldmünzen beiseite, um im Fall der Fälle Büttel, Priester oder Richter bestechen zu können.

Flamel behütete seinen Zeitfrosch und verließ kaum das Haus, um das er noch mehr magische Schutzzeichen gelegt hatte.

Die Nachrichten über Scheiterhaufen und unter den Gehängten ächzende Galgen mehrten sich. Ganz Nordeuropa verfiel in dem Wahn. Niemand konnte sich seines Lebens mehr sicher sein. Tausende wurden der Hexerei bezichtigt und dem Henker überantwortet. Flamel verging fast vor Furcht und Panik. Er verrammelte sein Haus schließlich sogar für die Tauben und Krähen, die ihm als Boten gedient hatten, doch eines Nachts erwachte er über unerklärliche Geräusche in seiner Schlafstube. Flamel ergriff einen Schürhaken und tappte nur mit seinem Nachthemd bekleidet in sein Arbeitszimmer herunter.

Dort saß ein dicklicher Glatzkopf vorm brennenden Kamin und beobachtete eine Gruppe flügellos fliegender Wesen, die jedes Buch und jedes im Haus vorhandene

Dokument öffneten, lasen und auf winzigen Papierstreifen notierten.

Flamel erhob den Schürhaken und schritt zögernd auf den Fremden zu, der sich endlich vom Kamin abwandte und ihn anblickte.

»Der Malleus maleficarum, Flamel? Wirklich? Und sogar mit Signatur von diesem verrückten Mönch!? Schämt Ihr Euch nicht?«, begrüßte ihn der Fremde und warf das dicke Buch in die Flammen.

»Das ist ein wertvolles Buch! Verschwindet aus meinem Haus!«, rief Flamel und stürmte auf den Fremden zu.

»Das ist der Hexenhammer, Flamel! Auf Papier gebrachter Wahnsinn!«, zischte der Fremde und hob seinen linken Zeigefinger, woraufhin Flamel stolperte und zu Boden fiel. Der Schürhaken klirrte dabei auf den Steinboden.

»Es ist dennoch mein Buch!«, rief Flamel aus, dem inzwischen klar geworden war, mit wem er es zu tun hatte.

»Tss, tss, so redet man aber nicht mit seinem Geschäftspartner!«, sagte der Dunkle Herr.

»Seid Ihr hier, um mich holen zu kommen?!«, fragte Flamel vom Boden her, wobei ihm brennend einfiel, dass er den Zeitfrosch in seiner Schlafstube zurückgelassen hatte.

Satan schüttelte den Kopf. »Ich halte mich an meine Verträge. Du bist sicher, solange du den Zeitfrosch hast und ihn weder verkaufst noch dafür sorgst, dass er sich vermehrt.«

Sichtlich erleichtert, aber nichtsdestotrotz misstrauisch erhob sich Flamel und strich sich über sein geprelltes Knie.

»Dann seid Ihr nur gekommen, um meine Bibliothek auszudünnen?«

»Nein. Ich habe eine Aufgabe für dich. Du wirst Paris zu einem Zufluchtsort für die Hexen und Magier machen, die vor der Inquisition fliehen.«

Satan griff ins Feuer und zog daraus zwei Beutel mit schweren Goldmünzen hervor. Einen von ihnen warf er Flamel vor die Füße.

»Mit diesem Gold wirst du zehn stabile Steinhäuser in Paris kaufen und sie anschließend mit magischen Siegeln versehen. Meine Finsterlinge werden sie dir später diktieren. Deine eigenen Schutzsiegel sind so schwach, dass sich jede Otterspinne darüber totlachen würde.«

Flamel erwiderte zornig Satans Blick. »Die Hexenjäger sind längst in Paris unterwegs! Sie werden auf mich aufmerksam werden, mich verhaften und meine Bibliothek und das Labor konfiszieren!«

Satan ignorierte Flamels Einwand und warf ihm den zweiten Beutel vor die Brust. Er fiel herab und traf Flamels linken Fuß.

Flamel heulte auf und ging unwillkürlich in einen Schmerzenstanz über.

Satan verzog verächtlich den Mund. »Das hier ist Paris. Mein Tanzplatz. Hier endet der Wahnsinn, der den Rest Europas erfasst hat. Mit dem Gold im zweiten Beutel wirst du zwanzig Noble im Parlement de Paris bestechen, die dafür sorgen, dass Paris und Nordfrankreich von der Inquisition verschont bleiben. Auf Les Innocents warten bereits drei Hexen und ein Derwisch, die du holen und hier verbergen wirst, bis du sie in den Häusern unterbringen kannst. Von heute an werden drei Wochen lang jeden Sonntag Schlag ein Uhr nachts weitere Hexen auf Les Innocents eintreffen. Überflüssig zu betonen, dass du jeder von ihnen zuvorkommend begegnen solltest. Sie sind alle mächtiger als du und könnten dir wehtun, solltest du ihnen Anlass zur Klage geben.«

Satans Finsterlinge ließen zischend Dampfschwaden aus ihren Fußraketenantrieben und verschwanden durch den Kamin. Flamel hörte sie husten, während sie den engen Schornstein hinaufflogen.

»Tada!«, sagte Satan und wandte sich ab.

Flamel schaute fasziniert dabei zu, wie Satan in winzige unregelmäßig geformte Teile zerfiel, die wiederum in noch kleinere Teile zerfielen, bis er gänzlich verschwunden war.

Einen letzten Augenblick verharrte er neidstarr an seinem Platz, dann hüpf- humpelte er aufgeregt ins Schlafzimmer hinauf, um nach seinem Zeitfrosch zu sehen, von dem er fürchtete, dass Satan ihn gestohlen haben könnte.

Doch das Wesen schnarchte friedlich unter seiner Glasglocke.

Ausgestattet mit Satans Gold und gesegnet mit einem angeborenen Hang zur Intriganz gelang es Flamel in den folgenden Monaten tatsächlich, einige dutzend der mächtigsten Hexen Europas vor ihren fanatischen Häschern in Paris zu verbergen. Doch zumindest die älteren und mächtigsten unter ihnen ließen ihn deutlich spüren, dass er für sie nicht mehr als ein etwas besserer Bediensteter war. Flamel schluckte die Kränkungen herunter, tat, was von ihm erwartet wurde, aber lauschte zugleich auch heimlich jeder der alten und mächtigen Hexen ihre magischen Sprüche und Rezepte ab.

Einzig Tereza Smarova, eine Hexe aus Prag, die mit ihren 128 Jahren zu den jüngsten der Zauberinnen zählte, stach für ihn heraus. Ihr blondes Haar schimmerte im Feuerschein und sie war genauso stramm gebaut wie

Perenelle. Wegen ihrer Schönheit behandelte er sie etwas respektvoller als ihre schnippischen Schwestern.

Tereza unterschied sich nicht nur durch ihr zartes Alter von ihren Hexenschwestern, sondern auch darin, dass sie schrecklich schnell gelangweilt war, weswegen sie es liebte, Flamel zum Zeitvertreib zu necken und ihn für allerlei Liebesspiele zu missbrauchen, wogegen er sich nur selten sträubte.

Es war nach einem jener Schäferstündchen, dass Tereza ihm ganz nebenbei erzählte, wie Lilith, die Mutter aller Hexen, einst eine Anklageschrift verfasst hatte, die die Macht der Heiligen Mutter Kirche auf Erden für immer zu brechen imstande wäre. Und die überdies das Geheimnis wahrer Unsterblichkeit enthielte, so zumindest erzählte man es sich unter den Hexen.

Flamel vergaß diesen Abend niemals.

Zweihundert Jahre lang fragte er sich, wo denn jene mysteriöse Schrift und ihre Urheberin seien. In all der Zeit hatte ihn die Furcht davor, dass er den Zeitfrosch verlieren oder der ihm ja vielleicht unter den Händen wegsterben könnte, niemals völlig verlassen, doch sie war nicht stark genug gewesen, um ihn zum Handeln zu treiben.

Auch wenn er den Wahrheitsgehalt von Terezas Erzählung niemals angezweifelt hatte, war ihm doch klar, dass

Lilith ihr Geheimnis niemals mit ihm geteilt hätte. Wenn er aber als gegeben voraussetzte, dass Lilith unsterblich war, stand zu befürchten, dass sie diese Schrift bei sich behielt. In einem Kampf war er der mächtigsten Hexe überhaupt jedoch heillos unterlegen, zumal damit zu rechnen war, dass sie eher auf Satans als auf seiner Seite stehen würde. Er würde also einen Verbündeten brauchen, aber wen könnte er schon gegen die Mutter der Hexen und den Herrn der Hölle ins Feld führen? Es war eine Nacht unruhigen Schlafes, als ihm der eigentlich auf der Hand liegende Gedanke kam: Gott. Der war, wie Flamel von seinem Informantennetzwerk wusste, immer noch auf der Suche nach Lilith. Was nun, fragte sich Flamel, falls es ihm gelänge Lilith zu finden und Gott deren Versteck sozusagen auf dem Silbertablett zu servieren? Das musste Gott einen guten Preis wert sein. Vielleicht genug, um ihm Unsterblichkeit zu gewähren?

Flamel verfluchte sich dafür, dass ihm dieser sonnenklare Gedanke nicht vorher gekommen war. Bald sonnte er sich in seinem Geist in Tagträumen von Gott, der ihm dankbar nicht nur wahre Unsterblichkeit, sondern auch die Macht über sämtliche geheimen Bibliotheken und Archive verlieh, deren viele aufregende Geheimnisse er dann einzig für sich hätte und mit keinem kleinen Sterblichen teilen müsste.

Aber wie sollte er dort triumphieren, wo Gott bislang gescheitert war?

Monatelang suchte Flamel in geheimen Bibliotheken nach einem Weg und fand ihn schließlich in der passenden Anleitung zur Großen Magischen Traumreise. Immerhin handelte es sich dabei um eine der wenigen magischen Praktiken, die weder Gott noch dessen Engel beherrschten.

Viele Jahre strich er dann wie besessen des Nachts durch die Welt und suchte nach einer Spur von Lilith.

Immer wieder stieß er dabei auf andere magische Wesen, deren Anwesenheit und Macht ihn zwar zuweilen erschauern ließ, aber niemals für lange abhalten konnte, sich erneut auf Reisen zu begeben.

Bis er eines Nachts im Januar 1897 in Prag endlich fand, was er gesucht hatte.

Er streifte einige Zeit ziellos durch Stadt, bis er die prächtige Teynkirche erreichte, wo ihn ein unerwarteter metaphysischer Schlag traf, der so heftig ausfiel, dass es ihn niederwarf. Auch in Prag hielten sich offenbar mächtige magische Wesen auf, die sich von ihm nicht behelligt fühlten.

Gekränkt setzte er die Wanderung durch die Stadt fort, bis er schließlich sicher war, dass er ein mächtiges,

magisches Wesen gefunden hatte, das vor der Welt verborgen worden war.

Flamels Traumseele erschauerte vor Ehrfurcht und Glück. Er hatte gefunden, was er so lange gesucht hatte. Nur erkannte er, dass er selbst es nicht würde bergen können. Denn seine Beute wurde von einer Macht behütet, die um Welten stärker war als alles, was er je für möglich gehalten hätte.

Das war inzwischen etwa drei Jahre her.

Sein erster Versuch, Miss Artemisia Jones nach Prag zu locken, hatte nicht viel gebracht. Vor einigen Monaten jedoch hatte sein Zeitfrosch sich zu verändern begonnen. Die karierte Haut war verblasst und sein Atemrhythmus hatte sich alarmierend verlangsamt. Außerdem vergingen manchmal Tage, bis der Frosch sich wenigstens einen Millimeter bewegte.

Eindeutig: Der Zeitfrosch starb. Wollte Flamel nicht mit ihm sterben, würde er seinen langgehegten Alternativplan forcieren müssen. Und eben dies tat er am Grab des verseschmiedenden Sodomiten, indem er Miss Artemisia Jones erneut in die richtige Richtung schubste. Soll die Hexe Lilith ruhig wüten und gegen Miss Jones ankämpfen, dachte Flamel, ich werde mich derweil in einer Nische verbergen, dem Kampf der beiden zuschauen und

176

mich im passenden Moment hervorwagen, um Miss Jones Liliths Schrift abzujagen.

Sicher war dies kein perfekter Plan, und seine Umsetzung würde ihn vor einige Schwierigkeiten stellen und eine Menge Risiken mit sich bringen. Doch der Preis, der ihm für den Erfolg winkte, rechtfertigte jegliches Wagnis.

Hölle – Köln

Mooooment mal, Endlinge! Natürlich starb Flamels Zeitfrosch nicht, sondern ging nur durch eine seiner regelmäßigen Häutungsphasen. Die waren anstrengend und die Tiere bereiteten sich darauf vor, indem sie ihren Stoffwechsel herunterfuhren und sich so wenig wie möglich bewegten.

Schon als ich damals Flamel in Paris zurücklassen musste, war mir klar, dass er alles versuchen würde, seinen Tod hinauszuzögern. Was mich erst recht anspornte, ihn so schnell wie möglich in die Hölle zu holen.

Etwas klarer sah ich erst, nachdem ich hunderte Erdenjahre später die Ergebnisse einer ständigen Arbeitsgruppe aus Klein- und Finsterlingen auswertete, deren Job es war, alle sich potenziell auf das kosmische und metaphysische Gleichgewicht störend auswirkenden Ereignisse auf Sonderlochstreifen zu dokumentieren, die ich mir trotz meiner Faulheit regelmäßig zu Gemüte führte, weil die meistens amüsant waren. Als ich Asrael an dem Wasserloch in der Savanne meine Pläne geschildert hatte, wie ich Gott dazu bringen wollte die erstaunliche Miss Jones zu akzeptieren, vergaß ich sehr absichtlich, einige Details zu erwähnen.

Die hatten mit Lilith zu tun und dem Grund, weswegen sie eines Tages dort gelandet war, wo sie sich befand.

Ohne euch Endlinge mit noch einem zu ausführlichen Exkurs in metaphysischer Welthistorie langweilen zu wollen, muss ich dennoch einiges klarstellen. Weil Gott ihr die Flügel abgeschlagen und sie damit von einem Vollengel zu einer einzigartigen Mischung aus Unsterblicher und Dämonin degradiert hatte, war Lilith der Weg zurück in den Himmel oder in meine Hölle grundsätzlich verwehrt. Auf der Erde hat sie ihre Zeit nicht nutzlos verplempert, sondern Gott zu schaden versucht, wo sie nur konnte. Womit sie sich im Laufe der Jahrtausende eine große Gefolgschaft unter weisen Frauen, Hebammen, Kurtisanen und Giftmischerinnen erwarb, die sie in die Hexenkünste einweihte.

Aber Lilith wäre nicht Lilith gewesen, hätte sie nicht eines Tages so sehr über die Stränge geschlagen, dass Asrael und ich sie vorsorglich aus dem irdischen Verkehr ziehen mussten, weil zu befürchten stand, dass Gott sie sonst tatsächlich einen Kopf kürzer gemacht hätte.

Ich schraubte gerade an meiner Hölle der Designstufe Eins Punkt Zwei herum, als ich von Liliths neuestem Ich-Ärgere-Mal-Wieder-Gott-Projekt hörte. Ich rief Asrael herbei. Untypischerweise erschien sie gleich

darauf, materialisierte sich und fiel über meine frischen Knorpelnussvorräte her.

»Issen, Bocksbeinchen?«, fragte sie mit vollem Mund.

»Lilith hat einem Endling in Mainz dazu gebracht, den Buchdruck mit beweglichen Lettern zu erfinden. Das ist knapp hundert Jahre vor dem als wahrscheinlich errechneten Zeitpunkt.«

Asrael schwebte neben mir herum und nickte. »Hm, na gut, solche Berechnungen haben immer unbestimmte Variablen. Wo ist das Problem?«

»Weshalb sie es getan hat!«

Asrael schob sich eine neue Handvoll Knorpelnüsse in den niedlichen Mund.

»Sie hat ihre Memoiren verfasst. Und in spätestens zwei Erdenwochen wird sie den Endling in Mainz so weit haben, dass er die auch druckt!«

Asrael spuckte erschrocken halbzerkaute Knorpelnüsse in der Gegend umher.

»Genau!«, sagte ich.

»Wenn Gott das mitkriegt, wird er sehr, sehr wütend werden. Der hat nämlich prognostizieren lassen, dass das erste gedruckte Buch in Europa die Bibel sein wird. Er ist irre stolz drauf und erwartet sich davon einen deutlichen Zuwachs seiner Fangemeinde.«

»Hm! Lilith schwört, dass sie in ihren Memoiren kein Blatt vor den Mund nehmen wird und noch dreißig andere Endlinge an der Hand hat, die ihre Memoiren drucken werden, sobald der Endling in Mainz die letzten Knicke in seiner Technologie ausgebügelt hat.«

»Das kann sie nicht machen, Bocksbeinchen! Gott ist schon aufgespult, weil ihm Gabriel und Michael mit ihrer von den Großen Anderen geborgten Wahrscheinlichkeitsrechenmaschine prophezeit haben, dass es demnächst auf der Erde eine Rebellion geben wird, die Gottes systemtreueste Fangruppen sprengen und zu langen Kriegen führen wird.«

Es erschien mir relativ offensichtlich, dass deren Auslöser Liliths Memoiren sein mussten. Die Wahrscheinlichkeitsrechenmaschinen der Großen Anderen waren legendär, was ihre Zuverlässigkeit betraf.

»Sie hat Gott bereits mit Sapphos Gedichten, Aristoteles Formeln, Xerxes Kriegen, den verbrannten Templern und den Gegenpäpsten in Avignon schlimm geärgert. Noch eine Aktion in dieser Größenordnung wird er nicht akzeptieren, Bocksbeinchen!«

»Vermutlich nicht.«

»Du musst sie aufhalten! Sie ist doch sowieso noch viel zu jung für Memoiren, oder?«

»Na, sie plant vorläufig sechs Bände, aber sie sieht da natürlich schon auch noch Luft nach oben.«

Wo sie recht hatte, hatte sie recht, dachte ich und machte einige Vorschläge, die Asrael jedoch alle entweder augenrollend oder Knorpelnussreste spuckend ablehnte.

»Du kannst Lilith nicht auf einen Vulkanplaneten locken und dann darauf hoffen, dass sie so lange dableibt, bis du sämtliche Endlinge, die vielleicht dazu fähig wären, bewegliche Drucklettern herzustellen, vorfristig in die Hölle einsortiert hast!«, lehnte Asrael eben wieder einen meiner unkonventionellen Pläne ab.

»Pfft!«, sagte ich angesäuert über ihren temporären Mangel an pragmatischer Fantasie.

Asrael schaute stumm aus der Bürozentrale von Hölleninnenraumdesign Eins Punkt Zwei auf eine Gruppe Endlings-Restichs herab. Sie tat das ziemlich lange. Schließlich machte sie einen Vorschlag, wie man Lilith zumindest zeitweise elegant aus dem irdischen Verkehr ziehen könnte.

»Wäre ja bloß damit sie sich mal ein bisschen abkühlt, runterkommt und chillt, weißte, Bocksbeinchen?«

»Was ist chillen?«

»Abkühlen, sich entspannen, herunterkommen.«

»Dann schließen sich da Konzept chillen und Lilith gegenseitig aus«, gab ich zu bedenken.

»Deswegen ja die etwas radikalere Variante, Pohaarbüschelchen!«, antwortete sie.

Da Asraels Plan immerhin den Vorteil hatte, keine Vulkaninseln zu beinhalten, stimmte ich ihm schließlich zu.

Es wäre sträflich leichtsinnig von mir, euch zu erklären, wie man Dämonen oder Engel zeitweise in einen relativ wehrlosen Zustand versetzten kann, weswegen ich es lasse.

Der geniale Teil von Asraels Plan für die Verhinderung einer göttlichen Wutkernschmelze bestand darin, Lilith Gott direkt unter seine lange fleischige Nase zu legen. Weswegen ich sie eines Nachts ohnmächtig auf meinen Armen durch die herbstlichen Gassen der alten und berühmten Stadt Köln zum Dom trug. Der Dom zu Köln war der Ort, an dem in einem goldenen Schrein die Restknochen dreier Landstreicher aufbewahrt wurden, die an Jesu Geburtstag zufällig an Josefs Tür geklopft und um Obdach und etwas zu essen gebeten hatten. Gottes Fanboys haben das später zu einer kitschigen Story über Könige und Weise aufgebauscht. Immerhin waren die

Landstreicherknochen echt und Gott mochte den Schrein. Weswegen er Lilith niemals dort vermuten würde.

Der Schrein wäre mit all den Knochen darin zu klein für Lilith gewesen. Also nahm ich die heraus, während ich Lilith in das goldene Schreinungetüm bettete und ein paar magische Siegel anbrachte, die sie hoffentlich für die nächsten hundert Erdenjahre ruhigstellen und jeden Sterblichen davon abhalten würden, sich den Inhalt des Schreins zu genau anzuschauen. Mich überkam ein Anfall von Mitgefühl und Sentimentalität, als ich den Schrein verschloss.

»Was wird jetzt mit den heiligen Landstreicherknochen?«, fragte mein Lieblingssukkubus Leonora, die mich begleitete.

Diesen Punkt hatten weder Asrael noch ich bedacht. Dinge, die seit ein paar Jahrhunderten ununterbrochen von Endlingen verehrt worden waren, wurden dadurch magisch aufgeladen, deswegen wollte ich es nicht riskieren, die einfach auf dem nächsten Misthaufen zu entsorgen. Deshalb befahl ich Leonora, sie eben in irgendeiner anderen von Gottes Reliquienkisten zu verwahren. Davon gab es schließlich genug in Köln und Umgebung.

Aber physikalische Gesetze galten auch für Heiligenknochen. Eines davon lautete: Wo ein Körper ist, kann kein anderer sein.

Obwohl Leonora ihr bestes gab, gelang es ihr nur teilweise, die Landstreicherknochen in anderen Schreinen und Kirchen unterzubringen, denn jedes Mal blieben neue Artefakte übrig, die sie zu entsorgen hatte.

So entwickelte sich aus unserer Aktion im Dom schließlich ein Reliquienkarussell, das dazu führte, dass tausende modriger Knochen, Schädel, Kreuzsplitter, Finger, Lanzenteile, Lumpen und Goldringe die Plätze tauschen mussten. Dass es Leonora und ihrem Team gelang, das alles unter den Augen Gottes und seiner Beobachter durchzuziehen, ohne dass die davon Wind bekamen, lässt selbst Danny Ocean und seine Elf dumm dastehen.

Selbst die Besten meiner Bürokratiefinsterlinge versagten darin, eine gültige Liste darüber zu führen. Daher kann ich mit absoluter Gewissheit sagen, dass von Wladiwostok bis Santiago de Compostela und von Jerusalem bis zum Nordkap keine einzige Reliquie heute noch dort ist, wo sie eigentlich sein sollte.

Nervig war allerdings, dass Lilith jedes Mal nur für eine begrenzte Zeit in einem ihrer Verstecke bleiben konnte, weil ihre Anwesenheit dort nämlich ohne die regelmäßige Erneuerung meiner magischen Siegel aufgefallen wäre. Ein Wesen von so immenser magischer Macht wie Lilith wäre selbst von Gottes uniformierter Propagandabrigade

schließlich erspürt worden. Also begab ich mich pünktlich alle einhundertzwei Jahre mit Leonora zur Erde, um die ohnmächtige Lilith umzusiedeln.

Weil ich damals bereits meine ganz persönlichen Pläne mit Liliths nahezu völlig wahren Memoiren hatte, verriet ich Asrael nie, dass ich die Kopiervorlage dazu bei Lilith lagerte. Eines Tages hoffte ich, wäre die Zeit reif, Lilith aufzuwecken und sie ihre Erinnerungen publizieren zu lassen. Dass ich meine Faulheit überwand und sie so oft an einem anderen Gott und dessen Anhängern heiligem Ort verbarg, werte ich übrigens als Akt meiner Liebe zu ihr. Auch wenn sie das wahrscheinlich anders sehen würde.

Damit Gott nicht merkte, dass wir Lilith aus dem irdischen Verkehr gezogen hatten, streuten meine Finsterlinge und Sukkubae hin und wieder falsche metaphysische Spuren unter den Endlingen, die Gottes Schnüfflerbrigade auch jedes Mal treu doof dokumentierte und als von Lilith stammend deklarierte.

Es ist mir bis heute ein Rätsel, wie ausgerechnet ein allerhöchstens mittelmäßig begabter Magier wie Flamel darauf kam, wo ich sie im Erdenjahr 1871 untergebracht hatte. Der Mann muss sich von den Hexen damals mehr an Magie abgeschaut haben, als ich ihm zugetraut hatte.

So sehr Flamel sich über Liliths Herkunft irrte, in einem Punkt täuschte ihn seine Nase nicht. Denn sie hatte tatsächlich ihre Memoiren bei sich.

Als nun Gott an jenem Wasserloch in der Savanne diesen Terz wegen seinem Hang zur Unsterblichkeitsanzahlharmonie machte, fielen mir Flamels Schnüffeleien nach Liliths Memoiren wieder ein. Ich erdachte einen Plan, wie ich auf einen Schlag sowohl den blöden Alchimisten loswerden als auch die erstaunliche Miss Jones in Gottes Gunst bugsieren könnte, dass er sie widerwillig als dreizehnte unsterbliche Seele akzeptierte.

Als ich Asrael meine Pläne darlegte, wirkte sie zunächst skeptisch, aber gleich darauf zeigte sich ein abenteuerlustiges Blitzen in ihren Augen.

Dritter Teil

Miss Jones Werk und Liliths Beitrag

«It may have been in pieces,
but I gave you the best of me.»
Jim Morrison

Erde – Rom

Kardinal Rodrigo Gutierrez kehrte von einer Audienz bei Papst Leo XIII in sein karg eingerichtetes Büro zurück. Dort angekommen, gestattete er sich, seinem Zorn freien Lauf zu lassen. Die neue Enzyklika zur Rolle der Heiligen Mutter Gottes schlug dem Fass den Boden aus, fand er.

Leo war endgültig zu weit gegangen mit seiner Marienverehrung. Er stellte mit seiner neuesten Enzyklika die Heilige Mutter Gottes auf eine Stufe innerhalb der Liturgie, die das überlieferte Verständnis der Heiligen Dreifaltigkeit unterlief.

Aber keine Frau – nicht einmal die Mutter Gottes – durfte als Mittlerin zwischen Gott, seinen Priestern und den Gläubigen stehen, wie Papst Leo XIII das in seiner Enzyklika darlegte. Selbst die Reinheit und Unschuld der reinsten und unschuldigsten aller Frauen änderte nichts daran, dass jene Frau eben weiblich war und allein aus diesem Grund stets fehlbar und manipulierbar blieb.

In wenigen Tagen war eine geheime Konferenz mit seinen mächtigsten Verbündeten anberaumt. Dort würde er endlich die alles entscheidende Frage zur Abstimmung stellen.

Der Kardinal überprüfte die neueste Korrespondenz, die er jedoch gleich wieder beiseitelegte, um sich erneut seinem inneren Aufruhr hinzugeben.

Vielleicht niemals zuvor in der Geschichte der Heiligen Mutter Kirche war der brennende Zorn der Gerechten und Idealisten so entscheidend gewesen wie jetzt, wo es überall in den Ländern der Christenheit zu bedenklichen moralischen Auflösungserscheinungen kam. Die Kommunisten und Sozialisten machten keinen Hehl aus ihrer Gottlosigkeit, die Kriegstreiber wurden in jeder Armee der zivilisierten Welt lauter und die verfluchten Suffragetten forderten längst nicht mehr nur überall das Wahlrecht, sondern plädierten außerdem für leichtere Ehescheidungen und verlangten sogar, dass Frauen frei über ihre Finanzen und die Wahl ihrer zukünftigen Ehepartner bestimmen dürften.

Der Druck der Verantwortung, der auf dem Kardinal lastete, war gewaltig.

Bedauerlicherweise lag das nicht nur am Ergebnis jeder geheimen Korrespondenz, sondern auch daran, dass sein gefährlichstes Geheimnis bekannt zu werden drohte.

Deshalb griff er nun doch wieder nach den Berichten seiner Agenten, suchte die aus Spanien heraus und überflog sie.

Seine Zuträger dort berichteten, dass eine gewisse Señora Isabel Dominguez endlich in eine abgelegene Nervenheilanstalt eingeliefert worden war. Señora Dominguez war zwar nicht die letzte Überlende der Katastrophe im Dorf Cudillero de la Vera, aber sie war die Einzige, die niemals aufgehört hatte, darüber zu sprechen. Davon dufte aber kein lebender Mensch je erfahren – und die Mitverschwörer des Kardinals schon gar nicht.

Während er die Berichte wieder auf dem Sekretär sortierte, überkamen ihn lange verdrängte Erinnerungen.

Kardinal Joaquim Gabriel Rodrigo Maria de Gutierrez hatte nicht immer so geheißen. Geboren wurde er als Ezra Ishmael Afandari in einer halb verfallenen Villa außerhalb von Toledo, als jüngster Spross einer alten Familie von jüdisch-maurischen Magiern und Schriftgelehrten. Behütet von seinem Großvater Salomo und dessen beiden Mägden fehlte es ihm dort an nichts. Er war nicht einmal gezwungen, zur Schule zu gehen, denn alles, was er wissen musste, lernte er von seinem Großvater oder den beiden Frauen. Seine Eltern waren kurz nach seiner Geburt einem Unglück zum Opfer gefallen, das keiner in der Villa je zu erwähnen wagte.

Ezra las und interpretierte schon in frühester Jugend Bibel, Koran, Talmud, Kabbala und einige der alten hebräischen Spruchsammlungen. Salomo war ungewöhnlich stolz auf seinen Enkel.

Der Junge wiederum liebte den Alten über alles.

Selbst Ezra ahnte jedoch, dass die Zeiten für Gebrauchsmagier nicht rosig waren. Das Geld war oft knapp und Salomos Klienten nicht reich. Diese waren in der Regel ältere Leute, die seine Dienste entweder in Anspruch nahmen, um verschwundene Gegenstände oder Haustiere wieder zu finden. Ab und zu wandten sich auch verzweifelte junge Damen an Salomo, um ihn um Liebeszauber anzuflehen. Solcherlei Anliegen wies Salomo allerdings stets ab, denn in Liebeständel ließ er sich nicht verstricken. Die waren magisch sowieso nicht zu regeln.

Kurz nach seinem zwölften Geburtstag erlaubte der alte Mann Ezra, ihn auf eine Mission zu begleiten.

Salomo hatte sich die halbe Nacht allein auf seinen Auftrag vorbereitet und am Morgen angespannt gewirkt. Ezra war nicht minder aufgeregt gewesen. Ein beständiges, nicht nur unangenehmes Ziehen in seiner Magengrube begleitete ihn, als er auf die Ladefläche des klapprigen Leiterwagens stieg, den Salomos Klienten geschickt hatten.

Ihre Fahrt ging zum Dorf Cudillero de la Vera in den Hügeln der Cabañeros, das sie gegen Mittag erreichten.

Der kleine Ort verfügte über eine Kirche, einen Priester und sogar einen Bürgermeister namens Señor Castello. Dieser hatte Salomo kommen lassen, denn seit zwei Tagen lagen sämtliche Tiere der Bauern und Hirten wie tot auf ihren Weiden oder in den Ställen. Sogar die Kirchenmäuse hatte das verstörende Phänomen erfasst. Auch wenn die Tiere noch zu leben schienen, ließen sie sich zu keinen Reaktionen bewegen.

Die Pferde und den Kutscher für den Leiterwagen hatte man drei Dörfer weiter rekrutieren müssen, weil kein Nutztier im Ort sich noch regte.

Salomo unternahm einen langen Spaziergang durchs Dorf, besuchte die Ställe und Weiden, legte dabei die Stirn in Falten und verkündete, dass man es mit einem schwerwiegenden Problem zu tun hätte. Dazu murmelte der Greis etwas von »Steinirrlichtern«, »niederen Dämonen« und allgemein »eher durchwachsenem metaphysischem Lokalkolorit«.

Trotzdem machte Salomo dem Bürgermeister Hoffnungen, dass er das Problem lösen könnte. Wozu er ein kompliziertes Ritual durchzuführen habe, für das er die

notwendigen Utensilien bestellte, die der Bürgermeister ihm herbeizuschaffen versprach.

Die Zeit bis zum Ritual verbrachte Salomo in tiefer Konzentration im Schatten eines Kuhstalls, während Ezra vor Spannung und Beklemmung kaum etwas vom dem Abendmahl herunterbrachte, das ihm eine Bäuerin in ihrer Küche vorsetzte. Sie immerhin fand etwas Gutes an der Katastrophe, denn sie hatte am Morgen mühelos sämtliche Hausmäuse und Stallratten aufgesammelt und anschließend im Fluss ertränkt.

Gegen zehn Uhr nachts half Ezra dem alten Mann beim Aufschichten des Holzes und dem Entzünden eines Feuers auf einem der Weidehügel. Sobald das Ritual begann, schickte der Alte ihn fort, sodass er aus der Ferne beobachten musste, wie sein Großvater die beim Bürgermeister bestellten Utensilien nacheinander in die Glut warf und dabei seltsame Formeln rezitierte.

Ein im Feuer brechender Ast sandte eine Funkenwolke gen Himmel. Einige der Funken trafen den alten Mann, der daraufhin seine Beschwörungen für die Dauer eines Wimpernschlags unterbrach, um sie gleich darauf ebenso inbrünstig fortzusetzen und schließlich mit einer letzten Gabe ans Feuer zu beenden.

Ezra hörte vom Dorf her eine Kuh brüllen. Kurz darauf erklang das Meckern von Ziegen und Blöken von Schafen.

Er hat es geschafft, dachte er und riss jubelnd die Arme in die Luft.

Aber gleich darauf drangen merkwürdige Schmerzenslaute, Ausrufe höchster Furcht und Überraschung aus dem Dorf zum Hügel hinauf, auf die einige Augenblicke später ungelenke Gesänge folgten.

Ezra wunderte sich noch darüber, als er sah, wie der Bürgermeister sich am Fuß des Weidehügels mit weit aufgerissenem Mund plötzlich einige Meter in die Luft erhob, wo er regungslos vor Schreck verharrte.

Der Junge hatte das Gefühl, als kröchen ihm tausende Ameisen über die Haut. Vom Dorf her erklang das Singen lauter und dissonanter herüber. Vom Kleinkind bis zum Greis schmetterte jeder dort aus vollem Halse Volkslieder. Und jeder der Dörfler sang eine andere Volksweise – was einen heillosen Lärm ergab.

Der alte Salomon stand vor dem Feuer und schaute gebannt an dem schwebenden Bürgermeister vorbei auf das Dorf hinunter.

Immer noch krochen all die unsichtbaren Ameisen über Ezras Haut, doch er brachte es nicht fertig, sich zu rühren.

Vielleicht rief Salomon einige Worte in die Nacht hinaus. Falls es so gewesen war, dann verstand Ezra sie nicht. Im Nachhinein glaubte er, dass er statt Worten nur Schreckensrufe des Greises gehört haben musste.

Die Einzige, die stumm und auf dem Boden blieb, war die Magd Isabel, die eben auf einem ungesattelten Pferd auf den Hügel zuritt.

Ezra blickte ihr verstört entgegen. Das Kribbeln hörte so plötzlich auf, wie es ihn überkommen hatte. Abgelenkt von der Magd und dem Ende jenes Kribbelns sah er nicht, wie sich aus der Glut des Feuers ein Wesen erhob, das nicht von dieser Welt sein konnte.

Es war so groß wie zwei Männer, hatte schwarzes, gelocktes Haar, das in einem festen Zopf zusammengebunden und über die rechte Schulter geworfen worden war, wo es die dort befindliche Brust mit dem aufgestellten Nippel verbarg, über den sich eine fein behaarte Spinne festgesaugt hatte. Den Nacken des Dämons lief ein schmaler Streifen schwarzer und roter Mähne herab, der sich um den langen hellen Schwanzansatz herum zu einem gestutzten Dreieck erweiterte. Sowohl Finger- als auch Zehennägel des Wesens waren blutrot und wirkten spitz und fest wie Krallen.

Seltsamerweise schien der alte Mann das Wesen willkommen zu heißen. Es vollführte einige harsche Gesten und rief dunkle Worte aus, die Ezra nicht verstand.

Am Fuß des Hügels fiel der Bürgermeister zu Boden und schrie vor Schmerz auf. Er war nicht der letzte. Trotz seiner Angst war Ezra erleichtert, als er unter den Rufen der Dörfler auch das Muhen, Wiehern, Blöken und Meckern der Tiere wahrnahm.

All dies nahm der Junge so eingeschüchtert wie fasziniert in sein Gedächtnis auf. Doch die Eindrücke wurden von der Erkenntnis überschattet, dass sein Großvater in höchster Not dieses Wesen herbeigerufen haben musste. Sollten die Christen doch recht haben und es gab jenen Widersacher Gottes? Existierte Satan demnach tatsächlich?

Verwirrend war allerdings, dass Satan Brüste hatte und über das schönste Mädchengesicht verfügte, das Ezra je gesehen hatte.

Gottes mächtigster Gegenspieler, der gefallene Engel, Verderber der Gläubigen und die ewigwährende Seuche der Menschheit war – *weiblich!*

Satan breitete am Feuer ihre Arme aus, rief einige unverständliche Worte und umfing dann den hageren Greis, der nach jener Umarmung regungslos und fahl zu Boden sank.

Die Höllenfürstin wandte sich um und schaute Ezra einen Moment in die Augen. War es Zorn, Trauer, gar Triumph und Überheblichkeit, die in ihrem Blick standen?

Tief ergriffen nahm der Junge allen Mut zusammen und trat einige Schritte auf den reglosen Greis zu.

Doch jene Herrin der Hölle verstellte ihm den Weg, legte Ezra wie segnend die Hand aufs Haupt und sagte einige Worte in jener fremden, rauchig klingenden Sprache. Satan roch nach Holzfeuer, Myrrhe und feinstem Leder. Eine Mischung, die den Jungen völlig überwältigte. Als ihn Satan einen Moment sanft an sich drückte, reichte Ezras Kopf gerade bis zu ihrem samtigen Bauchansatz.

Satan schwang ihren Schwanz um Ezras Schulter, drückte ihn sacht noch etwas fester an sich und löste sich nach einigen letzten befremdlich klingenden Worten in Luft auf.

»Heilige Mutter Gottes steh uns bei!«, rief Isabel Dominguez, bekreuzigte sich und sprang neben Ezra von ihrem Pferd.

Doch alles, was der sah, war sein Großvater, der leblos beim Feuer lag.

Der Junge blickte zu Isabel auf.

Isabel bekreuzigte sich erneut. »Satan oder Heilige ist egal. Was immer das war, es hat uns gerettet!«, sagte sie.

Und begriff erst danach, dass der alte hagere Magier beim Feuer tot war.

Das war inzwischen nahezu vierzig Jahre her.

In jener Nacht endete nicht nur das Leben des Gebrauchsmagiers Salomo Afandari, sondern auch die Kindheit seines Enkels.

Der fand sich nämlich keine zehn Tage nach Salomos Beerdigung im Waisenhaus San Rosendo des Paters Gonzales wieder, wo er vor Heimweh und Trauer fast starb. Bis ihm der Pater erst den Hintern versohlte und ihm danach eine Lektion fürs Leben erteilte, indem er ihm klarmachte, dass es gotteslästerlich sei, sein Leben an Trauer und Heimweh zu vergeuden, wenn einem so begabten Jungen wie ihm doch die ganze Welt offen stünde.

Rückblickend empfand der Kardinal seine Einweisung in Paters Gonzales Waisenhaus als Glücksfall, weil der gestrenge Priester ihn förderte, wo er nur konnte und ihm später sogar zu seinem falschen Namen verhalf. Vor allem aber war er ihm dankbar dafür, dass er in ihm das heilige Feuer des Zorns auf jegliches Höllenwesen so nachhaltig am Lodern gehalten hatte, dass es bis heute im Kardinal

ebenso leidenschaftlich brannte wie in jener Nacht auf den Weiden von Cudillero de la Vera.

Hass, fand Kardinal Rodrigo Gutierrez, verkürzte nicht nur den Weg, wie die alte Volksweisheit besagte. Er stand auch einem Fürsten der Kirche der Liebe gut an, solange er sich gegen deren wahre Feinde richtete, die per definitionem immer auch die Feinde Gottes sein mussten.

Der Kardinal schaute einen Moment zum Fenster, hinter dem die Nacht herabfiel und suchte anschließend Kraft und Trost in Caravaggios Gemälde der Medusa, das er sich aus den Sammlungen des Vatikans für sein Büro ausbedungen hatte. So mancher hatte es seinerzeit passend gefunden, dass ausgerechnet er sich dieses Gemälde in seine Gemächer hing.

Es gibt viel zu tun in dieser Nacht, dachte der Kardinal.

Hölle

Stop!
Ich bin Satan!

Und ich kümmere mich doch nicht persönlich um jeden metaphysischen Unfall! Dazu bin ich viel zu faul und außerdem sowieso zu beschäftigt. Und sei es bloß damit, faul zu sein.

Um diesen Chaosenergiefeldunfall in Cudillero de la Vera hat sich ein Sukkubus der Abteilung für Katastrophenprävention gekümmert. Die fand nämlich, dass Salomo so viel Verwirrung gestiftet hätte, dass sie besser persönlich eingriff, um die Sache wieder ins Lot zu bringen.

Chaosenergiefelder sind Überbleibsel des Urknalls. Die lungern halt so in der siebten und achten Dimension herum. Manchmal auch in der neunten oder fünften. Aber das ist selten. Was zu Chaosenergieunfällen führt, sind Verkettungen extremst seltener Zufälle. Im Fall von Cudillero de la Vera waren das exakt 21,9 hoch 16 dieser eigentlich völlig unmöglichen Zufälle, die dazu hatten zusammenkommen müssen.

In weniger als achtundvierzig Stunden hätte sich das Problem von selbst gelöst. Gemessen an anderen Chaosenergieunfällen war der von Cudillero de la Vera relativ harmlos. Ohne Salomos Eingreifen hätte mein Sukkubus

sich auch gar nicht die Mühe eines irdischen Ausflugs machen müssen. Aber weil der alte Mann mit seiner Magie die Gravitationsteilchenflirrfrequenz manipulierte, während die Negativchaosenergieteilchen sich nach der Spontanverpuffung noch in untypischer Bewegung befanden, drohte das eine längere Kettenreaktion in Gang zu setzten, die für euch Endlinge ungemütlich hätte enden können.

Einer der Nebeneffekte solcher Anomalien besteht übrigens darin, dass sämtliche auf Kohlenstoffverbindungen basierenden höheren Bewusstseine zeitweilig sowohl auf ihre vollen materialistischen wie metaphysischen Hirnkapazitäten zugreifen können. Damals hätten die Endlinge von Cudillero de la Vera die Formulierung der Relativitätstheorie vorziehen oder den temporären Weltfrieden auslösen können. Stattdessen fiel denen nichts Besseres ein, als Volkslieder zu singen und ein paar Meter in der Luft zu schweben.

Typisch!

Außerdem stand Salomos Afandaris Abtritt aus eurer Welt an diesem Tag schon ewig fest. Wegen seines Berufs als Gebrauchsmagier waren nur die exakten Umstände seines Übertritts etwas verschwommen in den Lochstreifen der Höllenbürokratie aufgetaucht. Auch daran bin ich also nicht schuld.

Erde – Rom

Der Kardinal wandte den Blick von Caravaggios Medusa ab und erhob sich aus seinem Sessel. Es war zwei Uhr morgens.

Die Männer, die er zu seiner geheimen Konferenz eingeladen hatte, waren mächtige Prälaten. Sie waren erfahren in der Kunst der Intrige und kannten sich unter den gewundenen Korridoren kirchlicher Macht so gut aus wie Schankwirte in ihren Bierkellern.

In zwei Punkten jedoch waren sie naiv wie kleine Kinder: zum einen glaubten sie vielleicht an die Existenz Satans ebenso wie an die Gottes, doch seine Macht blieb für sie so diffus wie eine Straßenlaterne im Londoner Nebel.

Zum anderen war ihnen nicht klar, dass der Vatikan von Magiern, Dämonen und Geistern nur so wimmelte, deren Verhalten nur schwer einzuschätzen war. Einige davon dienten zweifellos dem dunklen Engel.

Sollte einer von Satans dämonischen Helfern im Vatikan auf die Pläne des Kardinals stoßen, wären diese aufs Höchste gefährdet. Ebenso gefährdet, wie wenn die restlichen Feinde des Kardinals davon Wind bekämen, denen nichts lieber gewesen wäre, als die Umsetzung ebenjener Pläne zu stoppen und ihn in Schimpf und Schande versinken zu lassen.

Daher hatte der Kardinal sich widerwillig, aber um der guten Sache Willen, auf seine Jugend und die Geheimnisse rückbesonnen, die er von seinem Großvater, dem Gebrauchsmagier, gelernt hatte. Er stieg eine verborgene Treppe zu den vatikanischen Nekropolen hinab, über deren Existenz nur eine Handvoll Sterblicher informiert war.

Bei der Stelle, die der Kardinal für sein Ritual ausgewählt hatte, handelte es sich womöglich um den heiligsten Ort der Christenheit außerhalb von Jerusalem. Denn dort, im ewig feuchten Dunkel, lag das wahre Grab Petri.

Hier nun, unterm Licht eines magischen sechsarmigen Leuchters, den der Kardinal aus der geheimen Sammlung der Kurie gestohlen hatte, vollzog er eine Reihe magischer Rituale, die dazu dienten, in einer der großen alten Städte der Christenheit eine ihrer berühmtesten Weihestätten mit sieben magischen Siegeln zu versehen. Sie würden diesen Ort vor jeglicher Art Schnüffelei abschirmen, sei sie nun irdisch oder überirdisch.

Ächzend erhob sich Rodrigo Gutierrez vom feuchten Boden, klopfte seine einfache Soutane ab und merkte, dass Magie tatsächlich verflucht anstrengend und er bald zu alt dafür war, sich regungslos zwei volle lange Stunden hindurch irgendwo auf feuchte Erde zu knien.

Sein Rheuma würde ihn sicherlich auf Tage hinaus quälen. Doch das Ziel war jede Mühe wert, fand er, ergriff den Leuchter und machte sich auf den beschwerlichen Rückweg durch verborgene Gänge, schmale Treppen und Tapetentüren.

Erde – Prag, Altstadt

Während der Kardinal den mühsamen Rückweg zu seinen Gemächern im Vatikan antrat, rührte sich in der alten und berühmten Stadt Prag eine Wesenheit, die seit vielen Jahrhunderten geruht hatte, bis sie von einem metaphysischen Stechen geplagt wurde, das an Heftigkeit beständig zunahm. Verärgert darüber, weckte sie endlich träge ihre acht Sinne und folgte der Quelle jenes nervigen Stechens. Sie stellte fest, dass diese in einer Reihe sehr alter und deswegen mächtiger Schutzsiegel der maurisch jüdi schen Konstruktionsvariante lag, die offenbar ein durchaus talentierter Adept der Gebrauchsmagiergilde von Toledo nicht weit von der Schlafstätte des Wesens angebracht hatte.

Verwundert seufzte die Wesenheit und rührte sich erneut. Weshalb, fragte sie sich, hat dieser Gebrauchs- magier aus Toledo ausgerechnet dort Siegel angebracht, die dafür sorgten, dass sämtliche Vorgänge an jenem Ort Satan und dessen Dämonen verborgen blieben? Und weshalb war diesem Gebrauchsmagier offensichtlich nicht ganz klar gewesen, dass das letzte dieser Siegel so nachlässig gesetzt worden war, dass es zwar Satan einige Zeit zu täuschen vermochte, aber dafür Gott den Herrn herbeizurufen drohte?

Hölle

Gott hat euch in die Existenz gerülpst. Ich habe Sex zu den Engeln gebracht und mich auf einen Pakt mit Gott eingelassen, der dazu diente, die metaphysische Müllabfuhr der Erde klar zu regeln. Weswegen Gott sein komisches Paradies errichtete und ich meine Hölle baute, die inzwischen in Designstufe Drei Punkt Null – dem Verschiebebahnhofmodell – reibungsloser denn je läuft. Bei jenem Pakt mit Gott bat ich mir zwölf unersättliche Seelen aus, die so lange erneut in den Lebenskreislauf eintraten, wie sie selbst dies ertrugen und wollten.

Gott provozierte etwas später hinter meinem Rücken den Aufstand der Engel, indem er Sex untersagte und zuvor die Heerschar seiner ihm ergebenen Engel durch allerlei Gelichter und Bewusstseinssplitter auffüllte. Mit dieser Übermacht im Rücken gelang es ihm schließlich Liliths Rebellen zu schlagen. Woraufhin er Lilith die Flügel abschlug und sie auf die Erde verbannte. Was wiederum Asrael und mich dazu brachte, heimlich Rache an Gott zu geloben.

Im grimmigen Winter 1326 erwies sich, dass ausgerechnet der kleingeistige Stinker Nicolas Flamel zu einem Zeitfrosch kam, der mich daran hinderte, ihn gemeinsam

mit seiner Gattin in die Hölle zu holen, sobald seine Zeit gekommen war. Was mir anderseits aber auch zupass kam, als überall in Europa die Hexenverfolgungen begannen und ich Flamel dazu nutzte, wenigstens die besten und begabtesten von ihnen vor dem Zugriff von Gottes uniformierten Fanatikern zu bewahren.

Deutlich später zog in der Nähe von Toledo ein Junge mit seinem Großvater hinaus, um einen chaosmagischen Unfall zu reparieren. Dies führte zum Tod des Großvaters. Jener Junge wandte sich, erschrocken und verstört vom Anblick meines Lieblingssukkubus Leonora, Gott zu. Im Laufe der Zeit brachte er es innerhalb der Selbstverwaltung von Gottes Fanboys immerhin bis zum Kardinal.

Etwa um die Zeit, als jener Junge vom Bischof zum Kardinal erhoben worden war, begab es sich auf Clapford Manor in England, dass eine gewisse Miss Artemisia Jones recht blutig Vergeltung an einer Gruppe großmäuliger Satanisten übte und sich dadurch zu einem absolut unsterblichen Wesen neuester und bislang nur unzureichend erforschter Ordnung verwandelte.

Was wiederum Gott nicht ewig verborgen bleiben konnte, der denn auch erwartungsgemäß Asrael und mich an ein Wasserloch in der afrikanischen Savanne zitierte, wo er uns vor die Wahl stellte, entweder Artemisia Jones

in den sterblichen Status zurückzuführen oder ihm eine meiner geliebten unsterblichen Seelen zu opfern, um so die ursprünglich vereinbarte Anzahl von exakt zwölf dieser Seelen wiederherzustellen. Da sich ersteres als unmöglich erwies und zweiteres vollkommen unzumutbar war, konfrontierten Asrael und meine Wichtigkeit Gott mit der Existenz Nicolas Flamels und redeten ihm ein, dass der drauf und dran sei, eine Zeitfroschzucht aufzubauen, um Unsterblichkeit zu einem Geschäft zu machen.

Dies wiederum brachte Gott so sehr auf, dass er die hässlichsten magischen Stinkdisteln aller Zeiten wachsen ließ und nunmehr umso vehementer darauf bestand, dass Asrael und ich die ursprünglich vereinbarte Unsterblichkeitsbilanz wiederherstellten. Was eine Forderung war, mit der der mädchenhafte Tod und ich durchaus gerechnet hatten, weswegen wir – also eigentlich ja ich! – einen Plan schmiedeten, der sowohl Flamels Untergang wie Artemisias Überleben sicherte, indem wir sie beide mit Gottes (neben Asrael und mir!) mächtigster Gegnerin Lilith konfrontierten. Sollte nach vierhundert und ein paar Jahren Lilith aus ihrem Versteck befreit werden, würde ihr Zorn so mächtig sein, dass er sich beinah mit einer von Gottes Wutschmelzen messen lassen konnte. Liliths Zorn sollte also genug an magisch aufgeladener

negativer Energie freisetzen, um selbst einen Zeitfrosch in eine vorübergehende Lähmung zu versetzen. Sollten nun Flamel und dessen Zeitfrosch sich – zufällig oder nicht – in Liliths Nähe aufhalten, während ihr Zorn erwachte, verschaffte uns das die Gelegenheit Flamel zu töten und so die Unsterblichkeitsharmonie, auf die Gott solchen Wert legte, nahezu wiederherzustellen.

Da Liliths Auferweckung zum wohl prächtigsten Chaos seit mindestens fünftausend Erdenjahren führen musste, aber Gott jegliches Chaos zutiefst verabscheute, war es höchst unwahrscheinlich, dass er selbst zur Erde käme, um sich die Show anzusehen. Aber so allwissend und allmächtig, wie er gern behauptete, war er nun mal nicht. Daher waren Asrael und ich guter Hoffnung, dass wir ihm danach einreden konnten, es sei Artemisia Jones gewesen, der wir den Tod Nicolas Flamels zu verdanken hätten. Was ihn – sentimental, wie er manchmal ist – eigentlich so großzügig stimmen sollte, dass er Miss Jones Existenz als dreizehnte unsterbliche Seele akzeptierte. Was die Schönheit und Eleganz meines Plans ausmachte war, dass er Asrael und mir gleich drei Probleme auf einmal vom Halse schaffte. Erstens würden wir Nicolas Flamel los. Zweitens verschaffte ich meinem schlechten Gewissen in Bezug auf Liliths Gefangenschaft etwas Luft und drittens

konnten wir dem alten Besserwisser Gott ein weiteres Schnippchen schlagen. Was, ehrlich gesagt, sowieso den besten Teil dieses Plans darstellte

Vierter Teil

Hexenmacht

«No great artist ever sees things as they really are.
If he did, he would cease to be an artist.»
Oscar Wilde, 1891, aus «The Decay of Lying»

Erde – Prag

Wieder trug das Stampfen eines Zuges die erstaunliche Miss Artemisia Jones durch Europa – diesmal nach Osten. Den Kopf gegen die Glasscheibe gelehnt, starrte sie auf die vorüberfliegende Landschaft, die aufgrund der Geschwindigkeit und ihre Tränen hindurch auf sie wirkte wie die nebligen Gestade des Hades, durch die Sebastian nun wanderte.

Artemisia hatte sich, wohl wissend, dass ihre Trauer und ihr Schmerz sie zu einer unangenehmen Reisegefährtin machten, ein Abteil für sich allein reserviert. Die Übernahme des solchen durch ambitionierte Junggesellen, die sich durch ein Schwätzchen mit ihr die Zeit vertreiben wollten, unterband sie vehement, sodass sie sich ihrer Tränen nicht zu schämen brauchte. Ihr war klar, dass diese Reise nichts anderes als eine Flucht vor dem Schmerz der Trauer war, dass die Bibel, die Flamel ihr als unabdingbar für ihre Entwicklung in dieser absurd gewordenen Welt hatte verkaufen wollen, vermutlich nicht viel mehr war als die Möhre für das Maultier, auch wenn sie noch nicht ahnte, was er wirklich von ihr wollte. Sie wollte Sebastian zurück, und wenn sie sich dafür mit Gott und all seinen Engeln anlegen müsste, dann sollten

sie doch kommen, mit Flügeln und Zorn und flammenden Schwertern, sie würde bestehen. Oh, sie würde bestehen. Artemisia schloss die Augen. Sebastian würde jetzt schimpfen mit ihr. Was tot ist, ist tot, lass es zurück und konzentriere deine Kraft auf die Lebenden, würde er ihr sagen. Aber wie sollte sie, wo doch ihr Leitstern ihr verloren gegangen war?

Ihre Gedanken kreisten die lange Fahrt hindurch um dieses Problem. Sie dachte darüber nach, auf irgendeine Art den dunklen Lord zu beschwören und mit ihm um das Leben ihres Freundes zu feilschen. Sie fragte sich, ob es wohl möglich sei, Gott selbst auf die Erde zu rufen, um ihn anzuflehen, ihr ihren Freund zurückzugeben, doch immer wieder war es ihr eigener Geist, der sie zur Ordnung rief und ihr klarmachte, dass es so einfach doch nicht werden würde. Sie erinnerte sich an alles, was ihr liebster Freund zum Thema Tod zu sagen gewusst hatte, und sie ahnte, dass nicht wenig davon dazu gedacht gewesen war, ihr den Abschied zu erleichtern. Der Tod ist schön, dachte sie, und die Liebe ist immer stärker als er, und es fiel ihr schwer, ein verächtliches Schnauben zu unterdrücken. Ihre Liebe war nicht stark genug gewesen. Sebastian war verloren.

Ob es Artemisias Last erleichtert hätte, wäre ihr bewusst gewesen, dass der schöne und mädchenhafte Tod in Gedanken bei ihr und ihrem Verlust war?

Kardinal Rodrigo Gutierrez reiste inkognito und trug deswegen einen gutsitzenden, sehr modernen Anzug, während er unaufhaltsam auf sein Ziel zu ratterte.

Er schaute auf die lieblich malerische Landschaft hinaus und gab sich dabei ganz seinen Gedanken hin. Diese hätten die beiden älteren Damen, die ihm gegenüber züchtig strickten oder sich hin und wieder auf besonders idyllische Orte am Rande der Schienenstrecke aufmerksam machten, zweifellos zutiefst erschreckt. Denn sie waren nicht lieblich und idyllisch schon gar nicht.

Sein ganzes Erwachsenenleben hindurch hatte der Kardinal die Untaten des dunklen Engels angeprangert und dessen verderbliche Machenschaften vor den Gläubigen offengelegt. Er war ein feuriger Redner und kluger Autor, dessen Predigten, Traktate und Heiligenbiographien inzwischen in ganz Europa geschätzt wurden. Daher stand es außer Frage, dass der Herr der Hölle seiner Arbeit gewahr sein musste und zweifellos bereits eigene Pläne mit ihm verfolgte, die es zu durchkreuzen galt. Es

wunderte ihn immer noch, dass ihm die magische Arbeit in der Nekropole des Vatikans vor einigen Tagen derart sicher und leicht von der Hand gegangen war. Andererseits war sein Gegner eben weiblich und schon deswegen grundsätzlich schwächer und leichter zu täuschen als jener männliche Satan, von dem die heiligen Schriften und die Berichte und Chroniken in den geheimen Archiven des Kirchenstaates sprachen. Weswegen der Kardinal sicher war, dass seine Siegel ihren Zweck erfüllten und womöglich eher etwas zu kraftvoll ausgefallen waren. Doch sei es drum, dachte er.

Einige Zeit hatte er mit dem Gedanken gespielt, den Mitbrüdern während des Zusammentreffens sein größtes Geheimnis zu offenbaren und ihnen so mindestens teilweise die Angst vor Gottes Gegenspieler zu nehmen. Er entschloss sich letztlich dagegen. Weshalb ohne Not an alten Gewissheiten rühren?

Neben ihm schlief sein Sekretär Ansgar, dessen Anzug schlecht saß und dessen pausbäckiges Burschengesicht den beiden Damen vorhin einige mütterliche Blicke entlockt hatte.

Erde – Prag

Als der Zug in Vyšehrad einfuhr, hatte Artemisia sich gefangen. Mit ein wenig Wasser aus der Karaffe hatte sie ihr Gesicht erfrischt und die geschwollenen, geröteten Augen beruhigt. Sie hatte sich im Vorfeld informiert, wie sie zum ausgewählten Hotel in einer der schmalen Gassen unter dem Hradschin kommen würde – wie schon in Genua wäre auch hier ein Spaziergang zu lang geworden, sodass sie eine Droschke rief, die sie auf die andere Seite der Moldau bringen sollte – und sie reiste ohnehin mit leichtem Gepäck. Trotz ihrer mangelnden Sprachkenntnisse fiel es ihr erstaunlich leicht, sich zu verständigen, denn nahezu jeder in der Goldenen Stadt schien französisch zumindest zu verstehen.

Der Droschkenkutscher trug ihr die beiden kleinen Koffer die vier Stufen zum Eingang des Hotels hinauf, wo ihm schon ein Page entgegenkam. Artemisia entlohnte den Kutscher und hoffte, die richtige Menge an Trinkgeld abgeschätzt zu haben, bevor sie dem Pagen in die Lobby folgte. Die Gaslaternen in den glitzernden Kristalllüstern hüllten den großen Raum in goldenes Licht, der rote Teppich unter ihren Füßen war hoch und dicht und der Duft von Kaffee, Zigarren und dem Parfum der Damen

führte sie zurück in das Paris, das sie geliebt hatte, bevor Sebastian krank geworden war. Bevor sie das Licht und die Musik und den Glamour gegen das Krankenzimmer eingetauscht hatte. Artemisia kniff sich in den Unterarm, um den Weg aus ihren Erinnerungen zurück ins Jetzt zu finden. Nur an dem kurzen Moment der Besinnung lag es, dass sie sich nicht sofort auf den Maître de Hotel konzentrierte, sondern am Rande ihrer Wahrnehmung mitbekam, wie jemand rechts von ihr sagte: »Wir werden eben dafür sorgen müssen, dass sie alle das genau so sehen.«

Es dauerte einen kleinen Moment, bis ihr klar wurde, dass dieser Satz für sich genommen nicht spannend genug gewesen wäre, um ihre Aufmerksamkeit zu erregen. Auch, dass es gar nicht sein Inhalt gewesen war, über den sie stolperte, sondern die Sprache. Unauffällig drehte sie sich nach rechts, um zu sehen, wer in dieser Prager Hotellobby aramäisch sprach. Nicht weit von ihr entfernt stand ein junger Priester, nicht viel älter als sie, zu dem die Stimme allerdings nicht zu passen schien. Dies wurde ihr augenblicklich bestätigt, als ebenjener junge Mann ebenfalls auf aramäisch antwortete: »Aus Eurer Eminenz Mund in Gottes Ohr.«

Artemisia wollte schon nähertreten, als hinter der hochgewachsenen Pflanze neben der Säule, an der der

junge Priester lehnte, ein kräftiger, großer Mann hervortrat, der den eleganten Anzug, den er trug, nicht gebraucht hätte, um Eindruck zu erwecken. Sein gutaussehendes, kantig geschnittenes Gesicht hatte den warmen Olivton, der nur den Glücklichen eigen ist, denen es vergönnt war, am Mittelmeer aufzuwachsen. In seinem dichten schwarzen Haar zeigten sich an den Schläfen hellgraue Strähnen, die ihm eine Gravitas verliehen, die hinter seiner beeindruckenden Statur nicht zurückstand. Er bemerkte Artemisias Aufmerksamkeit, schob sie aber anscheinend irrigerweise dem hübschen jungen Priester zu und lächelte milde. Artemisia, der ein stechender Schmerz durchs linke Auge schoss, wandte sich errötend ab, lauschte aber mit gespitzten Ohren weiter.

»Es wird in jedem Fall hilfreich sein, dass der Dom wegen der Renovierung der Öffentlichkeit verschlossen bleibt«, fuhr der Kardinal auf aramäisch fort. »Dann müssen wir uns wenigstens weder mit Gläubigen noch mit als Touristen getarnten Vertretern der Journaille herumschlagen. Man muss für die kleinen Dinge dankbar sein.«

Seine tiefe Stimme, die das Schiff des gewaltigen Veitsdoms sicher ohne Mühe zu füllen wusste, ließ Artemisia ein Schauer über den Rücken laufen. Leider wandte sich ihr in diesem Moment der Maître zu, sodass sie nicht

mitbekam, was der junge Priester antwortete. Sie strahlte den Mann hinter der Rezeption mit ihrem charmantesten Lächeln an und antwortete auf seine höflich in Französisch gestellte Frage: »Oui, Monsieur, ich bin zum ersten Mal in Ihrer wunderschönen Stadt. Ich kann es kaum erwarten, all ihre Schönheiten zu entdecken – den Wenzelsplatz, die Karlsbrücke, die Schätze des Hradschin und all die Wunder des Veitsdoms!«

Der Maître lächelte wie verzaubert. »Oh, Mademoiselle, ich bin mir sicher, Sie werden Prag lieben! Der Veitsdom ist bedauerlicherweise gerade wegen Renovierung für die Öffentlichkeit geschlossen, aber alternativ dazu kann ich Ihnen die Kirche des Heiligen Michaels ans Herz legen. Sie liegt nicht weit vom Wenzelsplatz entfernt.«

Artemisia bedankte sich artig, holte ihren Schlüssel ab und folgte dem Pagen, der ihr Gepäck trug, zum Paternoster. Sie wagte es nicht, sich noch einmal nach den beiden Priestern umzusehen, aber sie bildete sich ein, den brennenden Blick aus den dunklen Augen des Kardinals in ihrem Nacken zu spüren.

Erde – Prag, Hotel »Kaiser Rudolph II«

Kardinal Rodrigo Gutierrez fragte sich, wer diese Frau war, deren Blick ihm vor einigen Augenblicken einen solchen Stich versetzt hatte. War es denkbar, dass hier in diesem Hotel eine so einfach gekleidete junge Frau Aramäisch sprach und sie daher hatte *verstehen* können? Mit ihrer hellen Haut, den dunkelbraunen Haaren und dieser aufrechten Haltung hätte sie Französin sein können oder Belgierin. Doch dazu klang ihr Französisch wiederum nicht perfekt genug.

War sie eine dieser Studentinnen, die man neuerdings sogar an der berühmten Karlsuniversität in Prag zuließ? Es gab Frauen, die sich den absonderlichsten Wissensgebieten widmeten. Hatte er nicht erst neulich gelesen, dass sich irgendeine abenteuerlustige und eindeutig geistig verwirrte junge Dame sogar auf eine Expedition nach Tibet begeben hätte? Und man einer anderen irgendwo in Frankreich sogar gestattete, Steuergelder daran zu verschwenden herauszufinden, was die Welt im Innersten zusammenhält?

Grausige Zeiten, dachte der Kardinal und hörte – hin und hergerissen von seinen Gedanken und dem recht einfallslosem Geplapper seines jungen Begleiters – plötzlich

wie der Maître de Hotel einen Pagen anwies »Miss Jones
Gepäck« auf ihr Zimmer zu bringen.

Herrgott, dachte er. War es möglich, dass ...?! Aber
weshalb hatten ihn seine Agenten dann nicht darüber in
Kenntnis gesetzt, dass sie nach Prag reiste?

Jones war allerdings ein sehr häufiger Name. Er musste
sich irren. Dennoch, fand er, besser sicher gehen.

»Ansgar? Finden Sie heraus, unter welchem Namen
die junge Dame, die da gerade die Treppe hinaufgeht,
sich registriert hat!«, befahl er seinem Sekretär.

Leicht verwirrt über das unerwartete Ansinnen des
Kardinals schaute der junge pausbäckige Priester ihn an.
»Miss Jones, Eure Eminenz. So hat sie der Maître de
jedenfalls eben genannt.«

»Den Vornamen, Ansgar!«

Gerade als Ansgar sich untypisch zögernd auf den
Weg zur Rezeption machte, betrat der Prager Bischof
Kasimir Hyn die Halle des Hotels. Er war zweiundsiebzig
und verfügte über einen geradezu enormen Leib, den er
auf zwei kavalleriesäbelkrummen Beinen umherbewegte.
Mit ihm betraten auch die Bischöfe von Köln, Warschau,
Bordeaux, Passau und Linz das Hotel, die offenbar
bereits gemeinsam einen Frühschoppen zu sich genommen hatten. Trotz Rodrigos Anweisung, bitte schön in

unauffälligem Zivil zu erscheinen, traten die Herren mit der selbstverständlichen Gewichtigkeit hoher Würdenträger auf, die ihre teilweise schlechtsitzenden und billigen Zivilanzüge Lügen strafte.

»Ah, da ist er ja! Willkommen in meiner ... Äh ... unserer ... also verflixt ... Willkommen in Prag, Bruder Rodrigo!«, begrüßte ihn Bischof Hyn so unauffällig auffällig, dass sich ihnen sämtliche Blicke der Anwesenden zuwandten.

»Grüß Gott!«, antworteten die beiden deutschen Bischöfe, während ihr polnischer Amtsbruder sich gar zu einem lateinischen Gruß hinreißen ließ.

Er hatte die Zimmer der Herren hier im Hotel unter dem Namen eines der Tarnvereine reserviert, die seine Kurienabteilung überall in den wichtigsten Hauptstädten Europas und Amerikas unterhielt. Angesichts von Hyns Leibesfülle und den nicht minder gesetzt dicklich gealterten restlichen Bischöfen gratulierte er sich dafür, dass er den Verein für die Pflege der Bierkultur/Abteilung internationale Kontakte gewählt hatte. Ansgar hatte seinerzeit vorgeschlagen, den Verein für Traditionspflege im Wandersport zu wählen, was eindeutig weit weniger glaubhaft gewesen wäre.

Und noch während die Herren fröhlich ihre Köpfe zusammensteckten, kehrte der junge Deutsche von seiner

Mission an der Rezeption zurück, und flüsterte dem Kardinal »Artemisia, Eure Eminenz, sie ist als Miss Artemisia Jones aus London registriert« zu.

Der Kardinal hoffte, dass die plötzliche Blässe, die daraufhin über sein Gesicht flog, von seinen Mitverschwörern unbemerkt geblieben war. Er zwang sich zu einem steifen Lächeln, während seine Gedanken rasten. Konnte es ein Zufall sein, dass das Weib, dem seine Spione nachsagten, sie hätte eine Begegnung mit Satan überstanden und sich womöglich höchst persönlich an den Morden auf Clapford Manor beteiligt, in Prag auftauchte? Ausgerechnet zu diesem Zeitpunkt? Und weshalb lebte sie eigentlich noch? Jeder Innenminister oder Richter mit nur einer Spur klaren Verstandes hätte diese verfluchte Hexe längst in eine Anstalt gesperrt oder – besser noch – sie aufhängen lassen, wie es sich für solch allgemeingefährliche Bestien gehörte!

»Ja, ja, Afrika, Otto! Da liegt noch viel brach! Die perfiden Briten mit ihrer furchtbaren Häresie sind dort schon zu lange zu rührig. Wird Zeit, dass unser guter Kaiser denen die Daumenschrauben anlegt und das Reich zu seinem rechtmäßigen Anteil an Kolonien kommt, wo man im besten Sinne der Heiligen Mutter diese Wilden missionieren darf!«, erklärte Bischof Rainhard von Westphal seinem Linzer Amtsbruder Otto Schellinger, woraufhin

die beiden recht zornige Blicke ihrer französischen und polnischen Amtsbrüder ernteten.

Vor allem hatte Rainhard seine Erläuterungen in altmodischem Latein getätigt. Genau jenem Latein, mit dem man Generationen höherer Schüler überall in Europa gequält hatte und das deswegen zweifellos von mindestens dreiviertel aller hier gerade anwesenden Herren (und – leider – auch so einigen Damen) mühelos verstanden wurde.

»Silentium Fratres! *Seqi me*!«, zischte der Kardinal und wies auf die prächtigen Glastüren des Hotels, hinter denen ein halbes Dutzend Droschken bereitstanden, die Gäste des Hotels zu den Sehenswürdigkeiten der alten Stadt oder ihren geschäftlichen Terminen zu fahren.

»Jeweils zwei teilen sich eine der Droschken und vergesst nicht, ihr seid inkognito hier! Keinem ist es gestattet, sein Ziel direkt anzusteuern. Wir treffen uns in einer Stunde wieder«, instruierte der Kardinal seine Mitverschwörer.

Das Ziehen, das sich auf dem kurzen Weg zum Hotelportal in seinem Magen bemerkbar machte, versuchte er zunächst zu ignorieren, doch es war hartnäckig. In Gedanken versuchte er es mit seiner Anspannung und Nervosität wegzurationalisieren, doch aus seinem Herzen stieg eine

Gewissheit aus, die ihn zutiefst verstörte: Dieses Ziehen war eben jenem gleich, das er in der Villa seines Großvaters gespürt hatte an dem Morgen, als sie sich gemeinsam auf den Weg nach Cudillero de la Vera gemacht hatten. Weil ihm das nicht so gelang, wie er es erwartet hätte, erklärte er dessen Hartnäckigkeit mit seiner verständlichen Anspannung und Nervosität. Dennoch stieg aus einem der tiefsten Kammern seines Herzens eine Gewissheit herauf. Nämlich jene, dass dieses Ziehen eben dem entsprach, das er in der alten Villa seines Großvaters gespürt hatte an dem frühen Morgen, als sie beide auf den Leiterwagen kletterten, der sie zu den verstörten Bewohnern des Bergdorfes von Cudillero de la Vera bringen sollte.

Erde – Prag, Hotel »Kaiser Rudolph II«

Als Artemisia sich in ihrem Zimmer eingerichtet und ein wenig Toilette gemacht hatte, zog es sie hinaus in die Stadt. Sie verließ das Hotel und machte sich auf den Weg Richtung Karlsbrücke, um im Caféhaus des kürzlich eröffneten Hotels Erzherzog Stefan eine heiße Schokolade zu trinken. Dazu hatte ihr der Droschkenkutscher dringend geraten.

Auf dem Weg dorthin, während sie unter den funkelnden Lüstern des Cafés ihre Schokolade genoss, und auf dem Rückweg den Hügel hinauf, sog Artemisia die Atmosphäre der Stadt in sich auf. Sie spürte, wie ihr ganzes Wesen sich auf den Rhythmus der Stadt einstellte, ganz so, wie es damals auch in Paris gewesen war. Auch wenn das Lied, das Prag sang, ein ganz anderes war. Ruhiger. Gemächlicher. Tiefer. Ernsthafter. Und auch ein wenig bedrohlicher.

Artemisia schüttelte über ihre eigenen Gedanken den Kopf. Als ob Städte lebende Wesen wären, mit eigenem Geist und Antrieb. Was für ein Unsinn! Doch auch, wenn sie den Gedanken zu vertreiben suchte, spürte sie, wie ihr Herz im langsamen, ruhigen Rhythmus der Stadt klopfte.

Erde – Prag, Saal unter dem Veitsdom

Der kleine Saal war aus bestem böhmischen Stein errichtet und verfügte über mächtige eisenbeschlagene Türen und eine Gewölbedecke, die von Ruß und Fett des riesigen alten Kamins, der den Saal erwärmte und beleuchtete, schwarz gefärbt worden war.

So wie er ihn vorhin gleich hinter Hyn betreten hatte, gratulierte sich der Kardinal für die Auswahl dieses Ortes als Stätte ihrer Zusammenkunft von bischöflichen Verschwörern. Der uralte Eichentisch, der das Zentrum des Saals beherrschte, hatte einst Kaiser Rudolf II dazu gedient, seine liebsten Hofmagier und Alchimisten daran zu versammeln. Ein grazilerer Tisch gegenüber dem Kamin war beladen mit Karaffen klaren Wassers und kräftigen Weins und einem reichlichen Buffet aus Brot, Käse, Schinken, frischem Braten und schweren Beilagen.

»Nein, Otto! Nein!«, rief Poul Adolphe Belleneuve, Bischof von Bordeaux und mit an Sicherheit grenzender Wahrscheinlichkeit der nächste und jüngste Kurienkardinal.

»Doch, Bruder Poul! Ohne die italienischen Stimmen gibt es keinen klaren Sieger!«, entgegnete Otto Schellinger, der mächtige Bischof von Linz, und schlug dazu mit

der Faust auf den uralten Eichentisch. »Es muss etwas für mich und meine Diözese herausspringen, wenn ich meinen Einfluss geltend mache, um Bruder Gutierrez auf den Thron des Bischofs von Rom zu verhelfen!«

»Ah, diese Spitzfindigkeit bei euch Österreichern! Plötzlich ist es nur der Bischof von Rom, Bruder Otto? Weshalb scheust du dich denn auszusprechen, worum es bei dieser Zusammenkunft eigentlich geht? Wir sind hier, um über einen neuen Papst zu entscheiden, Gottes Stellvertreter auf Erden und Nachfolger Sankt Peters! Und, Otto, wir tun es, während der gewählte und gesalbte Papst noch lebendig und bei Sinnen in Rom residiert. Und wir tun es verflucht noch mal als Verschwörer und unter Missachtung jeglicher Regeln und Gewohnheiten der Kurie!«, entgegnete der Franzose.

»Als ob Verschwörungen irgendetwas Neues für den Vatikan und die Kurie wären, Poul! Seit dem Tag, als Sankt Peter sich zum Bischof von Rom erhob, hat es das gegeben. Mord, Totschlag, Krieg, Eifersucht, Unzucht und Machtgier sind, was die Kurie seit jeher bewegte!«, warf Wladislaus Swantek, Bischof von Warschau und der älteste der Runde ein.

»Heuchelei, Bruder Wladislaus, sollte da nicht unerwähnt bleiben, denke ich!«, entgegnete der Kardinal, der

trotz seines nach Außen zur Schau gestellten Gleichmuts den Fortschritt des Diskurses durchaus bemerkenswert fand. Dass sich der Pole, der Franzose und Otto Schellinger in die Haare bekommen würden, damit hatte er fest gerechnet und ihren Streit in seine Prognosen eingepreist. Doch dass der so früh bereits zu eskalieren drohte, überraschte ihn.

»Heuchelei ist gemessen an den Sünden, die wir hier alle begehen, noch die Lässlichste, oder was meint ihr, Brüder?«, sagte Robert von Kleve, der Bischof von Köln, der aufgrund des Reichtums seiner Diözese gut und gern über fünfzig Stimmen unter den Kardinälen verfügte, die er bislang jedoch nur selten und seltsamerweise nicht immer nur zu seinem eigenen Vorteil genutzt hatte, lächelnd. Über die Stimmen der Kardinäle hinaus war er einer der wichtigsten Manipulatoren innerhalb der Kurienbürokratie. Man sagte ihm nach, dass er einst als Knabe eine Marienerscheinung gehabt habe, die ihn dazu gebracht hatte, die Gelübde abzulegen und Priester zu werden. Er war daher derjenige unter den Anwesenden, dem der Kardinal am wenigsten traute, obwohl es unmöglich gewesen wäre, sein Vorhaben ohne ihn umzusetzen. Der Kardinal war sicher, dass von Kleve den höchsten Preis von allen für seine Unterstützung einfordern würde.

Immerhin waren ihm persönlich jegliche eigenen Ambitionen auf den Thron des Fischers fremd. Er zählte zu den Männern, die sich sehr bewusst im Schatten hielten, weil ihnen klar war, dass wahre Macht niemals von Thronen oder aus Kanzeln herab ausgeübt wurde, sondern aus den Schreibstuben, Archiven und Akten heraus.

»Bei allem Respekt, Bruder Rodrigo, und aller Notwendigkeit, Leos gefährlichen Unsinn zu beenden, aber sollten wir nicht zumindest über Alternativen zu seiner Alternative nachdenken?«, schlug der Franzose plötzlich sehr bedächtig geworden vor.

»Ohne Bruder Rodrigos Einfluss auf die Stimmen der übrigen italienischen, spanischen und südamerikanischen Kardinäle findet kein Kandidat im Konklave die nötige Mehrheit und das bringt uns wieder nur zu einer Kompromisslösung, die sich als ebenso ungeeignet erweisen kann, wie Leo es ist. Wenn wir schon ein Komplott anzetteln, dann lasst uns wenigstens mit offenen Karten spielen!«, mischte sich der bisher recht schweigsame Matthias von Tornau, Bischof von Passau ein. Dem folgten seit seiner Berufung beständig Gerüchte, er hätte gleich zwei seiner Liebhaberinnen aus derselben Schweizer Schule für Höhere Töchter rekrutiert, auf die er seine eigenen illegitimen Töchter schickte.

»Wie gedenkt Bruder Rodrigo, dafür zu sorgen, dass ein Konklave nötig wird?«, fragte der Pole listig, obwohl jedem der Männer hier klar sein musste, dass es nur einen Weg gab.

»Er ist Spanier, Brüder, da sieht man sich in dieser Beziehung einfach gewissen Traditionen verpflichtet, nicht wahr?«, gab der Franzose aasig lächelnd zu bedenken. Keiner der Herren in der Runde hatte Schwierigkeiten, seine Anspielung zu durchschauen. Rodrigo Borgia, der spätere Alexander VI, war zu seiner Zeit berüchtigt dafür gewesen, dass ihm glückliche Zufälle so zuverlässig folgten wie verzogene Schoßhündchen ihren Herrinnen. Bis heute hielten sich die Gerüchte, dass er jenen Zufällen durch ein Gift namens Cantarella nachgeholfen hatte.

»Ah, der Borgia! Was für ein Mann!«, rief Otto Schellinger voller Bewunderung aus.

»Der Borgia soll ja auch ein Zauberer gewesen sein, Brüder, der sein Handwerk von maurischen Juden am Hofe seiner Eltern lernte«, flüsterte Wladislaus Swantek, der Bischof von Warschau.

»Na na, Bruder!«, zischte der Franzose, dessen Vorfahren konvertierte Juden gewesen waren und der etwas gegen Antisemiten wie Swantek hatte, von dem jeder der Männer nur zu gut wusste, dass er seine Stimme niemals

gegen die regelmäßig in seiner Diözese stattfinden Pogrome erhoben hatte und dafür von der Kurienverwaltung bereits gerügt worden war.

»Was denn, Bruder Poul? Wenn wir schon dabei sind, die Karten auf den Tisch zu legen, dann sollten wir es ganz oder gar nicht tun. Ich verfüge über glaubhafte Beweise dafür, dass Bruder Rodrigo nicht ganz der ist, der er zu sein vorgibt!«, entgegnete der Pole scharf.

»Herrgott, Wladislaus! Diese alten Kamellen?«, warf Matthias von Tornau ein.

»Du musst dich in deinem idyllischen Bergnest schließlich nicht mit diesen Christusmördern und ihrer Verschlagenheit herumschlagen, Bruder Matthias! Bevor ich hier eine Entscheidung treffe, verlange ich, dass Bruder Rodrigo sich zu seiner Herkunft äußert«, giftete der Pole zurück.

Der Kardinal zog ein aus bestem Büffelleder gefertigtes Zigarrenetui aus seiner Tasche, legte dazu den aus Platin und Stahl gefertigten Abschneider auf den Tisch, suchte wortlos unter den fünf in dem Etui verwahrten Zigarren die beste heraus, rollte sie zwischen den Fingern, beroch und betrachte sie und beschnitt sie dann, während er seine Blicke fest auf den Polen gerichtet hielt.

Das feine Geräusch, mit dem der Abschneider klickte, fuhr den meisten seiner Brüder in Christo ganz

offensichtlich in Seele und Herz. Während er zuletzt die Zigarre mit einem der Sandelholzstreichhölzer, die er ebenfalls in dem Etui verwahrte, ansteckte, schlug Wladislaus Swantek endlich die Augen nieder.

»Unser Bruder aus Warschau ist Gerüchten aufgesessen, verbreitet von unseren Feinden. Doch, Brüder, selbst, falls er Recht mit seiner Behauptung hätte, es gab durchaus schlechtere Päpste als Borgia. Er nahm die Kurie an die Kandare, schränkte die Macht der Kardinäle ein, erteilte den aufsässigen französischen Königen eine Lektion und füllte den Vatikan mit den großartigsten Kunstwerken der Welt!«

»All das, während er Orgien feierte, seine Söhne zu Kardinälen erhob, seine Tochter verschacherte und sich von der spanischen Krone reichlich dafür bezahlen ließ, kein Wort gegen Sklaverei und die Aufteilung der Welt zu sagen«, konterte Matthias von Tornau mit bemerkenswert fröhlich blitzenden Augen.

»Wir alle müssen Kompromisse eingehen, Bruder«, gab der Franzose leise zu.

»Und Gottes Wege sind unerforschlich, ja, ja, Brüder, ich weiß!«, gab Wladislaus Swantek grimmig nach.

»Amen, Bruder!«

»Zumal man ja bei aller Abneigung und Skepsis gegenüber ihren immer gotteslästerlicheren Ideen dennoch erwarten sollte, dass die moderne Wissenschaft inzwischen mit effektiveren Zaubermittelchen aufzuwarten weiß als der Arsenmixtur, mit der der Borgia-Papst seiner Karriere auf die Sprünge half!«, sagte Bischof Hyn von Prag.

»Und ein Amen auch dafür, Brüder!«, pflichtete der Kardinal ihm bei. »Doch lasst uns unsere Mission nicht ganz und gar vergessen. Während unsere naiven Mibrüder in Christi den Vatikan mit ihrem Motto: ›*Wenn wir wollen, dass alles bleibt, wie es ist, dann sei es nötig, dass alles sich verändert*‹, füllen, müssen wir stark bleiben und dafür sorgen, dass eben nichts sich ändert, damit alles so bleiben kann, wie es jetzt ist.«

»Was, Bruder Rodrigo, wenn es dafür längst zu spät ist?«, fragte der kluge, aber grundsätzlich misstrauische Matthias von Tornau.

»Ein guter Konservatismus, Bruder Matthias, bildet den geistig moralischen Damm, an dem sich die chaotischen Fluten des modernen Wandels brechen. Und sollte dieser Damm einmal, wie gerade heute wieder, zu niedrig dafür ausfallen, dann ist es unsere Pflicht als Bewahrer der alten Ordnung, ihn gefälligst zu erhöhen und zu verbreitern!«, erklärte Bischof Hyn von Prag.

»Nun ja, das ist denn doch eine recht materialistische Ansicht«, mischte der Franzose sich ein. »Wer dafür steht, dass gar nichts sich ändert, ist kein Konservativer, sondern ein Traditionalist. Und wer einen früheren Zustand wiederherstellen will, ein Reaktionär. Echte Konservative hingegen wissen, dass Wandel unaufhaltsam ist, und werden ihn daher nur so lange bremsen, um genug Zeit zu gewinnen, ihn so gestalten zu können, dass er für die meisten Menschen verträglich ausfällt.«

Natürlich, dachte der Kardinal, dieser verflixte Franzose ist eifrig dabei, den Preis für seine Beteiligung an unserer Verschwörung zu erhöhen.

Erde – Prag, Altstadt

Der Hradschin war frei zugänglich, und Artemisia genoss es, über das riesige Burggelände zu streifen. Das riesige Gebäude des Doms war tatsächlich von Baugerüsten umschlossen, und die Eingangstore nicht nur verschlossen, sondern auch mit Schildern bewehrt, die in mehreren Sprachen um Verständnis dafür warben, dass das Gebäude zurzeit nicht besucht werden konnte. Sie umrundete das gewaltige Gebäude und besah sich mehrere Stellen, an denen das Baugerüst zur bequemen Leiter werden konnte, dabei genauer. Als sie eine beinahe vertraute, tiefe Stimme hörte, trat sie unwillkürlich in den Schatten des Pulverturms und verbarg sich dort, bis der Kardinal und sein junger Adlatus vorübergegangen waren. Interessiert beobachtete Artemisia, wie die beiden am Dom und dem gerade im Entstehen begriffenen zweiten Turm vorbeigingen, und das schlichte, nahezu quadratische Gebäude daneben betraten. Was die beiden wohl hier zu tun hatten?

Das sollte ihr Problem nicht sein. Artemisia war hier, um im Grab des Heiligen Nepomuk nach der Bibel des Hyronimous zu suchen, und aus keinem anderen Grund. Als sie sich sicher war, dass die beiden Männer

im Gebäude verschwunden waren, trat sie aus den Schatten des Pulverturms heraus, überlegte kurz und entschied dann aus einem Gefühl heraus, den Umweg durch das Goldene Gässchen zu nehmen, um sicherzugehen, dass der Kardinal sie nicht doch entdeckte. Der kurze Rundgang hatte ihr alles gezeigt, was sie wissen musste.

Zurück am Hotel entschied sich Artemisia für ein leichtes, frühes Abendessen und ging zeitig zu Bett. Dem Kellner im Hotelrestaurant erzählte sie lächelnd, die Reise sei so ermüdend gewesen, doch eigentlich wollte sie nur noch ein wenig ruhen, bevor sie sich, sobald der Rest der Stadt schlief, auf den Weg machte.

Als der Mond untergegangen war und nur noch die Nachtlaternen die Stadt durch ihr fahles Licht in dunkle Schatten hüllten, zog Artemisia ihr Nachthemd über den Kopf und schlüpfte aus ihrer Chemise. Stattdessen zog sie die dunklen Hosen und das Hemd des Schornsteinfegergesellen über, die sie in weiser Voraussicht eingepackt hatte. Ihr langes Haar hatte sie schon vor dem Schlafengehen dicht am Kopf zu einer Krone geflochten, über die sie nun noch ein schwarzes Tuch band. Statt ihrer feinen Stiefeletten mit den klackernden Holzabsätzen zog sie ein paar dunkle Ballerinas aus Handschuhleder, deren weiche Sohle so biegsam war, dass man mit ihnen auch auf

einem Hochseil Halt fand – genau da hatte Artemisia ihre auch her. Sie hatte sie einer Hochseiltänzerin im Zirkus am Seineufer abgekauft.

Leise schob Artemisia das Fenster ihres Zimmers auf und lugte nach draußen. Alle Zimmer waren dunkel, nur unten in der Lobby brannte noch Licht, bei dem der Nachtportier vermutlich bei einem guten Glas Sherry ein Buch las. Vielleicht sogar eins von Sebastian. Artemisia rief sich zur Ordnung. Die Lobby war gleichgültig, sie hatte ohnehin nicht vor, nach unten zu steigen. Stattdessen kletterte sie hinaus, suchte Halt auf dem Fensterbrett und schob den Rahmen so leise wie möglich wieder nach unten. Dann sah sie nach oben, plante vorab, wo sie Finger und Zehen in die tiefen Fugen zwischen den Steinen zu graben gedachte, und kletterte eilig, aber bedacht an der Fassade nach oben.

Als sie das Dach erreichte, gab sie sich besondere Mühe, wirklich leise zu sein, da zu befürchten stand, dass in den Dachkammern das Personal wohnte, das ungewohnten Geräuschen vielleicht sofort nachgehen würde.

Flink wie eine Katze glitt sie über die Ziegel zum First hinauf, folgte diesem leichtfüßig bis zum nächsten Haus und eilte so den Weg entlang, den die Dächer ihr vorgaben, bis zu den Parkausläufern der Burganlage. Dort

erst kletterte sie ebenso behände wieder hinab und verschwand zwischen den Bäumen und Büschen.

Wie schon bei ihrem Besuch am Mittag verließ sie sich darauf, dass bergauf sie ans Ziel führen würde. Tatsächlich dauerte es nicht lange, bis sie zwischen den Bäumen hindurch die Türme und Dächer der Burg sehen konnte.

Nun musste sie besonders achtsam sein, denn innerhalb des Hradschins, das hatte sie in einem Reiseführer gelesen, waren noch die Nachtwächter der Stadt unterwegs, die mit einer Laterne, einer Hellebarde und einer Glocke durch die Straßen gingen, um zu jeder vollen Stunde zu versichern, dass alles gut sei. Genau diese Rufe ermöglichten es Artemisia aber, den jungen Männern in ihren altertümlichen Uniformen aus dem Weg zu gehen, als sie hinter der St. Georgs Basilika entlang schlich und sich erneut im Schatten des Pulverturms verbarg.

Hier, auf der hinteren Seite des Doms, würde sie das Gerüst erklimmen und durch eins der oberen Seitenfenster einsteigen. Die schmale Galerie, die laut der Bauzeichnungen, die sie sich vorab angeschaut hatte, dort lag, vermutlich um die Reinigung der Fenster zu erleichtern, würde sie bis zu dem kleinen Seitenschiff bringen, in dem sie über den Altaraufbau der seitlichen Chorkapelle würde nach unten klettern können.

Sobald Artemisia hörte, wie der Nachtwächter sein »zwei Uhr und alles ist gut« in die Nacht flötete, lief sie leise und schnell zu besagtem Gerüst und erklomm es. Das Fenster hatte ihr Sorgen bereitet, doch es ließ sich leise und ohne Quietschen öffnen. Sie glitt bäuchlings und mit dem Kopf voran hindurch, in dem festen Glauben verhaftet, es wäre immer angenehmer, sich Herausforderungen mit dem Gesicht voran zu stellen. Ihre Hände fanden Halt an der Balustrade des schmalen Galerieumlaufs, und sie zog sich daran ins Innere, bis ihre Füße sicheren Halt fanden. Dann richtete sie sich langsam auf.

Erde – Prag, Altstadt

Nicholas Flamel schob seinen Hut etwas zurück und richtete den Feldstecher wieder auf das Hotel aus. Doch dort war nach Miss Artemisia Jones halsbrecherischer Kletterpartie über die Dächer der Stadt alles ruhig geblieben.

Er beglückwünschte sich dazu, ihren Weg zum Dom richtig vorausgeahnt zu haben, was so schwer nicht gewesen war, angesichts der auffallenden Nähe des Hotels zum Hradschin und dem Veitsdom. Dass diese Frau, die bestimmt nicht reich war, ohne mit der Wimper zu zucken die doch gepfefferten Preise in jenem Hotel berappt hatte, hatte ihm deutlich gesagt, wie sie ihren Einbruch in den Dom bewerkstelligen wollte.

Inzwischen war einige Zeit seit Artemisias Verschwinden vergangen und Flamel fragte sich, wie lange er noch hier in seinem Versteck abwarten sollte, bis er ihr folgte.

Diese Entscheidung stellte vielleicht den diffizilsten Teil seines Vorhabens dar, denn rührte er sich zu früh, lief er Gefahr von ihr entdeckt und angegriffen zu werden, was er angesichts ihrer übermenschlichen Kräfte für keine gute Idee hielt. Wartete er jedoch zu lang, dann könnte es sein, dass er mitten in jenes unfassbare Chaos

stolperte, das im Innern des Doms herrschen musste und lief Gefahr, darin verwickelt zu werden und sein Ziel zu verfehlen.

»Gib ihr noch etwas mehr Zeit«, flüsterte er sich selbst zu. »Es dauert, bis sie sich orientiert und im Dunkeln den Ort gefunden hat!«

Dieses Warten, dachte er, bringt mich noch um.

Vorsichtig sah er nach dem kleinen Wesen, das er in seiner Innentasche trug. Schaute es ihn etwa vorwurfsvoll an?

Erde – Prag, Kirchenschiff im Veitsdom

Das Innere des Doms lag weitgehend im Dunkeln. Auf der linken Seite, vor dem Tabernakel, flackerte das Ewige Licht und warf tanzende Schatten über den Hochaltar, doch erstaunlicherweise leuchtete es auch auf der rechten Seite. Ein kurzer Blick über das Geländer der Galerie offenbarte Artemisia, dass die Lampen, die über dem Hochgrab des Heiligen Nepomuk an silbernen Ketten hingen, ebenfalls mit brennenden Kerzen befüllt waren. Soweit ihr der ihr fremde Katechismus bekannt war, schien das ungewöhnlich zu sein, aber sie wusste nicht genug über die Heiligenverehrung, um zu definieren, wie ungewöhnlich. Sie folgte dem vorher gedanklich festgelegten Weg und bewegte sich leise durch das dunkle Kirchenschiff.

Das Hochgrab des Heiligen Nepomuk war, auch wenn Artemisia natürlich viel darüber gelesen hatte, durch seine schiere Schönheit überwältigend: Der silberne Sarg, der von mannshohen Engelsstatuen gehalten wurde, auf dem eine Statue des Heiligen selbst stand, über der wiederum der von einem Engel gekrönte Bogen hing, von dem sieben flackernde Lampen goldenen Schein über all die Pracht ergossen, war ein überwältigendes Beispiel christlicher Handwerkskunst. Mehr als anderthalb Tonnen Silber waren

für dieses opulente Grabmal in umwerfend schöne Formen gebracht worden, und Artemisia hätte es genossen, in den Details der Statuen und Verzierungen zu versinken – aber sie hatte zu tun. Mit entschuldigendem Gesichtsausdruck erklomm sie die Schulter eines der silbernen Engel und versuchte herauszufinden, wie man den gewaltigen Sarg öffnen sollte, ohne ihn zu beschädigen. Schließlich entschloss sie sich dazu, ihren eigenen Körper als Hebel einzusetzen, um, mit den Händen an Nepomuks Kehrseite, den Deckel samt Statue ein wenig zur Seite zu schieben. Das war zwar vermutlich ziemlich ungebührlich, aber immer noch besser, als den Deckel runterzuwerfen und dabei zu riskieren, dass dem Heiligen ein Zacken aus seiner fünfsternigen Krone brach. Mit einem leisen Ächzen drückte sie den tonnenschweren Deckel beiseite. Zentimeter um Zentimeter rechnete sie ständig damit, dass der Heilige aus seinem Sarg heraus Einspruch gegen diese Art der Behandlung einlegte. Um so erstaunter war sie, als es ihr endlich gelungen war, den oberen Teil weit genug beiseite zu drücken, um hineinsehen zu können: Dort lag kein verknöcherter Heiliger, sondern eine Frau, die so jung und überwältigend schön war, dass Artemisia nicht anders konnte, als eine Strähne des wundervollen, seidigweichen, den Körper wie eine Wolke umgebenden roten Haars aus ihrem Gesicht zu streichen.

Als die Tote die Augen aufschlug, sprang Artemisia vor Schreck dem Engel von der Schulter

Die Rothaarige richtete sich im Sarg des Heiligen Nepomuk auf und schob den Deckel beiseite, sodass das gewaltige Silbergebilde mit lautem Krachen zu Boden fiel und dem armen Nepomuk nicht nur ein Zacken aus der Krone, sondern der gesamte bestirnte Kopf abbrach. Das schien die Wiederauferstandene aber nicht zu kümmern, denn sie war damit beschäftigt, auf unflätigste Art und Weise in mehr als drei ausgestorbenen Sprachen über Gott, den Teufel und alle Engel und Dämonen zu fluchen, bis der armen Miss Jones die Ohren klingelten. Dabei richtete sie sich auf, bis sie aufrecht im von Engeln gehaltenen Sarg stand, das Licht der Kerzen ihre wallende rote Mähne in flackerndes Feuer verwandelte und sie, nackt wie der Herr sie einst schuf, ihre Schimpftirade unterbrach, um einen gewaltigen Schwarm Bienen zu erbrechen, die verwirrt durch das altehrwürdige Gemäuer summten.

Artemisia teilte ihre Verwirrung. Wer war diese Frau? Sie war kein Mensch, dessen war Artemisia sich auch ohne ihr linkes Auge sicher. Das wiederum war bei der Erklärungsfindung nur begrenzt behilflich – anders als zum Beispiel beim dunklen Lord, der nur durch dieses Auge betrachtet völlig anders aussah als sonst, schien es

hier keinen Unterschied zu geben: rechtes Auge, linkes Auge, beide Augen, es blieb immer eine umwerfend schöne nackte Rothaarige, die Bienen kotzte, was, zumindest Artemisias Erfahrungen zu folge, eine absonderliche Verhaltensweise für alle rothaarigen jungen Damen war, bekleidet oder nicht. Als der Bienenstrom versiegte, sah die Dame im Sarg nun ihrerseits Artemisia verwirrt an.

»Was bist du? Weder Engel noch Dämon, doch unsterblich?«, fragte sie, und in ihrer Stimme lagen Honig und Gift zu gleichen Teilen. Artemisia wich zurück, bis sie eine der marmornen Säulen im Rücken spürte, straffte dann die Schultern und antwortete ruhig: »Ich bin Artemisia Jones. Bibliothekarin. Ich wurde von einer Gruppe britischer Adliger geopfert, um den dunklen Lord zu beschwören, doch der hat mich aus dem Tod zurückgeholt, sodass ich Rache nehmen konnte.«

Die Rothaarige sah sie an. »Also bist du eine von seinen Zwölf? Nein, bist du nicht. Da steckt doch eine seiner Intrigen dahinter!«

Artemisias Verwirrung wuchs. Seine Zwölf? Doch die Fremde nahm auf Miss Jones Verwunderung keine Rücksicht.

»Was tust du hier? In wessen Auftrag hast du mich befreit?«, fragte sie, und der Unterton ihrer Stimme verriet

Artemisia deutlich, dass sie diese Fragen besser schnell beantwortete.

»Ich wusste nicht, dass Sie hier waren. Ich bin hier, um die Bibel des Hyronimous zu suchen, weil Nicolas Flamel behauptet hat, ich würde darin Antworten finden.«

»Der alte Ziegenbartschnüffler lebt immer noch? Ist ja widerlich.« Sie hob die Hand, um Artemisia, die nun wirklich mehr als genug Fragen hatte, Einhalt zu gebieten. »Moment.«

Schwebend erhob sie sich aus dem silbernen Grabmal, schlug die Beine unter, wie die indischen Yogis es zu tun pflegten, und legte die nach oben hin geöffneten Hände auf die Knie. Von den marmornen Säulen hallte ein Geräusch wider, dass dem eines Bienenschwarms nicht unähnlich war – nur viel, viel heller und lauter, in einer Frequenz, die den Schmerz durch die Ohren in die Zähne schickte. Artemisia hielt sich ihre Ohren zu, doch das sperrte das Geräusch nicht aus. Im Gegenteil schien es lauter und lauter zu werden, während in den offenen Handflächen der Nackten leuchtende Wirbel entstanden, die das Innere des Kirchenschiffs in tanzende Schatten hüllten. Artemisia spürte, wie ihr schwarz vor Augen wurde, doch kurz, bevor ihr Körper sich in die Ohnmacht retten konnte, verstummte das schrille Sirren.

Hölle

Während Miss Jones sich ganz planmäßig im Veitsdom zu schaffen machte, saß ich in meiner Büroglaskugel und schaute stolz über mein neuestes Hölleninnenraumdesign. Mein zweitliebster Sukkubus Leonora stürmte herein. Sie trug ihr Wolkenkuhlederkleid und hatte ihre beiden pelzigen Otterspinnen über ihre Nippel gesetzt, wo diese geruhsam fröhlich herumsaugten.

»Ich werfe hin, Satan! Und falls du deswegen Stress machen solltest, weise ich vorsorglich auf die höllische Tätigkeitsvorschrift A12/56 Z8-01, Unterparagraph 09 bezüglich der höllischen Dienstpflichtenausübung hin!«

Ich hatte völlig vergessen, was in dieser doofen Vorschrift stand oder ob die überhaupt existierte.

»Was wirfst du hin?«, fragte ich hinterhältig.

»Den Vorsitz der Arbeitsgruppe zur magischen Katastrophenprävention natürlich! Du kannst dich gern mit dreißig Finsterlingen und fünfzehn Kleinlingen auseinandersetzen, die sich ständig über die Analyse ihrer Prognoselochstreifen in die Haare kriegen. Das hätte ich *vielleicht* noch weiter ertragen. Aber gestern haben die eine Petition aufgesetzt, in der sie fordern, dass ich zu den Sitzungen meine Otterspinnen ablege, weil sie angeblich

deren Sauggeräusche als sexuell aufreizend empfinden und daher für unangebracht in jeglichem höllischen Arbeitsumfeld werten.«

»Die können Petitionen verfassen, wie sie wollen. Ich bin hier der Boss. Wenn die mit deinen Otterspinnen nicht leben können, ist das ihr Problem, nicht meins und wenn's nicht mein Problem ist, isses auch nicht deins ...«, antwortete ich.

»Das kannste denen gerne selbst sagen, Satan! Ich bin jedenfalls raus, solange die ihren sexuell diskriminierenden Zwergenaufstand proben!«

Falls solche Petitionen Schule machten, sah ich chaotische Zustände in der Höllenverwaltung heraufdämmern, die meine volle Aufmerksamkeit erforderten, was meinem Hang zur Faulheit stabil zuwiderlief. Andererseits war mir gerade Leonoras Arbeitsgruppe wichtig, weil ich wegen meiner längst in Gang gesetzten Pläne mit Flamel, Gott und der erstaunlichen Miss Artemisia Jones jeden Moment mit kräftigen metaphysischen Teilchenverpuffungen rechnete und deswegen darauf bestand, dass die Arbeitsgruppe mir die gefälligst exakt vorhersagte, damit ich meinen eigenen Einsatz bei der Show unten in Prag nicht etwa versäumte.

Hm, dachte ich, die Kleinlinge hatten es nicht so mit den sensibleren Formen der Kommunikation, die waren ziemlich unsozial und konnten deswegen sehr grob rüberkommen, falls sie sich überhaupt mal äußerten. Wahrscheinlich war diese Petition daher sowieso bloß ein Missverständnis und ein Sturm im Wasserglas ...

Kabumm!

Die wegen der Aufregung um Leonora und die Kleinlingspetition nicht zutreffend prognostizierte Teilchenverpuffung traf plötzlich die höllischen Seismographen. Dabei fiel sie deutlich mickriger aus, als ich es erwartet hätte. Was war da los?

»Ruf Asrael!«, befahl ich Leonora, lief zur Wasserschüssel, strich über deren Ränder, bis die eine klagende Melodie von sich gaben, und schaute hinein.

Ich sah Kardinal Rodrigo Gutierrez in einem Saal mit Gewölbedecke sitzen und hörte, wie er dort mit sechs ausgesucht mächtigen Bischöfen darüber diskutierte den aktuell herrschenden Papst beiseitezuschaffen. Dies war in einem der Prognostiklochstreifen so vorhergesagt worden. Was allerdings darin nicht passend prognostiziert worden war, war der *Ort*, an dem die Zusammenkunft stattfand. Der stellte ein Problem dar – und zwar ein großes.

Dieser Ort war mit einer Reihe meiner besten magischen Siegel versehen, von denen ich allerdings wusste, dass die in ein paar Minuten aufbrechen würden, um einer gewissen Unsterblichen den Zugang zu einem ganz bestimmten Grabmal zu gestatten.

Die Anwesenheit von sechs der sieben Bischöfe dort wäre eigentlich auch gar kein Problem gewesen. Die waren einfache Bürokraten mit nur rudimentärer metaphysischer Ausstrahlung. Aber Kardinal Rodrigo Gutierrez war Nachfahre mächtiger jüdisch-maurischer Gebrauchsmagier. Ihm konnte die Teilchenverpuffung gar nicht entgehen. Selbst damit hätte ich noch leben können. Aber diese Teilchenverpuffung fand direkt über der Lagerstätte eines mächtigen Chaosenergiefelds statt und würde wie einst in Cudillero de la Vera den Nebeneffekt haben, dass jedes höhere auf Kohlenstoffverbindungen basierende Bewusstsein in seiner Reichweite vorübergehend auf seine vollen materialistischen wie metaphysischen Hirnkapazitäten zugreifen konnte.

Bei den Bischöfen war da nicht viel mehr zu befürchten als eine untypisch erhöhte Frequenz von Jesuserscheinungen. Doch weil Kardinal Gutierrez metaphysische Grundausstattung sich auf einem deutlich höheren Niveau bewegte, war die Kapazitätserweiterung seines Hirns

unmöglich abzuschätzen. Dieser Mann konnte meinen Plänen gefährlich werden.

Wieso, fragte ich mich wütend, befanden sich sowohl Rodrigo Gutierrez wie Lilith und Miss Jones im selben Gebäude? Wozu war meine Höllenbürokratie eigentlich gut, wenn ich von dieser Tatsache überrumpelt werden konnte?

Immer noch war keine Spur von Asrael in meiner Bürokugel zu sehen.

»Da, Satan! Siehst du das?« sagte Leonora und wies auf die glatte Wasseroberfläche meiner Schüssel, auf der ein Bild aus dem Inneren des Prager Veitsdoms zu sehen war.

Dort hinter einer Säule stand Nicolas Flamel, schien sich pudelwohl zu fühlen und schaute fasziniert auf die im Schneidersitz schwebende Lilith, deren Haar seltsamerweise rot war statt schwarz.

Ich machte mir Sorgen um Lilith, deren seit hunderten von Jahren nicht mehr gefordertes Hirn von dem zu geringen Einschlag nicht wie geplant überfordert, sondern bloß verwirrt werden könnte. Woraufhin sie zu unberechenbaren Übersprunghandlungen neigen könnte, denen vielleicht weder der Dom noch die Prager Burg gewachsen wären ...

Kabumm!

Eine von mir absolut nicht vorausgesehene zweite und dritte Verpuffung erfolgte. Sie fielen jetzt sogar heftiger aus, als die erste eigentlich hätte ausfallen sollen. Es dauerte einen Moment, bis die volle Wucht der metaphysischen Anomalie Lilith, Artemisia und Flamel erreichte. Irgendetwas in Prag stellte sich ihnen außerdem in den Weg. Was dazu führte, dass sich ein Verpuffungsstau aufbaute, der sich nur in einer völlig unkalkulierbaren metaphysischen Metaexplosion auflösen konnte.

Asrael materialisierte sich in meiner Büroglaskugel.

»Hm, endlich Action, Bocksbeinchen!«, begrüßte sie mich.

»Na toll! Hast du gesehen, wer sich da außerdem im Dom herumtreibt? Rodrigo Gutierrez!«

»Wow, Bocksbeinchen, das könnte aber eng werden!«, sagte Asrael. Aber sie wirkte dabei merkwürdigerweise irgendwie eher zuversichtlich als besorgt.

»Irgendetwas blockiert die Verpuffungen!«

»Das sind die magischen Siegel, die der Kardinal am Dom angebracht hat, um seine Reaktionärskonferenz vor dir zu verbergen«, erklärte Asrael leichthin.

»Der hat den Dom versiegelt?«

»Ja und es scheint, als hätte er das siebte Siegel vor dem fünften ausgesprochen. Das kann schon mal zu ganz doofen Verwirbelungen führen«, vermutete Leonora.

»Hm, magische Zerstreutheit liegt bei denen in der Familie«, bestätigte Asrael.

Erde – Prag, Kirchenschiff im Veitsdom

Nicolas Flamel verbarg sich im Schatten einer der Säulen des Veitsdoms und betrachtete mit ehrfürchtig aufgerissenen Augen, wie Lilith in Yogihaltung über Nepomuks Grab schwebte und sich zischend mit Informationen auflud.

Er war gerade noch weit genug entfernt, um den Ton ertragen zu können, ohne sich die Ohren zuhalten zu müssen.

Liliths Haare wehten frei und wild in einem offenbar nur für sie spürbaren Windzug und sie erschien ihm so unfassbar schön und begehrenswert, dass er trotz des unangenehmen Zischens darüber für einen Moment alles andere vergaß. Sogar seinen Zeitfrosch, der sich in der Innentasche seines Mantels plötzlich untypisch heftig regte.

Ich muss näher heran, dachte Flamel schließlich, sobald er sich fürs Erste an Lilith sattgesehen hatte und dadurch wieder imstande war, einen klaren Gedanken zu fassen. Im selben Augenblick, als das Zischen verstummte, bemerkte er die Aktivitäten des Zeitfroschs in seiner Tasche, wunderte sich darüber, sprang aber wagemutig hinter der Säule hervor auf das silberne

Grabmal zu, um mit einem tollkühnen raschen Griff Liliths Anklageschrift gegen Gott zu ergreifen, die darin liegen musste.

»Oh!«, rief Lilith sichtlich überrascht aus und wandte ihr Gesicht dem riesigen Orgelprospekt zu.

Oh ja, dachte Flamel, entzückt über die günstige Gelegenheit, und setzte zu einem neuen Sprung an, mit dem er die erstaunliche Miss Jones aus dem Weg stieß, woraufhin endlich der Weg zum Grabmal und in Nepomuks Sarg frei war.

Während Artemisia noch überrumpelt durch das Kirchenschiff wankte, krallte Flamel seine langen knochigen Finger um den Rand von Nepomuks Sarkophag und warf einen Blick in dessen Inneres. Da, zwischen einem Haufen verrotteter Lumpen und einigen kleineren Knöchelchen, die ihm merkwürdigerweise nicht menschlichen Ursprungs zu sein schienen, entdeckte er tatsächlich eine in dunkles, recht abgewetztes Leder gebundene Kladde.

Das ist er, frohlockte er, mein Freifahrtschein in die Unsterblichkeit!

Gerade war es ihm gelungen, die Kladde zu berühren – da traf ihn ein überaus schneidend kalter Wind. Ich muss gefallen sein, dachte er verwirrt, weil ich plötzlich

zur Decke des Doms hinaufblicke. Wieso bin ich gefallen? Wo ist Liliths Kladde? – diese und einige ganz ähnliche Fragen gingen ihm durch den Sinn, als sich sein Blickfeld unerwartet erneut änderte.

Erde – Prag, Saal unter dem Veitsdom

Kardinal Rodrigo Gutierrez war gerade zum x-ten Mal dabei, dem antisemitischen polnischen Bischof zu erklären, dass die einzige Chance dafür, die verheerenden Auswirkungen der Moderne abzufedern, darin bestünde, ihn selbst zum Papst zu wählen, als er von einer Reihe leichter, auf seiner Haut kribbelnder Schläge getroffen wurde. Er sprang von seinem Stuhl auf und schaute verwundert unter den Tisch. Eine neue, heftigere Reihe von Schlägen traf ihn.

Seine Mitverschwörer schauten ihn verstört an.

»Ist Ihnen nicht wohl, Bruder?«, erkundigte sich der Franzose.

Ein neuer Schlag und noch einer und noch einer trafen den Kardinal.

»Ha, das ist ein epileptischer Abfall, Brüder! So was erkenne ich! Der Spanier ist krank! Ein Krüppel!«, rief der Bischof von Warschau.

Plötzlich traf die Bischöfe ein unerklärlich heftiger Windstoß, der ihnen kalt und schneidend in die Knochen und Hirne fuhr und ihnen für Augenblicke die Besinnung raubte.

Erde – Prag, Kirchenschiff im Veitsdom

Artemisia hatte zu ihrem Erstaunen registriert, dass es ihr undurchsichtiger Bekannter Flamel gewesen war, der ihr eben einen solch brutalen Stoß versetzt hatte, dass sie den unfreiwilligen Schwung erst einige Schritte von Nepomuks Grabmal entfernt an einem Stützpfeiler abzubremsen vermochte.

In einer Mischung aus Zorn und Überraschung wandte sie sich um, sodass sie zwei Ereignisse mit ansah, die dazu führten, dass sich ihre Verwirrung nur noch weiter steigerte und sie ihren Zorn vorübergehend vergaß.

Zuerst wehte ein kalter, schneidender Wind durch das Kirchenschiff, der Liliths Haare aufflattern ließ und ihre schneeweiße Haut für Sekunden in ein leuchtendes Rot verfärbte, das exakt dem Farbton ihrer Haare entsprach, woraufhin sie einen stummen Schrei ausstieß und sich – noch immer in ihrer Yogistellung schwebend – einige Male rasch um sich selbst drehte.

Das war wundervoll genug anzusehen.

Weit weniger wunderbar empfand Miss Jones allerdings Mr Flamel, der während Lilith sich noch halb über, halb neben ihm drehte, zum Sarkophag sprang und gierig in ihn hineingriff.

261

Später sollte Artemisia sich nicht mehr sicher sein, ob sie tatsächlich hatte sehen können, wie Liliths linker Fuß hervorschnellte, gegen Flamels rechte Wange traf und dieser scheinbar so elegante Tritt ihm glatt den Kopf von den Schultern riss, der daraufhin einige Meter durch die Luft flog, sich dabei drehte, und schließlich neben einem der gewaltigen Stützpfeiler des Doms aufschlug.

Flamels Leib sank währenddessen fast schon quälend langsam neben dem Grabmal zusammen. Ein kariertes kleines Wesen hüpfte unter ihm hervor – oder vielleicht auch auf irgendeine Weise gar aus Flamels Leib heraus – und beeilte sich, davonzukommen, wobei es auf seiner Flucht dieselbe Richtung einschlug, in die der Kopf des Alchimisten geflogen war, und sich zuletzt tatsächlich mit einem letzten beherzten Sprung hinter diesem in Sicherheit brachte.

Unfassbar, dachte Artemisia erschrocken, es sieht fast so aus, als würde er mich anschauen. Beinah so als sei – wider jegliche Vernunft – immer noch Leben und Verstand in seinem von den Schultern gerissenem Kopf.

All dies konnte nicht länger als einige Sekunden gedauert haben.

»Der Ziegenbartschnüffler! Was tut der denn hier? Und weshalb sitzt ein Zeitfrosch hinter seinem Kopf?«,

fragte Lilith in die plötzliche Stille des gewaltigen Hauptschiffs hinein.

»Monsieur Flamel? Ich fürchte, Sie haben ihn eben enthauptet«, sagte Artemisia unsicher. Himmel, dachte sie, genau, um für solche Situationen gewappnet zu sein und sich exakt über die etablierten Umgangsformen bei Begegnungen mit Dämonen, Engeln oder Dschinn informieren zu können, war sie schließlich hierhergekommen. Doch nun schien es als sei sie mitten in eine Auseinandersetzung zwischen Flamel und diesem ... nun ja ... Wesen? ... geraten.

»Hör auf, mich anzustarren wie das zwölfte Weltwunder und dich dabei so auffällig deutlich zu fragen, wer und was ich bin! Das ist nicht nur unhöflich, sondern auch überflüssig. Ich kann deine Gedanken lesen! Mein Name ist Lilith. Du verwirrst mich!«

Bevor die beiden ein Gespräch hätten beginnen und dies in eine wahrscheinlich für beide aufschlussreiche Richtung hätten lenken können, verspürte Artemisia einen weiteren dieser schneidig kalten Windstöße, der ihr Hemd zum Flattern brachte.

Dies war allerdings nichts gemessen an den Auswirkungen, die er auf Lilith hatte. Ihre Haare verfärbten sich in seinem Zuge leuchtend himmelblau, sie zog ihren Kopf

zwischen die Schultern, presste die Arme an die Seite, streckte die Beine aus und drehte sich so schnell, dass Artemisia einen Moment glaubte, Lilith hätte sich in einen überirdischen Bohrer verwandelt, der jeden Moment ein Loch in den von mächtigen Steinplatten bedeckten Boden des Doms zu drillen drohte.

»Lilith!? Herrgott, kann es denn sein ...?«, rief sie aus und schlug gleich darauf erschrocken die Hand vor den Mund. War dieses Wesen tatsächlich Lilith? Gottes erstes Kind und das zweifellos lebendige reale Vorbild für so viele der Schauergeschichten, die sie vor ihrer Wandlung in eine Unsterbliche so gern gelesen hatte?

Liliths Haare nahmen wieder ihre offenbar natürliche rote Farbe an, während sich ihre Drehung verlangsamte und sie schließlich auf ihrer linken großen Zehe zu stehen kam.

»Jetzt ist es genug!«, rief Lilith ins Kirchendach hinein. Dann wandte sie sich Artemisia zu und streckte ihr vorwurfsvoll den rechten Zeigefinger entgegen. »Und du – was immer du auch bist! – falls du noch einmal in meiner Gegenwart Gott anrufst, landet dein Kopf neben dem Flamels!«

Lilith drehte sich ein letztes Mal auf ihrem linken großen Zeh und stellte sich mit leicht ausgebreiteten Beinen auf den Steinboden. Hinter ihr lief Blut aus Flamels

264

Nackenstumpf. Um Nepomuks Grabmal breitete sich ein drückend unangenehmer Geruch aus. Wahrscheinlich, dachte Artemisia, geht der nicht nur von Flamels Leib aus, sondern auch von Lilith. Wer wusste schon wie lange die zwischen den Lumpen und uralten Knochen in dem Sarg eingesperrt gewesen war. So was tat der Körperhygiene sicherlich nicht gut.

Artemisia beobachtete das Verhalten der seltsamen Person neugierig. Sie wirkt außerordentlich mächtig und sie ist wütend auf mich, obwohl ich ihr doch gar nichts getan habe, wunderte sich Artemisia. Ob es daran lag, dass sie ihr die Geschichte mit Satan nicht glaubte? Auf Gott schien sie jedenfalls genauso schlecht zu sprechen zu sein wie Satan. Hm, sollte uns das nicht zu Verbündeten machen, statt zu Gegnern?, schoss es Artemisia durch den Kopf. Wie zur Hölle kommunizierte man denn nun angemessen mit überirdischen Entitäten unsicherer Herkunft und Macht?

»Ich bin nicht hier, um Ihnen etwas zu leide zu tun«, versicherte sie Lilith. Die legte daraufhin ihren Kopf etwas zur Seite und sah sie mit einem schmalen Lächeln an.

»Das könntest du auch gar nicht. Du verfügst über das magische Charisma einer frisch geschlüpften Küchenschabe. Um dich zu vernichten, genügt ein Fingerschnippen.«

Bei allem Verständnis für Liliths Situation und dafür, dass sicher auch jegliches andere überirdische Wesen eine gewisse Zeit gebraucht hätte, um sich nach der Gefangenschaft in einem Sarg anzupassen, empfand Artemisia Liliths ständige Drohungen als unhöflich und überheblich. Obwohl es ihr nicht leichtfiel, ihren eigenen Status unter den wenigen Unsterblichen, von denen sie bisher gehört hatte, genau festzulegen, war sie dennoch überzeugt davon, dass der weit über dem einer Küchenschabe rangieren sollte. Immerhin schien sie das Ergebnis einer gemeinsamen Anstrengung von Asrael *und* Satan zu sein! Eine Diskussion mit Lilith erschien ihr aber zu riskant. Missverständnisse räumte man aus, indem man sie ansprach. Artemisia setzte dazu an, dies zu versuchen, als Lilith sie spöttisch anblickte und mit einer Geste ihres Zeigefingers zum Schweigen brachte.

»Ich kann immer noch deine Gedanken lesen! Du denkst darüber nach, mit mir über Unsterblichkeitsränge zu diskutieren? Und du glaubst, du seist von Satan und Asrael geschaffen worden? Wie weit kann menschliche Verblendung eigentlich noch gehen?«

Artemisia biss sich auf die Unterlippe, während sie sich rein metaphorisch zugleich auch auf die Zunge biss, um Lilith durch eine vorschnelle Erwiderung nicht noch

weiter aufzubringen. Falls sie tatsächlich Gottes erste Schöpfung war oder gar, wie Lilith selbst behauptet hatte, um einen Engel handelte, dann musste sie fast so mächtig sein wie der dunkle Herr selbst.

»Na, sehen wir doch einmal, wie unsterblich du wirklich bist!«, sagte Lilith und versetzte Artemisia dabei eine Ohrfeige, die gewaltiger ausfiel als jener elegante Tritt, mit dem sie zuvor Flamel enthauptet hatte.

Artemisia durchfuhr ein scharfer Schmerz. Sie spürte, wie sie sich vom Boden löste und meterweit durch die Luft flog, bis sie in einer Seitenkapelle vor einem der ehrfurchtgebietenden vergoldeten Triptycha hart auf den Boden schlug.

Kurz wurde ihr schwarz vor Augen, weswegen ihr Liliths erstaunt-belustigte Blicke entgingen, mit denen diese das Ergebnis dieser Ohrfeige betrachtete.

»Hm, du bist tatsächlich zäher, als ein Endling es sein sollte. Vielleicht bist du eine Hexe? Aber noch zu jung, um sich deiner Macht und Verantwortung schon voll bewusst geworden zu sein«, sagte Lilith amüsiert.

Artemisia, die sich trotz Schmerzen und der Steifheit ihrer Glieder aufrappelte, funkelte sie zornig an. »Ich bin Bibliothekarin!«, wiederholte sie. »Und ich habe Ihnen nichts getan!«

»Mir doch egal!«, gab Lilith patzig zurück, legte plötzlich den Kopf in den Nacken, schloss die Augen und breitete die Arme weit aus, wobei sie die Handflächen der gewaltigen Decke des Doms zuwandte. Dazu ertönte wieder dieses ohrenbetäubende Zischen, doch hielt es nur für den Bruchteil eines Augenblicks an.

»Ah, jetzt wird mir einiges klar! Du bist natürlich von Gott gesandt worden, um mich in eine Falle zu locken! Nur der käme auf eine so bescheuerte Idee. Dazu, mir eine halbseidene Bibliothekarin zu schicken, um mich aus meinem Gefängnis zu befreien, wäre selbst Satan zu gerissen. Aber du bist später dran. Erst einmal gibt's hier andere, die meiner Aufmerksamkeit dringender bedürfen«, rief Lilith und trat dann kräftig gegen eine der Bodenplatten, unter der sich eine von uraltem Schutt bedeckte Treppe offenbarte.

Liliths Vorwürfe erschienen Artemisia vollkommen absurd, doch damit kam sie schon zurande, da die scheinbar irre gewordene Nackte nun die Treppe hinabstieg.

Die Erleichterung erwies sich allerdings als voreilig, denn Lilith hatte ihr etwas im Kirchenschiff hinterlassen, was jetzt, wie von einem zu tiefen und viel zu langen Schlaf befangen, träge sein Haupt erhob und Artemisia anstarrte.

Als sich aus einer Statue neben ihr eine Reihe von behauenen Steinbrocken löste und wie Artilleriefeuer durch die Kirche schossen, warf sich Artemisia panisch zu Boden. Sie sah gerade noch, dass der komplette rechte Arm der Statue sich von dieser trennte und durch die Luft auf Nepomuks Hochgrab zu sirrte. Besonders beunruhigend fand sie dabei, dass jener wild an ihr vorüber wirbelnde Steinarm ein Schwert umklammert hielt.

Hölle

Da ist wirklich einiges schiefgelaufen in Prag, dachte ich, während ich Lilith dabei zusah, wie sie Artemisia verprügelte und dann die Witterung von Kardinal Rodrigo Gutierrez Verschwörern aufnahm, um sich daraufhin schnurstracks in deren Versteck unter dem Dom zu begeben.

Als wir sie seinerzeit in den Heiligendreikönigsschrein der alten und berühmten Stadt Köln gelegt hatten, stand die Hexenverfolgung auf ihrem Zenit. Lilith, als älteste und mächtigste Hexe, hatte da bereits erste Maßnahmen ergriffen, um das Morden an ihren Hexenschwestern zu beenden. Eine davon bestand darin, Gutenberg die Erfindung der beweglichen Lettern einzuflüstern, um daraufhin ihre Memoiren drucken lassen und die so rasch und weit wie keinen anderen Text zuvor verbreiten zu können.

Als sie jetzt fast 500 Jahre später von einem Alchimisten und einer ihr unheimlichen Unsterblichen aus ihrem erzwungenen Schlaf erweckt wurde und die Anwesenheit der Bischöfe und des Kardinals, dessen magische Aura nur so von Frauenhass troff, erschnüffelte, war von ihr genau die Reaktion zu erwarten gewesen, die sie zeigte. Sie stieg in den Untergrund des Doms hinab, um dort die

Bischöfe und den Kardinal aus Rache für den Tod so vieler Hexen zu zerreißen.

Jenes Zischen, das vorhin sowohl Flamel als auch Artemisia derart schmerzhaft zwischen die Ohren gefahren war, entstand, als Lilith ihr Hirn mit dem Hauptuniversum verband und sich so auf den neuesten Stand der Entwicklung brachte. Was ihr immerhin gestattete, sich mit Artemisia in modernem Englisch zu unterhalten, statt auf die getragene Sprache Shakespeares oder der King James Bibel zurückgreifen zu müssen. Doch bei ihrem etwas übereilten Neuandocken ans Universum waren ihr einige andere entscheidende Information entgangen. Das sollte sich noch rächen.

»Die Lochstreifen der Bischöfe Hyn, Tornau, Belleneuve, Schellinger, Swantek und von Kleve!«, rief ich Leonora zu. Ich war erpicht darauf einzugreifen, um den schlimmsten Super Gau zu verhindern. Doch Asrael las in meinen Gedanken.

»Wir warten noch, Pohaarbüschelchen!«, sagte sie.

»Worauf?«, regte ich mich auf. »Das geht gerade so richtig schief da unten! Artemisia ist in Gefahr und Flamels Kopf liegt so nah an dem blöden Zeitfrosch, dass er immer noch Hirnaktivitäten aufweist. Und zwar ziemlich ...«

»Irrationale?«, versuchte sich Leonora daran, meinen Satz für mich zu beenden. Ich schaute sie verwirrt über die Unterbrechung an. »Was? Nein! Doch! Egal! Jedenfalls hat der Teilchenverpuffungsstau Lilith wohl mit Zorn aufgeladen wie eine Batterie und irgendetwas hat er auch mit dem Kardinal gemacht!«

Asrael legte mir begütigend die Hand auf den roten Bauchnabel, weil ich wild entschlossen war, endlich einzugreifen. Immerhin funktionierte kein Teil meines schönen Plans so, wie ich es mir erhofft hatte.

»Ich gehe jetzt nach Prag, mache ein Ende mit Flamel und lege Lilith an die Kandare!«, rief ich

Asrael wies auf meine Wasserschüssel. »Oh schau, Bocksbeinchen, was Lilith gemacht hat. Ein Heiliger Zombie? Allerliebst!«

Tatsächlich hatte sich ein viertelbeseeltes Wesen auf eine Geste Liliths hin aus den Lumpen und Knochenresten in Nepomuks Sarg gebildet und stürzte sich jetzt auf Artemisia.

»Wie zur Knorpelnussmauspest kannst du da so arschruhig zuschauen, wie dieses Ding Miss Jones angreift?«, rief ich.

»Ach, irgendwann muss sie lernen, mit überirdischen Angriffen zurechtzukommen«, entgegnete der mädchenhafte Tod und kniff mir dabei in den Bauch.

»Dieses Ding ist aber kein Spaß, Asrael!«, gab Leonora zu bedenken.

»Wie auch? Das setzt sich aus den Überresten von mindestens drei Dutzend Heiligen zusammen, die beim Reliquienkarussell dort gelandet sind! Die sind teilweise über tausend Jahre lang mit Gebetsmagie aufgeladen worden. Das Ding ist praktisch eine Massenvernichtungswaffe!«, warf ich Asrael vor.

»Es ist kein Ding, sondern ein Heiliger Zombie, Bocksbeinchen! Sieh doch mal hin!«, forderte sie mich auf und wies auf die stille Wasseroberfläche meiner Schüssel.

Erde – Prag, Saal unter dem Veitsdom

Ich liebe und verehre dich in all deiner Glorie und Herrlichkeit oh, du Mutter der Christenheit!«, rief Robert von Kleve und wies verzückt auf einen niedergebrannten Kerzenstummel.

»Es ist vollbracht! Seht ihr Jesus Christus den Herrn?«, flüsterte der vor ihm am Boden liegende Bischof von Warschau und befingerte dabei eine von fettiger Soße tropfende Schweinshaxe.

Auch alle anderen seiner Glaubensbrüder gaben ähnlich absurde Dinge von sich, während sie sich entweder am Boden wälzten oder gegenseitig in den Armen lagen, ohne sich zu erkennen.

Kardinal Rodrigo Gutierrez betrachte die Bescherung verstört und fragte sich, was hier vorging. Erst war er von diesen seltsamen falschen Stromstößen getroffen worden, hatte sich dabei wie in Trance gefühlt und musste nun, nachdem er wieder zu sich gekommen war, hilflos mitansehen, wie seine Mitverschwörer sich alle zugleich in Narren verwandelten.

Herrgott, dachte er, einige der mächtigsten Männer der Christenheit wälzen sich hier lallend auf dem Boden umher! Was wird aus dem Konklave, wo all meine

274

Verbündeten verrückt geworden sind? Und weshalb habe ich plötzlich das Gefühl, mir kröchen tausende von Ameisen über die Haut?

Er fragte sich, ob er hier unten sicher war oder sich zur Oberfläche durchschlagen sollte. Das unangenehme Kribbeln verstärkte sich.

Und aus Rodrigo Gutierrez wurde plötzlich wieder Ezra Ishmael Afandari, der zwölfjährige, vom Anblick des weiblichen Satans völlig versteinerte Junge.

Während sich das Kribbeln auf seiner Haut verstärkte, sah er rote, blaue und grüne Schmetterlinge durch den Saal flattern, die sich zu einem einzigen Schwarm zusammenfanden, schließlich in Millionen winziger Teilchen zerstoben und in Nichts auflösten.

»Oh Herr! Er ist hier! Der dunkle Engel!«, rief der Kardinal aus, der sich nur zu gut an jene Nacht erinnerte, als er seinen Großvater verlor. Ich bin ein Diener Gottes, ich muss der Verderberin der Seelen und Herrin des Bösen entgegentreten, dachte er. Mein Glaube wird mir Rüstung und Waffe sein.

Doch, bevor er einen weiteren Gedanken fassen konnte, rief Wladislaus Swantek »Igitt!« und schleuderte die von Sauce überlaufene Schweinshaxe von sich. Sie landete auf dem Anzug des Kardinals, wo sie für den

Bruchteil eines Augenblicks festzukleben schien, bevor sie träge herabrollte und ihm zuletzt wortwörtlich auf die Füße fiel.

Der Bischof von Warschau schaute ihn zornig an. »Du spanischer Papstmörder! Was für eine verfluchte Teufelei hast du da wieder ausgebrütet, he? Ich stinke wie ein Husarenpuff!«

»Ha, sich! Bruder Poul! So lustig!«, sagte Matthias von Tornau und rollte sich dabei vom Bauch auf den Rücken.

Dem Kardinal wurde klar, dass die mysteriösen Anfälle von Irrsinn, die seine Mitverschwörer heimgesucht hatten, offensichtlich vorübergehender Natur gewesen waren. Erleichtert half er dem beleibten Bischof von Prag auf die Beine und sprang dann auch dem Franzosen bei, der sichtlich verwirrt ebenfalls allmählich wieder zu sich kam.

»Was war das?«, fragte Hyn.

Der Kardinal neigte unwillkürlich dazu, seinen Mitverschwörern eine Lüge aufzutischen. Er könnte die Vorfälle aufs Essen schieben oder Bier und Wein, denen sie im Laufe ihres Diskurses alle reichlich zugesprochen hatten. Doch er entschied sich dagegen, seine Kameraden mit einer Ausrede zu demütigen. Selbst wenn er vermutete, dass keiner von ihnen ihm die Wahrheit glauben würde. Für den Kardinal war nur zu offensichtlich, was hier

geschah: Satan kam über sie, weil eines oder mehrere der mühsam von Rom aus angebrachten magischen Siegel versagt hatten, und Satan ihrem Vorhaben, die Heilige Mutter Kirche wieder auf den einzig rechten Pfad zurückzuführen, auf die Schliche gekommen und jetzt hier erschienen war, um es zu verhindern.

»Ich hatte das Gefühl, der Dom sei erschüttert worden?«, bemerkte Robert von Kleve, während er sich Staub von Knien und Ärmeln abklopfte. »War das ein Erdbeben?«

»In Prag?«, sagte Schellinger ungläubig den Kopf schüttelnd.

Nun gaben auch alle übrigen Männer ihre Vermutungen zum Besten, wobei sie sich gegenseitig zu übertönen versuchten.

Der Kardinal klatschte in die Hände und schaute seine Mitbrüder in Christi so lange vorwurfsvoll an, bis die tatsächlich verstummten.

»Ich fürchte, die Stadt ist von einem furchtbareren Unglück heimgesucht worden als einem Attentat oder einer Naturkatastrophe. Die Verwirrung, die euch traf und jene unsichtbaren Schläge, die mich niederwarfen, haben denselben Ursprung. Nämlich Satan, den Verderber der Menschheit und furchtbarsten aller Engel!«

Beinah war der Augenblick erschrockenen und überraschten Schweigens, der den Worten des Kardinals folgte, genug, um ihn davon zu überzeugen, dass die Bischöfe ihm glaubten.

»Eure Eminenz! Jetzt reißen Sie doch zusammen!«, zischte von Tornau. »Habt Ihr vergessen, wer und wo Ihr seid? Als ob Satan je ...«

Sämtliche Köpfe wandten sich nacheinander der Saaltür zu, wo eben die nackte Lilith erschienen war.

»Irgendwer von euch Stinkern Appetit auf Schlachteplatte?«, sagte sie.

Erde – Prag, Kirchenschiff im Veitsdom

Famel war immer noch nicht fähig zu erfassen, was ihm zugestoßen war. Er sah seinen Leib an Nepomuks Hochgrab liegen. Er erkannte den Anzug und die typischen Altersflecken an seinen ausgebreiteten Händen, über deren Erscheinen vor zweihundert Jahren er sich erschrocken hatte. Er sah aber auch all das Blut, das aus dem Nackenstumpf lief.

Immer wieder sandte sein Hirn Befehle an seinen Leib, ohne dass die irgendein Ergebnis zeigten. Dazu kam der Zeitfrosch, der ihm vors Gesicht gehüpft war und sich immer mal wieder an seiner Nasenspitze rieb. Halb verdeckt von der rissigen Haut des Tieres konnte er zumindest Teile der Vorgänge im Kirchenschiff verfolgen.

Weil es über Jahrhunderte hinweg darauf getrimmt war, ließ sich sein Gehirn von solch kleinen Unannehmlichkeiten wie einer Enthauptung nicht aufhalten, die Situation weiter zu analysieren.

Nachdem Lilith einige Bodenplatten des Doms zerstört hatte und durch die daraufhin entstandene Lücke verschwunden war, erhob sich aus dem Sarkophag etwas, das nur magischen Ursprungs sein konnte. Augenscheinlich bestand es hauptsächlich aus einem Flickenteppich

aus dem seidenen Innenbeschlag von Nepomuks silbernen Sarg, einem nicht weniger angerrotteten Leichentuch und diversen weiteren Textilfetzen. Obwohl sich im Sarkophag Skelettteile befunden hatten, waren darunter weder Arm- oder Beinknochen noch ein vollständiger Schädel, weswegen der Kopf des Wesens aus einem Stück flatternder weißer Seide und dem Teil eines Kiefers mit drei beeindruckend großen Backenzähnen bestand. Die Arme waren Teile von Statuen, die Liliths mächtige Magie dazu gebracht hatte, sich zu lösen und in jenes Horrorwesen einzufügen. Es war gute fünf Meter groß und wankte bedrohlich um Nepomuks Hochgrab herum, als hätte es den Auftrag, eben jenes zu schützen, obwohl offensichtlich nichts mehr an ihm war, das hätte beschützt werden müssen. Bei jeder Bewegung gab es eine Reihe von knirschenden Geräuschen von sich. Besonders vernehmlich fielen die aus, sobald es den linken Statuenarm mit dem Steinschwert schwang. Doch offenbar war die Konstruktion des Wesens noch nicht vollständig, denn eine Reihe von hohen Quietsch - und Klirrgeräuschen erfüllte plötzlich das Kirchenschiff, woraufhin aus sämtlichen Himmelsrichtungen her Gegenstände aus dem Prager Domschatz zu Nepomuks Hochgrab flogen.

Und dann – dann plötzlich gab das grausige Wesen selbst einen Laut von sich. Es sagte: »Ahhhh!«

Erde – Prag, Saal unter dem Veitsdom

Lilith musterte die Männer ausgiebig, während sie die Tür blockierte. Sie hatten sich in einem Halbkreis um den Tisch gruppiert. Während die beiden ältesten – Hyn von Prag und Wladislaus Swantek von Warschau – ihre großen silbernen Kruzifixe erhoben und ihr entgegengestreckten, hielten der Franzose, Matthias von Tornau und Schellinger jeweils eines der schweren Messer umklammert, die sie vorhin beim Essen benutzt hatten.

Nur jener spanische Kardinal, dessen düster verstörende Aura sie vorhin so deutlich gespürt hatte, fiel aus dem Rahmen. Denn er stand mit geschlossenen Augen und ihr zugewandten Handflächen im Mittelpunkt des Halbkreises und nutzte seine überraschend mächtige Willenskraft, um ihr den Einblick in seine Gedanken zu verwehren. Die der Bischöfe hingegen bildeten eine einzige Kakophonie aus Panik, Angst, Erstaunen und Überraschung.

Lilith bewegte ihre langen Finger mit den glänzenden Nägeln einige Male. Eines der Wassergläser auf dem Tisch füllte sich daraufhin mit kräftig rotem Wein und schwebte zwischen den verblüfften Kirchenmännern hindurch in ihre geöffnete Hand. Sie musterte Glas und Wein

genüsslich eine Sekunde. »Und ihr glaubt, Jesus hätte damals Wasser in Wein verwandelt?«, sagte sie spöttisch und trank dann gierig, ohne den aus ihren Mundwinkeln fließenden Wein zu beachten.

»Wer bist du, Dämon?«, rief Hyn.

Lilith rülpste und hielt sich dann kichernd die Hand vor den Mund. »Entschuldigt mein Benehmen, aber das war mein erstes Glas Wein seit 457 Jahren«, erklärte sie.

»Entweiche, Dämon!«, brüllte Bischof Wladislaus Swantek und streckte ihr dabei sein prächtiges silbernes Kruzifix entgegen. Lilith legte den Kopf schräg und betrachtete es amüsiert.

Rodrigo Gutierrez, der glaubte, von allen hier am besten zu wissen, womit sie es wirklich zu tun hatten, wandte sich seinen Mitverschwörern zu und schrie: »Sie ist Satan! Vermeidet es, sie anzusehen!«

Lilith lachte laut und überraschend tief, während sie ihr Haar zur Seite warf.

»Satan? Ich? Du Wicht! Schau mich an! Ich bin die erste Hexe! Im Zwielicht der Zivilisation erfand ich Schrift und Gesetz. Ich war Maria Magdalena. In Jesus Grab liebte ich seine Leiche ins Leben zurück, als Gott sie dort verrotten ließ. Meine Seele schrie an den Mauern der Städte, deren Bevölkerung Gottes Söldner unter

dem Kreuz massakrierten! Mein Geist schwebte über den Scheiterhaufen, auf denen ihr meine Schwestern verbranntet. Ich habe fünftausend Bettler aus sieben Broten gespeist! Ich bin, was ihr mit Fug und Recht fürchtet! Mein Name ist Lilith und ich bin gekommen, euch zu töten!«, brüllte sie in acht verschiedenen Stimmen. Weil acht – nicht sechs oder sieben – die wahre und heiligste aller Zahlen war, denn in ihrem Bild verbarg sich das Symbol der Unendlichkeit.

Die Bischöfe rückten enger aneinander. In ihren Augen standen Furcht, Zorn und Entschlossenheit und für einen Moment war der Kardinal stolz auf den Mut seiner Brüder im Glauben.

»Sie ist Gottes verworfenes Kind und sie ist so sehr eine Ausgeburt der Hölle wie Satan selbst!«, rief der Bischof von Passau, ergriff ebenfalls sein Kruzifix und streckte es Lilith entgegen. Dann schrie er er ihr voller Inbrunst »*In nomine Patris, et Filii, et Spiritus Sancti. Amen!*« zu. Lilith schüttelte amüsiert den Kopf und wiegte in der Karikatur eines Liebesaktes einige Male ihre Hüfte vor und zurück.

»Lernt ihr erst mal zu ficken, bevor ihr mir mit eurem verräterischen Gott und seinem traurigen Propheten kommt!«, sagte sie.

Doch angeführt vom Kardinal erklang plötzlich aus sieben Männerkehlen das uralte Gebet um Schutz und Beistand, bewährt in tausenden von Exorzismen: *»Princeps gloriosissime caelestis militiae, sancte Michael Archangele, defende nos in praelio adversus principes et potestates, adversus mundi rectores tenebrarum harum ...«*

Lilith trank ungerührt ihren Wein aus und ließ das Glas zu Boden fallen, wo es in hunderte Scherben zerbrach.

»Contra spiritualia nequitiae, in caelestibus Veni in auxilium hominum; quos Deus ad imaginem similitudinis suae fecit, et a tyrannide diaboli emit pretio magno!«, fiel sie mit übertriebener Inbrunst in das Gebet der Bischöfe ein.

Schockiert über das Sakrileg unterbrachen die Bischöfe ihre Deklamation und sahen verunsichert zu Hyn, dem ältesten in ihrer Runde. Der war jedoch ebenso sprachlos über die Wirkungslosigkeit der Worte wie die übrigen Männer.

»Was denn, was denn, die Herren? Lässt euch etwa eure Erinnerung im Stich?«, sagte Lilith spöttisch. *»Te custodem et patronum sancta veneratur Ecclesia; tibi tradidit Dominus animas redemptorum in superna felicitate locandas. Deprecare Deum pacis, ut conterat satanam sub pedibus nostris, ne ultra valeat captivos tenere homines, et Ecclesiae nocere!«*, rezitierte sie den nächsten Teil des Exorzismus. Sie wiegte dabei ihren Kopf im Rhythmus des

uralten Gebets. Befremdlicherweise wirkte es, als genösse sie eine alte, ganz und gar nicht schmerzhafte Erinnerung. Sie unterbrach sich jedoch abrupt, zitierte ein zweites Glas Wein herbei und trank einen Schluck daraus, bevor sie es wie das erste achtlos zu Boden fallen ließ. »Ich bin ein Engel, ihr Narren! Euer lächerliches Gedicht hat keine Wirkung auf mich!«

Dem Kardinal wurde klar, dass sie Recht haben musste. Wenn die schärfste Waffe im gebrauchsmagischen Arsenal der Christenheit sich ihr gegenüber als stumpf erwies, war es an der Zeit, zu anderen Mitteln zu greifen. Aber das bedeutete, seinen Mitverschwörern endgültig seine wahre Herkunft zu offenbaren. Denn es erschien dem Kardinal völlig ausgeschlossen, dass er die Magie, auf die er zurückgreifen müsste, vor seinen Mitverschwörern verbergen könnte

»Was starrt ihr so dämlich? Das ist doch laaangweilig! So macht das keinen Spaß!«, beklagte sich Lilith schnippisch über die plötzliche Untätigkeit ihrer Feinde. »Na, wenn ihr zu belämmert seid, den nächsten Schritt zu machen, bleibt mir wohl nix anderes übrig, als unsere Party selbst ein bisschen aufzumischen, was?«, fügte sie hinzu und bewegte einige Male in einer höchst komplizierten Abfolge die Finger ihrer linken Hand.

Woraufhin sich der Mund Bischofs Hyn mit dutzenden Blutegeln füllte. Bleich und voller Angst, ersticken zu müssen, beugte er sich vornüber und spuckte die schleimigen Wesen auf den Boden, wo der Bischof von Bordeaux sie geistesgegenwärtig zu zertreten versuchte.

»Herrgott, Brüder! Es ist der falsche Exorzismus! Belleneuve, die alte Form! Jetzt!«, rief Otto Schellinger, Bischof von Linz, und ergriff dabei die Hand des erstaunten Belleneuve.

Ihr Narren, dachte der Kardinal enttäuscht, um den alten Exorzismus wirksam zu rezitieren, müssten wir mindestens zu zwölft sein und jeder von uns fehlerfrei Hebräisch beherrschen.

»Schluss damit!«, rief er, trat einen Schritt aus der Runde seiner Mitbrüder im Glauben und breitete beschützend die Arme vor ihnen aus. »Was willst du, Dämonin? Weshalb bist du uns erschienen?«

Lilith verschränkte amüsiert die Arme unter ihren Brüsten.

»Ich bin eine Hexe, Kardinal! Ich bin hier, um den Spieß umzudrehen. Sehen wir doch mal, wie es sich anfühlt, wenn ihr brennt, wenn ihr hängt, wenn ihr ersauft, wenn ihr eure Köpfe verliert oder von tausenden spitzen Dornen durchbohrt werdet!«

Sie öffnete ihren Mund, aus dem ein schrilles hohes Geräusch drang, das die Trommelfelle der Bischöfe zu sprengen drohte

Die Bischöfe fielen auf die Knie, pressten ihre Hände über die Ohren und schrien vor Schmerzen. Selbst der Kardinal sank schließlich zu Boden. Nur Hyn und Belleneuve widerstanden dem Impuls und streckten Lilith weiterhin ihre Kruzifixe entgegen. Aus Hyns Ohren lief dunkles Blut in schmalen Fäden, dennoch hielt er weiter seiner Gegnerin tapfer jenes Symbol entgegen, an das er all seine Hoffnung und jeglichen Funken Glauben hängte, die er nach fünfzig Jahren Dienst an und in der Heiligen Mutter Kirche noch aufbringen konnte.

Liliths hervorstehende Brustwarzen wuchsen. Zunächst schienen sie nur etwas breiter zu werden, was grausig genug war. Gleich darauf verformten sie sich zu zart weißrosa Schlangenköpfen, aus deren Mündern winzige gespaltene Zungen zischelten. Dabei enthüllten sie einen rattenschwanzdünnen, zartrosa und menschenhautglatten Körper. Sie drängten sich einige Male spielerisch umeinander, bevor sie auf die Gruppe der Bischöfe zu schnellten.

Erde – Prag, Kirchenschiff im Veitsdom

Die erstaunliche Miss Artemisia Jones kam sich gar nicht so erstaunlich vor, während sie sich gegen jenes aus allerlei Reliquien und mehreren Reliquiaren gefertigte Monstrum wehrte, das zwar übermenschlich stark zu sein schien, aber nicht besonders schlau. Allerdings machte es seinen Mangel an durchdachter Kampftaktik durch Unermüdlichkeit und schiere Brutalität wett. Obwohl das Kirchenschiff noch voller Werkzeuge und Baumaterial war, ließ es sich weder von Kirchengestühl noch Gerüsten aufhalten, hinter denen Artemisia Zuflucht suchte.

Sie hatte sich aus einer böhmischen Landesflagge und einem eisernen Gerüstständer zwei Waffen improvisiert, mit denen es ihr bisher gelungen war, das Ungetüm halbwegs auf Distanz zu halten. Doch sie ahnte, dass das nicht ewig so weitergehen konnte, und suchte verzweifelt nach einem Weg, diesen Kampf zu beenden. Zumal dieser beträchtlichen Lärm erzeugte und sie jeden Moment damit rechnen musste, dass ein Zug der auf dem Hradschin stationierten Wachsoldaten in den Dom stürmte.

Der steinerne Schwertarm des Monsters fuhr eine Handbreit neben ihr herab, zerhackte einen Teil des

288

neuen Kirchengestühls und schlug eine tiefe Kerbe in den Steinboden.

Artemisia sprang zur Seite und stolperte dabei über einen Stapel verpackter Gesangbücher mit dem Bild des Kaisers auf den Einbänden. Geistesgegenwärtig stach sie mit der Fahnenstange, die in einer eisernen Lanzenspitze auslief, nach dem Ungeheuer, doch der Effekt war vernachlässigbar – nichts als weitere Löcher in dessen Korpus, der sich aus halb verrotteten Lumpen, dem Leichentuch des Heiligen und dem seidenen Inlets des Sarkophags zusammensetzte. Aufzuhalten war das Wesen damit jedenfalls nicht. Es hielt kaum zwei Sekunden in seinen Schwertschlägen inne und schlug dann wieder mit beiden Waffen auf Boden, Gesangbücherkartons und Artemisia ein. Das steinerne Schwert zerbrach dabei, doch das des heiligen Wenzels, das das Monster mit der anderen Hand aus einer zertrümmerten Vitrine gezogen hatte, war deutlich widerstandsfähiger und zweifellos schärfer. Himmel, dachte Artemisia, gleich liege ich hier in Häppchen auf dem Boden und werde von irgendeinem Wachsoldaten in Eimern gesammelt. Ob ich mich dann in meine eigentliche Gestalt zu regenerieren vermag, weiß der Dunkle Herr allein. Sie sprang auf die Füße und stach wieder mit der Fahnenstange auf den unheimlich leeren

Leib des Ungeheuers ein, das daraufhin seine Kampftaktik änderte, sich in die Luft erhob und von oben herab auf Artemisia einstach. Artemisia blieb nichts anderes übrig, als sich unter den ungeschickten Schwerthieben wegzuducken. Sie ließ das Stuhlbein los, fuchtelte verzweifelt mit der böhmischen Flagge herum und bewarf den aus einem zerbrochenen silbernen Reliquiar, einem Kieferknochen und zwei leuchtenden Edelsteinringen geformten Kopf des Wesens mit einem der schweren, in Leder eingebundenen Gesangsbücher. Auch wenn diese aus der Not geborene Waffe wohl kaum erfolgreich sein würde, war sie doch das angemessene Geschoss für eine Bibliothekarin. Rein metaphorisch war sie damit auf der sicheren Seite. Sie warf ein Gesangbuch und noch eines und noch eines, bis das letzte, das sie blind vom Boden gegriffen hatte, endlich traf und zentral in den unheimlichen Kopf des Ungetüms einschlug.

Mit einem Ton irgendwo zwischen zerbrechendem Glas und einem quietschend zum Halt kommenden Expresszug wich dieses daraufhin erstaunt – vielleicht sogar erschrocken – etwas zurück.

Etwa zehn Meter von der Stelle entfernt, an der Artemisia eben überraschend den ersten Punktsieg gegen das Monster erkämpft hatte, wurde Flamels Kopf von der

kläglich leiblosen Kopie eines Niesens erschüttert. Ausgelöst wurde es von dem Zeitfrosch, der sich verängstigt näher an die einzige Wärmequelle drängte, und so Flamels Nase unangenehmen kitzelte. Der Frosch hüpfte erschrocken ein Stück weg.

Irgendwo aus den Tiefen des Doms ertönte das erschrockene Miauen zweier Katzen. Der Frosch wandte träge seinen Kopf danach um.

Hölle

noch ein Stück, du blödes Vieh! Nur noch einen einzigen winzigen Hüpfer weiter!«, flüsterte ich in meine Wasserschüssel hinein, obwohl mir durchaus klar war, dass Zeitfrösche absolut unempfänglich für jede Art von Suggestion oder Magie waren.

»Mann, Satan! Der hört dich doch gar nicht!«, maulte Leonora und wies auf einen anderen Bereich der glatten Wasseroberfläche, auf dem die Vorgänge im Innern des geheimen Saals unterm Veitsdom zu sehen waren.

Lilith hatte dort gerade zwei Giftschlangen aus ihren Nippeln wachsen und gegen die Gruppe der Bischöfe schnellen lassen, die sich verängstigt um Kaiser Rudolphs wurmstichigen Esstisch drängten. Liliths Schlangen bissen den Prager Bischof in den Hals, der daraufhin von Krämpfen geschüttelt zu Boden ging.

»Oi, ich wusste ja gar nicht, dass sie so was draufhat? Was man damit beim Sex alles so anstellen könnte! Unfassbar!«, sagte Leonora verwundert. Wie alle Sukkubae konnte sie einfach nicht anders, als alles und jedes, was sie sahen, berührten, rochen oder hörten, zuerst mit Sex in Verbindung zu bringen. Ich war weniger begeistert davon.

»Hm, nicht übel. Der Bischof ist auf die Minute pünktlich übergetreten!«, sagte Asrael.

»Wie viele von denen gehen denn heute noch drauf, Asrael? Nur so grob geschätzt? Denn wenn da gleich drei oder vier Bischöfe kurz nacheinander übertreten, wird das Gott mächtig aufregen. Dann können wir unseren schönen Plan, ihn zum Fan von Miss Jones zu machen, vergessen. Du weißt, wie bösartig er werden kann, wenn er sich aufregt.«

»Och Satan, jetzt sei doch nicht immer so negativ! Schau hin! So viel Spaß hatte ich lange nicht mehr!«, wies mich Leonora zurecht.

Spaß war aber das letzte, woran ich denken konnte. Gerade sah ich nämlich wie ein knappes Dutzend Soldaten des böhmischen Wachregiments in voller Bewaffnung aus ihrer Unterkunft heraus auf den Veitsdom zuliefen. Zweifellos, weil der Lärm, den Artemisias Kampf mit dem Heiligen Zombie auslöste, sie aufgeschreckt hatte.

»Mir reicht das jetzt!«, verkündete ich, stieß meine Faust in die Schüssel und beendete damit das Unterhaltungsprogramm. »Ich mache dem Blödsinn dort ein Ende!«

Asrael wischte mit ihrer linken Hand über die Schüssel, glättete dadurch die Wasseroberfläche und schaute

gelassen wieder hinein. »Sei doch nicht immer so vorschnell, Bocksbeinchen!«, kommentierte sie.

Na toll, dachte ich entrüstet, dabei habe ich diesen kompletten Schlamassel doch ihr zu verdanken. Wenn sie damals nicht dafür gesorgt hätte, dass Miss Jones unter einem unmöglichen Sternzeichen geboren und bei einem erzwungenen Kurztrip meinerseits zu einem gewissen britischen Landhaus von den Toten wiedererweckt worden wäre, müsste sich keiner von uns jetzt den Kopf darüber zerbrechen, wie wir diesen Scherbenhaufen in Prag wieder kitten konnten.

Asrael, die offenbar schon wieder in meinen Gedanken gelesen hatte, klopfte mir begütigend auf den roten Bauch. »Bocksbeinchen, keiner außer dir zerbricht sich hier gerade seinen Kopf. Das ist nämlich völlig überflüssig. Die kommen dort noch eine Weile gut ohne uns aus!«

Mir kam der Verdacht, dass ich manipuliert werden sollte und – um ganz ehrlich zu sein – kam er mir auch nicht zum ersten Mal.

Erde – Prag, Saal unter dem Veitsdom

Lilith sah mit dem distanzierten Interesse einer Wissenschaftlerin zu, wie der beleibte Prager Bischof sich mit Schaum vorm Mund in seinem Todeskampf wand.

»Herrgott! Dieser Dämon hat Hyn umgebracht!«, rief Robert von Kleve, ergriff eines der Messer vom Tisch und stürmte zornig auf Lilith zu.

Er kam nicht weit. Eine unsichtbare Barriere hinderte ihn daran, mehr als zwei Schritte in Richtung Tür zurückzulegen. Der Kölner Bischof verharrte und schaute sich verwundert zu seinen Kameraden um.

»Was ist das für eine verfluchte Teufelei?«, rief er, wartete jedoch keine Antwort ab, sondern postierte sich breitbeinig hinter jener Barrikade und stach wild mit dem Messer auf sie ein. Was keinerlei Effekt zeigte. Seine Brüder im Glauben waren noch ganz von dem Horror der Nippelschlangen erfüllt, deren Bisse Hyn gefällt hatten.

Nutzlos, aber tapfer stach von Kleve weiter auf die Luft vor sich ein.

»Lasst das, Robert!«, sagte der Kardinal. »Magische Raumsiegel sind von Messerstichen nicht zu beeindrucken!«

Die Blicke der vier Bischöfe beim Tisch wandten sich dem Kardinal zu und selbst von Kleve unterbrach schließlich sein nutzloses Stechen.

»Kein übler Schachzug diese Barriere, Eminenz. Aber auch ein bisschen sehr altmodisch, diese maurisch-jüdische Gebrauchsmagie!«, kommentierte Lilith.

Ihre Worte verwirrten die Bischöfe.

»Was meint der Dämon damit? Woher kommt diese Sperre?«, fragte Belleneuve misstrauisch.

»Nichts! Der Dämon versucht, Zweifel unter uns zu säen!«

Lilith lachte und wies auf Bischof Wladislaus Swantek. »Fragt ihn doch, wo er sein bisschen Magie gelernt hat!«

»Halt den Mund, Weib!«, zischte der Warschauer Bischof und rückte demonstrativ ein wenig näher an den Kardinal heran.

»Niedlich, diese Loyalität«, sagte Lilith an den Polen gewandt. »Vor dreihundert Jahren haben solche wie du solche wie ihn noch jubelnd auf dem Scheiterhaufen verbrannt.«

»Schweig still, Bestie!«, riefen Belleneuve und Schellinger nahezu gleichzeitig aus.

Lilith zuckte mit den Achseln. »Wie sonst sollte ich denn schweigen, du Geistesriese? Flüsternd? Schreiend?«

Eines der Geheimnisse des Erfolges von Kardinal Rodrigo Gutierrez innerhalb der Kurie bestand darin, dass er stets sehr genau wusste, wer seine Gegner waren und wen er zu seinen Verbündeten zählen durfte. Wobei sich Verbündete jederzeit zu Gegnern entwickeln konnten. Er hatte eine Menge sehr unmoralischer Dinge getan, um seine Herkunft und Vergangenheit geheim zu halten. Doch das hier war ein Kampf auf Leben und Tod. Wer immer von ihnen lebend den Saal verließ, würde ihm ewig dankbar sein, sollte es ihm gelingen, die verfluchte Hexe zu besiegen. Es hatte keinen Sinn mehr, seine magischen Künste weiterhin zu verstecken, befand er, denn ganz im Gegenteil, boten die offensichtlich den einzigen Weg, lebend und gesund an Leib und Seele je wieder hier herauszukommen.

»Das sind Haarspaltereien, Hexe!«, sagte der Kardinal ruhig, breitete die Arme aus und rief zehn magische Worte in den Saal, von denen er hoffte, dass sie die Kraft hätten, seine Feindin niederzuwerfen.

Doch Lilith drehte nur in der Art indischer Tempeltänzerinnen zwei Mal die Hände, woraufhin Rodrigo Gutierrez Schlagzauber an ihr vorüberrauschte und in Tür und Türrahmen einschlug, die er völlig zerstörte.

»Erbärmlich, Eminenz!«, sagte sie, wischte sich etwas Mörtelstaub und Holz von den Schultern und füllte mit einer weiteren Handbewegung die Münder der Bischöfe mit guter, fettiger böhmischer Erde, in der hunderte Würmer, Engerlinge, Käfer und Ameisen wimmelten.

Die Männer fielen zu Boden oder beugten sich über den Tisch und versuchten voller Ekel und Angst, ihre Münder und Hälse von Liliths Erde zu befreien. Der Einzige, der von ihrem Zauber verschont blieb, war der Kardinal, der mit verschränkten Armen und gerunzelter Stirn an seinem Platz stand. Er vollzog einige rasche Fingerbewegungen und murmelte dazu die Formel eines Entlastungszaubers, woraufhin die Erde aus den Mündern und Kehlen seiner Kameraden verschwand, die hustend und ächzend allerletzte Käfer, Ameisen, Würmer und Erdklumpen ausspien.

»Hm, das war bloßer Kinderkram, was, Eminenz? Lasst uns wie Erwachsene spielen!«, sagte Lilith.

»Na dann, Dämonin! Du und ich. Möge der bessere gewinnen!«, entgegnete der Kardinal.

Lilith warf den Kopf zurück und lachte.

»Na, wer wird denn den Hauptgang vor dem Hors d'oeuvre nehmen? Das ist ganz schlechter Stil. Nein Eminenz, dich hebe ich mir bis ganz zuletzt auf!«, sagte Lilith. Dann zerbrach sie mit einem Fingerschnippen Rodrigo

Gutierrez magische Barriere, kreiste ein wenig mit den Hüften, strich zärtlich über ihre Brüste und öffnete dazu lasziv den Mund, aus dem sich – wie aus einem Kokon – eine wundervolle rote, blaue und weiße Libelle löste, die elegant einige Male um Liliths Kopf flatterte, bevor sie plötzlich auf den Bischof von Warschau zuschoss, um in dessen breites rechtes Nasenloch zu kriechen.

»Oh Gott! Herr hilf!«, rief er und versuchte verzweifelt, die Libelle aus seiner Nase zu ziehen. Geistesgegenwärtig umklammerte Robert von Kleve ihn, Otto Schellinger riss Swanteks Hand von dessen Nase herab und griff selbst nach dem langen schmalen Schwanz der Libelle. Doch er kam um eine Sekunde zu spät und mit einem allerletzten Wedeln verschwand das magische Wesen in Wladislaus Swanteks Kopf.

»Tut etwas, Eminenz!«, rief von Kleve.

Der Kardinal streckte zwar mit halbgeschlossenen Augen seine Hände gegen den Warschauer Bischof aus und rief dazu eine seiner magischen Formeln, doch die schien wirkungslos zu bleiben.

»Ich will seine Zaubersprüche nicht!«, zischte Swantek noch, schüttelte den Griff des Kölner Bischofs ab und starrte Rodrigo Gutierrez voller Hass an.

Es waren die letzten Worte des Polen.

Denn noch in der Sekunde, nachdem er sie ausgesto-
ßen hatte, brüllte er vor unerträglichem Schmerz auf. Blut
lief ihm dabei aus Nase, Ohren und Mund und er taumelte gegen die magische Barriere des Kardinals. Blind
vor Schmerz und Angst stolperte er zurück, breitete seine
Arme weit aus und starrte seine Mitbrüder so voller tiefem
Schmerz und Verzweiflung an, dass die sich bekreuzigten
und unter Führung Belleneuves erneut den Exorzismus
zu beten begannen.

»Immer dieselbe alte Leier mit euch!«, kommentierte
Lilith, die sich mit verschränkten Armen neben der zer-
sprengten Tür gegen die Wand gelehnt hatte.

Währenddessen wuchsen aus Swanteks Knochen
unaufhaltsam weiter skalpellscharfe, herzförmige Dornen,
die mit jedem neuen Wachstumsschub mehr an Adern,
Venen, Sehnen und Organen zertrennten.

Der Bischof von Warschau brach zusammen und
zuckte wimmernd am Boden, während mehr und mehr
Blut aus seiner Nase, dem Mund und den Ohren strömte.
Schließlich durchbrachen die ersten der Dornen seine
Haut und Kleidung.

»Dafür wirst du brennen!«, brüllte der Bischof von
Linz, während er niedersank, um seinen Amtsbruder in
dessen Todeskampf beizustehen.

Lilith warf ihm einen traurigen Blick zu. »Das Gift meiner Brüste für das Gift der Lügen, mit denen die Kirche die Menschen gegen meine Hexenschwestern aufbrachte. Die Erde in euren Mäulern für die eisernen Knebel, mit denen man sie zum Schweigen zwang, die Dornen im Leib des Bischofs für die Zangen, Pressen und Schrauben, die man im Namen Gottes an ihre Leiber legte«, erklärte sie. »Und erwartet bloß nicht, dass es damit bereits genug sei!«

»Gott wird dich strafen, Hexe!«, versprach Belleneuve von Bordeaux und rannte vergeblich gegen Lilith an, die sich vor seinem Angriff mit einem neuen, deutlich stärkeren Bannkreis schützte.

Der Franzose prallte von der Barriere ab und stürzte zu Boden.

Lilith weinte rote Tränen, die über ihre schneeweißen Wangen liefen und auf ihren Leib tropften. Dann erfüllte sie den Saal mit dem Flehen, Gurgeln, Ächzen und den verzweifelten Schmerzensschreien von zehntausenden hängenden, brennenden, gefolterten, enthaupteten oder ertränkten Hexen und Hexern.

Die Bischöfe pressten ihre Hände über die Ohren und wanden sich wie Würmer am Boden vor dem Tisch, wo ihr polnischer Amtsbruder immer noch weiter ausblutete.

»Gott? Hörst du mich? Von wegen Dein Reich komme!«, flüsterte Lilith unhörbar für jeden der Männer mit Ausnahme des Kardinals, der gegenüber dem Lärm der Schreie unempfindlich war.

Vielleicht wirkte die erste der Hexen für die Dauer eines Wimpernschlags ein wenig müde und verzweifelt, während der Saal weiterhin von den Todesschreien der Hingerichteten widerhallte.

Im verzweifelten Versuch, die Tortur seiner Mitverschwörer zu beenden und den verfluchten Dämon unschädlich zu machen, zermarterte Rodrigo Gutierrez sich das Hirn. Er war überzeugt, dass er tief in seiner Erinnerung eine uralte Zauberformel abgespeichert hatte, die dazu diente, jedes übersinnliche Wesen im Umkreis von einigen hundert Metern mit magischen Siegeln zu überziehen und so zumindest vorübergehend unschädlich zu machen. Obwohl die Schreie der gemarterten und hingerichteten Hexen in seinem Bewusstsein weit weniger schrill ertönten, da er Liliths Zauber zumindest zu dämpfen verstand, gelang es ihm dennoch nur unter höchster Mühe, sich auf seine Erinnerungen zu konzentrieren.

Während Otto Schellinger nahezu wahnsinnig vor den Stimmen unter den Tisch sank, glaubte der Kardinal, endlich die betreffende Formel gefunden zu haben. Er

rief die zwanzig kehligen aramäischen Worte in den Saal und erwartete, erleichtert darüber, sie gefunden zu haben, ihre Wirkung. Noch während das letzte Wort seiner magischen Formel in der Kakophonie der aus den Tiefen der Zeit herbeigeorderten Schreie aufging, erkannte er, dass er einen Fehler begangen haben musste. Denn sein Spruch zeigte keinerlei Wirkung.

Jedenfalls tat er das nicht hier, in jenem geheimen Saal unter dem Dom. Dafür entfaltete er sie in dem riesigen Kirchenschiff über ihnen, in das vor wenigen Minuten ein Zug Soldaten eingedrungen war, um nach dem Rechten zu schauen.

Erde – Prag, Kirchenschiff im Veitsdom

Hašek, Beneš, Krüger – hierher!«, befahl Leutnant Franz Gräfenstein vom 28. kuk Infanterieregiment in Prag, während er über seinen stöhnenden Feldwebel Jaroslav Rudisch stieg, der eben von einem Streich des heiligen Zombies niedergestreckt worden war und dabei mindestens einen gebrochenen Arm davongetragen hatte. Er hatte vor drei Minuten mit den neun Männern des 18. Zugs den Dom betreten und schon Verwundete zu beklagen. Die Geschwindigkeit, mit der das passiert war, schockierte ihn mindestens ebenso sehr wie die Gestalt ihres Gegners.

Die drei gerufenen Infanteristen gaben sich keine besondere Mühe, zu ihrem Befehlshaber zu eilen, der seinen Revolver gezogen und bereits vier Schüsse auf das Monster abgefeuert hatte, die jedoch keinerlei Wirkung gezeigt hatten. Einzig das Reliquiar, das einen Teil seines Kopfes ausmachte, hatte jetzt zwei Beulen mehr.

»Das Silbergrab ist geöffnet! Und da liegt ne Leiche ohne Kopp!«, rief der Gefreite Otto Hermann Brauße, den es ins kuk Regiment verschlagen hatte, weil er einst in Dresden beim Heiratsschwindeln ertappt und aus dem Königreich Sachsen ausgewiesen worden war.

»Hierher, Männer!«, brüllte der Unterleutnant, der Mühe hatte, den langsamen, aber wuchtigen Schlägen des Ungeheuers auszuweichen.

»Maria und Josef!«, flüsterte der Gefreite Krüger, der nicht im Traum damit gerechnet hatte, dass sein Militärdienst in Prag dazu führen würde, gegen ein in verrottete Leichenhemden gekleidetes Viertelskelett mit Wenzels Schwert antreten zu müssen. Weshalb Krüger auch fand, dass in diesem Falle Vorsicht den besseren Teil der Tapferkeit ausmachte, und er sich deswegen nur noch enger an die Säule presste, hinter die er sich vor einigen Minuten geflüchtet hatte.

Schräg hinter und über ihm war ein altes Kruzifix angebracht, dessen hölzerne Jesusfigur ganz besonders zerschunden wirkte. Obwohl er seine Aufmerksamkeit dem Kampf seines Vorgesetzten mit dem Monster zugewandt hatte, ließ ihn jetzt ein vernehmliches Knacken und Knirschen herumfahren. In der Bewegung bekam er gerade noch mit, dass der hölzerne Jesus tatsächlich von seinem Kreuz herangestiegen war und einen vergoldeten Kerzenständer ergriffen hatte, der mit Schwung den Kopf des Gefreiten traf. Mit einem herzzerreißenden Ächzen brach dieser zusammen. Krüger sollte nie erfahren, dass Auslöser jenes hölzernen Auferstehungswunders ausgerechnet

ein spanischer Kardinal gewesen war, dessen falsche gebrauchsmagische Formel statt übersinnliche Wesen zu bannen dafür gesorgt hatte, dass jeder der im Dom vorhande und jemals mit Gebeten bedachte Gegenstand sich mit übersinnlichem Leben füllte und dumpf gegen alles und jedes vorging, was sich in seiner unmittelbaren Umgebung rührte.

Entgegen ihrer ursprünglichen Befürchtungen hatte Artemisia die Ankunft der Soldaten mit Erleichterung erfüllt. Zerschunden und zerschlagen war sie in ihrem Kampf gegen das Ungeheuer am Ende ihrer Weisheit angelangt und bereit gewesen ihm – wenn es denn schon so schrecklich verbissen darum focht – das Kirchenschiff zu überlassen und sich unverrichteter Dinge zurückzuziehen. Doch die Soldaten hatten ihr eine Atempause verschafft, die sie dazu nutzen wollte, in Nepomuks Sarkophag nach dem Buch zu suchen, das der Grund für ihren Einbruch gewesen war. So sprang sie jetzt im Schatten von Säule zu Säule auf das Hochgrab zu und hoffte, dabei nicht von den Soldaten ertappt zu werden, denen ihre Anwesenheit bisher glücklicherweise verborgen geblieben zu sein schien.

Hinter ihr erklangen in loser Folge Revolverschüsse. Sie hörte die unflätigen deutschen Flüche des Unterleutnants und seiner Männer, ohne diese in ihrer Bedeutung

voll und ganz erfassen zu können. Was vermutlich für ihre trotz aller Unsterblichkeit und ihres Doppellebens in den Pariser Cabarets immer noch überraschend empfindliche Seele besser war.

Sie erreichte eine der gerade fertiggestellten Seitenkapellen, in der Farbeimer, Besen, Pinsel und Gerüststangen zwischengelagert waren. Es gelang ihr zwar diesen auszuweichen, doch der niedergestreckte Leib des Gefreiten Krüger brachte sie zu Fall. Sie stürzte heftig mit den Armen rudernd in Eimer und Werkzeuge hinein, was einen Lärm verursachte, der selbst dem im Kampf befindlichen Unterleutnant Gräfenstein nicht entging.

Nachdem Artemisia sich nach ihrem Sturz orientiert hatte und gerade dabei war, sich wieder aufzurappeln, entdeckte sie den hölzernen Jesus, der seinen Kerzenständer nun auch gegen sie schwang. Es gelang ihr nur knapp, seinem Schlag auszuweichen, bevor sie, heftig atmend und von leuchtend goldener, roter und azurblauer Farbe besudelt, wieder auf die Füße kam. Da Jesus erneut zum Schlag ausholte, tastete sie blind im Dunkel der Seitenkapelle nach einer Waffe, fand eine Gerüststange und schwang die so fest sie konnte gegen Jesus Leib. Obwohl sie ihn damit erfolgreich zu Fall brachte, verschaffte ihr dies nur eine kurze Atempause, denn aus dem Kirchenschiff näherte

sich eine aus Stein gehauene Marienstatue, die mit mütterlich seliger Mine ein längliches, aus Silber, Gold und Eisen gefertigtes Reliquiar schwang, das einst den Armknochen des heiligen Veit enthalten hatte. Aufgrund Satans Reliquienkarussell befanden sich darin inzwischen Teile der Hüfte einer ungerechtfertigt zur Heiligen verklärten mittelalterlichen Bauernmagd namens Else Schärbuth, aber das wussten weder die Marienstatue noch Artemisia.

Himmel, wenn jede einzelne der Reliquien, Statuen und Kruzifixe, mit denen dieser verflixte Dom vollgestopft ist, zum Leben erwacht, dann wird das hier aber ausnehmend unerfreulich, dachte Artemisia.

Die selige Maria schwang Else Schärbuths Hüfte gegen den Kopf des Gefreiten Beneš, der dem Schlag nur unzulänglich ausweichen konnte, sodass er, von einer Kante des Reliquiars getroffen, zu bluten begann und eigenartig steif von der Maria wegstolperte, um schließlich auf einer der frisch gesetzten Kirchenbänke zu landen.

Erde – Prag, Altstadt

Jene Wesenheit, die der Kardinal vor einigen Tagen durch das Anbringen seiner magischen Schutzsiegel aus einem jahrhundertelangen Halbschlaf erweckt hatte, hatte sich auf den Weg von der Tynkirche, in der sie so lange geruht hatte, zum Hradschin und dem Veitsdom gemacht.

Es fiel ihr immer noch ein wenig schwer, sich auf zwei Beinen zu bewegen. Sie träumte davon, einfach ihre Flügel auszubreiten und sich in die Luft zu erheben. Doch ahnte sie, dass dies womöglich die Aufmerksamkeit der wenigen um diese späte Stunde noch durch die Altstadtgassen eilenden Passanten erregt hätte und verzichtete darauf.

Weder die Wesenheit selbst noch einer ihrer Verwandten, die überall auf der Erde mit ähnlichen Beobachtermissionen betraut worden waren, hatte bisher einen solch mächtigen Ausbruch an magischer Energie verzeichnet, wie jenen, der sie vor einigen Minuten dazu gebracht hatte, ihren Posten zu verlassen und sich Richtung Veitsdom aufzumachen.

Jener Energieausbruch konnte viele Ursachen haben und der überwiegende Teil davon war im Grunde harmlos. Doch angesichts der Tatsache, dass jener seltsame

Gebrauchsmagier toledonischer Prägung, dessen Siegel sie vor einigen Tagen geweckt hatten, sich ganz eindeutig entweder im Dom selbst oder in dessen unmittelbarer Umgebung befinden musste, hielt es die Wesenheit für klüger, sich selbst ein Bild der Lage zu verschaffen, bevor sie ihrer wahren Bestimmung folgte und Gott, den Herrn, mit der Nachricht aufschreckte, dass in der großen und alten Stadt etwas vorginge, das dort niemals hätte vorgehen dürfen.

Eine Dienstmagd, höchst besorgt über den Zustand ihres heimlichen Geliebten, der sich mit Schwindsucht infiziert hatte, eilte vorüber und grüßte sogar, da es die Wesenheit mit einem Bekannten ihrer Herrschaft verwechselte.

Erde – Prag, Saal unter dem Veitsdom

Lilith kratzte sich in einer gewöhnlich eher männlich konnotierten Geste ungeniert zwischen den Schenkeln.

Voller Ekel wandten die Bischöfe ihre Köpfe ab.

»Erde, Dornen, Schreie und Schlangen hatten wir schon, was? Hm, fragt sich, womit ich euch als nächstes beglücke. Und vor allem, wen von euch ich dafür auswähle«, sagte Lilith.

»Wir müssen hier raus! Verstärkung holen! Wollen doch mal sehen, wie die verfluchte Dämonin heult und sich windet, sobald wir ihr die guten Brüder und Seminaristen aus dem Konvent des Kreuzherrenordens auf den Hals hetzen! Ein Exorzismus ausgesprochen aus dutzenden Mündern wird sie Mores lehren!«, rief Otto Schellinger.

»Es gibt keinen anderen Weg hinaus als den an ihr vorbei, Schellinger!«, klärte ihn der Kardinal auf. »Außerdem hat sie schon ein Exorzismus von sechs Bischöfen nicht berührt. Sie ist immun gegen Gebete!«

»Scharfsinnig!«, kommentierte Lilith. »Aber wollten wir nicht wie Erwachsene spielen, hm? Dann lasst uns eine neue Runde beginnen. Wie wär's damit? Jeder von

euch, der vor mir seinem Gott abschwört, kann unbehelligt den Saal verlassen.«

Der Kardinal fürchtete, dass angesichts zweier Bischöfe, deren Leichen zwischen dem Tisch und der Tür am Boden lagen, das Angebot der Dämonin auf nicht gar so taube Ohren fallen möge, wie er es gehofft hätte. Zumal die Bischöfe plötzlich bemerkenswert schweigsam geworden waren.

»Was ist der Schwur gegenüber einem verfluchten Dämon schon wert, he?«, hörte er Schellinger zu Tornau flüstern. Der zum Erschrecken des Kardinals bestätigend nickte. Er sah, dass auch den übrigen – Belleneuve und von Kleve – wohl ähnliche Gedanken durch den Kopf gingen.

»Das ist ein durchsichtiger Versuch, uns zu entzweien. Und er wird erfolglos bleiben«, sagte er.

»Ach?«, lächelte Lilith und vollführte einige ihrer magischen Fingergesten. Wobei sie sehr genau von den Bischöfen beobachtet wurde.

Ich weiß, was jetzt in euch vorgeht, ihr verdammten Feiglinge, ihr glaubt, dass sie mit ihren Gesten eben die magische Barriere beseitigt hat, dachte der Kardinal. Es muss etwas existieren, womit ich sie stoppen kann, es muss, es muss ...

»Na, wie steht's, die Herren?«, hakte Lilith nach

»Ich schwöre ab!«, rief Schellinger und lief dabei auch schon auf Lilith und die Tür zu. Doch er hatte während seiner Worte hinterm Rücken drei seiner Finger ausgestreckt. Der Kardinal war entsetzt und überrascht von dieser kindlichen Geste, die in ihrer Situation völlig bedeutungslos bleiben musste.

Angewidert blickten Belleneuve und der Kardinal Schellinger nach. Doch als Belleneuve seinen Amtsbruder aufzuhalten versuchte, hielt der Kardinal ihn zurück.

»Kommt nur, Bischof! Ein letzter Schritt noch!«, lockte Lilith. Schellinger trat eifrig gleich zwei Schritte weiter auf sie zu, verharrte und schaute peinlich berührt zu seinen Gefährten zurück.

»Ich schwöre ab! Bei allem, was heilig und gut ist, ich schwöre ab!«, rief Matthias von Tornau aus und eilte seinem Amtsbruder nach.

»Verräter!«, zischte Belleneuve.

Der Kardinal sah zu, wie Lilith in rasend schneller Abfolge wieder ihre Finger bewegte und ahnte, dass sich damit der Bann um ihn, von Kleve und Belleneuve wieder geschlossen hatte.

»Sie ist der Tod! Kehrt um!«, rief von Kleve den beiden Männern zu. Die jedoch, unsicher zwar, aber zielgerichtet

zur Tür liefen, wobei sie zwangsläufig Lilith passieren mussten.

»Der Tod? Ich? Bestimmt nicht!«, kommentierte Lilith die Warnung.

Schellinger schaffte es als erster an ihr vorbei und durch die zerstörte Tür in den langen düsteren Gang hinein. Tornau holte seinen bereits von den wenigen raschen Schritten schwer atmenden Linzer Amtsbruder mühelos ein und legte weiter an Tempo zu.

Erde – Prag, Altstadt

Ich war sauer wie seit zwei Äonen nicht mehr, während ich die Gasse zum Hradschin hinaufstapfte.

Asrael hatte mich mit einer Umkehreinbahnstrecke, die sie in den sonst kürzesten Schwarze-Loch-Surfweg zur Erde eingefügt hatte, absichtlich aufgehalten. Das bisher kein Engel gewusst hatte, dass sie dazu überhaupt fähig war, sagte mir unangenehm eindeutig, wie wichtig es ihr gewesen war, mich länger als nötig auf der siebten offiziellen Umlaufbahn zu halten.

Ich verstand sie nichtmehr. Wir hatten diesen Plan gemeinsam ausgeheckt und sie hatte dabei jedem meiner Vorschläge zugestimmt. Was sollte also diese hinterfotzige Nummer? Also ob sie nicht mit mir hätte reden können!

Wie zur Otterspinnenkacke sollte ich das Chaos entwirren, das gerade im Veitsdom seinen Lauf nahm?

Es konnte nur noch eine Frage der Zeit sein, bis Gott auftauchte, um mir wütend neue Vorträge zu halten, dabei wieder auf unseren Pakt zu pochen, eine meiner schönen wilden Künstlerseelen im Austausch für Miss Artemisia Jones zu fordern oder sich gar mit diesem stinkigen Schleimer Flamel auf einen Deal einzulassen, dessen Kopf sicher immer noch blinzelnd an jener Säule lag.

Hm, nee, dazu wäre Gott zu stolz und zu angepisst. Aber nicht dafür, mir endlos wegen Artemisia und Lilith auf die Nerven zu gehen! Und dabei war Asrael grundsätzlich an Miss Jones Existenz und ihren daraus folgenden akuten Unsterblichenflegeljahren mehr schuld als ich!

Und wieso traf mich hier mitten im dunklen und verlassenen Prag plötzlich diese deutliche Ahnung, dass ich nicht das einzige übersinnliche Wesen war, das gerade auf den Hradschin zuging? Ich hatte die Stadt mehrfach überprüft. Außer denen, die hier sein sollten, weil ich sie hierher gelotst hatte und einigen minderen Kreaturen und Geistern, wie sie nun mal die metaphysische Textur jeglicher derart alten Stadt verpesteten, hätte sich hier nichts von Rang und Belang herumtreiben dürfen.

Davon abgesehen ahnte ich auch, dass Lilith inzwischen längst mit den Bischöfen fertig sein würde. Obwohl die mir nun wirklich nicht am Herzen lagen, hätte ich es doch lieber gesehen, dass wenigstens einige von denen übrigblieben, damit ich mich vor Gott als deren Retter aufspielen und ihn so immerhin etwas besänftigen konnte.

Außerdem war es ein verdammter Skandal, dass ich mich partout nicht direkt in dem scheiß Dom hatte materialisieren können, weil der mit sich gegenseitig widersprechenden magischen Siegeln gespickt war. Weswegen

ich mich jetzt an die Prager Burg und den Dom zu Fuß heranschlich wie ein gewöhnlicher Endling.

Ich bog um eine Gassenecke und sah vor mir im leichten Nachtnebel etwas, das nicht hätte hier sein dürfen. Da lief ein Männlein in einem zu großen grauen Anzug. Ein hässlicher Hut saß auf seinem Kopf. Für jeden Sterblichen wäre es in diesem Anzug und Hut als ein ästhetisch herausgeforderter Provinzler durchgegangen. Mir war jedoch sofort klar, womit ich es zu tun hatte. Das Landei war ein Viertelengel.

Bisher war ihm meine Anwesenheit verborgen geblieben. Aber das konnte sich jeden Moment ändern. Ich zurrte meine magische Aura etwas fester und war sicher, dass ich so sicher vor ihm war. Dass der sich hier herumtrieb, konnte kein Zufall sein.

Der Engel blieb plötzlich stehen, fiel auf die Knie und löste sich in Nichts auf.

Was war *das* denn?

»Gerade noch rechtzeitig«, erklärte Asrael, die eben von der Burgseite aus dem Nebel trat. Sie trug ein schrilles Outfit aus einem weiten roten Wolkenkuhledermantel, roten Hosen und Schnürstiefeln, einer roten Bluse und einem schwarzen Korsett, an dem eine Menge Sicherheitsnadeln, Kettchen und Knöpfe befestigt waren.

»Punk wird erst in siebzig Jahren erfunden«, kommentierte ich ihr Erscheinen.

Asrael ließ ihren Mantel ein bisschen wehen. »Ach, Eleganz ist eine Frage des Geschmacks, nicht des Zeitpunkts.«

»Wer war der Typ?«

»Einer von Gottes heimlichen Beobachtern. Er hat mindestens einen in jeder großen und alten Stadt postiert, von Archangelsk bis Zagreb. Der in Prag hieß Pius und war ein Viertelengel, dessen Bewusstsein Gott für die Schlacht mit Liliths Rebellen aus einer Universumsspalte geholt und in Engelsform gepresst hat. Er träumt davon, dorthin zurückzukehren, ist vom Lärm der Endlinge ein bisschen traumatisiert und fürchtet sich außerdem vor Schildkröten und Meerschweinchen.«

Na toll, dachte ich.

»Was kann an Meerschweinchen furchterregend sein?«

»Die Geräusche, die sie beim Pinkeln machen.«

»Hm, verstehe, die sind wirklich seltsam.«

»Ja.«

»Wozu hat Gott diese Beobachter installiert?«

»Aus Angst. Die sollen hier nach abtrünnigen Engeln und Großen Anderen schnüffeln. Außerdem suchten die natürlich auch nach Lilith.«

»Das hat sich dann wohl erledigt, was? Bei dem Chaos, das sie gerade im Dom veranstaltet.«

»Ja«, antwortete sie. »Sechs Bischöfe und ein Heiliger Zombie können schon für Stress sorgen. Die Soldaten im Dom kriegen heftig auf die Helme. Aber sie kommen fürs erste nicht mehr heraus und Lilith hat den Dom schon vor einer Stunde lärmversiegelt. Nur falls du fürchten solltest, dass hier demnächst ein kuk Regiment mit Kanonen aufzieht.«

Wie rücksichtsvoll von Lilith, dachte ich zynisch.

»Weshalb hast du mich angelogen und auf dem Weg hierher aufgehalten?«

»Damit Michael genug Zeit hat, hier mit dem Flammenschwert aufzutauchen und du ihm nicht mehr ausweichen kannst, alter Feigling!«, flüsterte sie.

Sie hielt mich also für einen Feigling?!

»Du hast sie ja nicht mehr alle!«, rief ich wütend.

Sie schaute mich an und schob die Hände in die Taschen ihrer roten Hose. Das tat sie nur, wenn sie sichergehen wollte, diese nicht spontan für irgendeinen Kampf einzusetzen. Hm, dachte ich, wenn das jetzt das Ende

319

unserer wunderbaren Freundschaft sein sollte, dann hatte ich mir das bisher immer ganz anders vorgestellt.

»Du hast Lilith allein gelassen, als Gott gegen sie in die Schlacht zog. Mit dir in ihrem Heer hätte er gekniffen.«

Das war längst nicht sicher, dachte ich.

»Das ist nicht wahr!«, verteidigte ich mich. »Gott war so drüber wegen dem Sex, dass er gar nicht anders konnte, als es auf die Spitze zu treiben. Und in einem Zug mit Lilith und mir abzurechnen, hätte ihm sogar noch in die Hände gespielt. Schon mal daran gedacht?«

An Asrael schien jede meiner Rechtfertigungen verschwendet.

»Ich war bei den Großen Anderen. Sie haben eine zuverlässige Formel dafür gefunden, die Zukunft unterkomplexer Universen vorherzusagen. Zum Beispiel die von dem der Endlinge. Die Formel hat drei Variablen. Ich habe alle drei durchgerechnet. Die Zukunft ist so furchtbar, dass ich darüber erschrocken bin. Bei zwei Varianten spielt das Flammenschwert eine entscheidende Rolle. Die dritte mögliche Variante ist zwar auch katastrophal, aber immerhin bleibt danach noch etwas von den Endlingen und ihrer Welt übrig. Gottes Geduld mit ihnen und ihrem Hang zum Zweifel und Widerspruch nähert sich dem Ende. Wir jagen ihm das Flammenschwert ab. Es ist

Zeit, Satan. Das hier ist der Anfang des Endes von Gottes Macht auf Erden.«

Ich dachte über ihre Worte nach. Das tat ich uncharakteristisch lange, weil ich das Gefühl hatte, mein Hirn sei von Enttäuschung, Schmerz und Zorn über ihren Verrat an mir vernebelt.

»Als du bei den Großen Anderen warst und da Gottes Pläne gesehen hast, das ist schon länger her, oder?«

»Ja«, gab sie zu. »Aber spielt der Zeitpunkt so eine große Rolle?«

Und ob, dachte ich. Weil der nämlich bewies, wie lange sie mich schon hinterging.

»Du hast Artemisia Jones nicht nur als deine Gefährtin für die Ewigkeit geschaffen, sondern auch als Waffe gegen Gott. Richtig?«

»Ja. Es war klar, dass er irgendwann über ihre Existenz stolpern und sich darüber aufregen würde. Keine große Leistung, das dann eskalieren zu lassen.«

»Wie?«

»Flamel. Glaubst du, dass er von allein draufgekommen wäre, dass Lilith ihre Memoiren verfasst hatte und du die vierhundertsiebenunddreißig Jahre lang von Kirche zu Basilika und von Basilika zu Dom geschleppt hast?«

Asrael, die mir bisher sehr bewusst ihre Gedanken und Erinnerungen verborgen hatte, öffnete sie mir. Ich sah, wie sich eine Hexe, die ich nicht kannte, unter ihre Schwestern mischte, die Flamel auf meinen Befehl hin in Paris verbarg. Sie war blond, rosig drall und benötigte nicht mehr als einen leicht anzüglichen Augenaufschlag, um Flamel zu Wachs in ihren Händen zu machen. Sie nannte sich Tereza, war angeblich ein Viertel- oder Halbsukkubus und tischte ihm, nach für Flamel besonders erfüllendem Sex, eine Mischung aus Wahrheit und Lüge über Lilith und deren Memoiren auf, die sie Flamel gegenüber als Anklageschrift gegen Gott deklarierte.

Monsieur Alchimist fiel selbstverständlich darauf herein und machte sich anschließend auf die Suche danach. Hm, das musste der Neid Asrael schon lassen, ein so perfektes Erinnerungsimplantat machte ihr kein anderer Engel nach.

Ich sah in Asraels Erinnerungen mich selbst – Äonen vor Flamels Geburt – beim Küssen, Streicheln und Sex mit Lilith. Nur entging uns damals offenbar, dass Michael uns beobachtete, und ihm das, was er da sah, ganz und gar nicht passte. Denn ausgerechnet Gottes Hauptspeichellecker war unsterblich in Lilith verliebt, die ihm natürlich

schon deswegen die kalte Schulter zeigte, weil er Gottes engster Berater und Arschkriecher war.

»Was sagt man dazu?«, flüsterte ich überrascht.

»Hm, ich dachte mir, dass dich das wundern würde.«

»Michael hat Gott das Flammenschwert gereicht, als der Lilith nach der Schlacht enthaupten wollte. Das ist doch absurd!«

Asraels schwarze Augen wurden grün und einige ihrer Haarbüschel begann einen langsamen Tanz umeinander. »Du bist manchmal so naiv, Bocksbeinchen. Liebe ist die Zwillingsschwester des Hasses. Wenn er Lilith nicht haben konnte, dann sollte sie auch kein anderer Engel haben. So einfach und so furchtbar.«

Mir kam der Verdacht, dass Asrael vorhin den Viertelengelspion nicht zu Gott, sondern zu Michael gesandt hatte.

Mein Zorn darüber und die Furcht, die mich vor der Zukunft der Endlinge plötzlich ergriffen hatten, brauchten ein Ventil. Ich ließ sämtliche Straßenlaternen von Prag explodieren. Das Klirren, mit dem sie zersprangen, erfüllte die Stadt. Leisetreten ist nicht mehr, dachte ich bitter.

»Er ist noch genauso zornig über Liliths Korb und Verrat an Gott wie damals, Pohaarbüschelchen. Er will sie immer noch aus Rache töten. Das kann er nur mit dem

Flammenschwert. Also wird er damit auch zum Dom kommen. Artemisia und ich sind die einzigen, denen es nichts anhaben kann. Wir werden es ihm abnehmen und damit Gott erwarten. Wollen doch mal sehen, ob ihn das nicht verhandlungsbereit macht, was die Zukunft von Lilith und deinen zwölf Endlingsseelen betrifft. Die werden nämlich dringend für den Tag gebraucht, an dem wir beide endgültig mit Gott abrechnen werden.«

Ich wollte ihr zwar glauben, dass Gottes Pläne für die Endlinge schrecklich waren. Aber ich fürchtete, dass sie naiv war, wenn sie glaubte, dass Gott sich als so vernünftig erwies, wie sie hoffte. Außerdem hatte sie sich definitiv geirrt, wenn sie darauf setzte, dass ich ihr in absehbarer Zeit verzeihen würde.

Aus der ganzen Stadt erklangen Rufe und Geräusche. Die Prager waren empört über ihre zerbrochenen Straßenlaternen. Asrael schickte sie mit einem kurzen Tanz zweier Haarbüschel in ihre Betten zurück. Morgen früh war noch genug Zeit für sie, sich über all die Scherben auf den Straßen zu wundern. Vorausgesetzt natürlich, dass es morgen früh überhaupt noch Endlinge gab, die sich darüber wundern konnten, wovon ich bei weitem nicht so fest überzeugt war wie der mädchenhafte Tod.

»Was ist, Bocksbeinchen? Verzeihst du mir?«

»Nö. Und damit hast du sogar gerechnet. Ich komme aus diesem Scheiß hier nicht heraus, ohne mit Michael zu kämpfen. Das war dir klar. Dafür hast du gesorgt.«

»Du klingst so verbittert, Bocksbeinchen.«

»Ha? Verbittert! Der Begriff, der meinen Zustand gerade beschreibt, muss erst noch erfunden werden«, brüllte ich, trat an ihr vorbei und stapfte wütend auf den Dom zu.

Asrael zog hinter mir die Nebelschleier zusammen. Aber ich hörte, dass sie mir folgte, das Geräusch ihrer Stiefelsohlen auf dem alten Pflaster und das leise Knistern des Wolkenkuhleders waren unverkennbar.

»Stop! Das war immer noch nicht die ganze Wahrheit, oder?«, rief ich in den Nebel hinein.

»Vielleicht«, antwortete Asraels Stimme aus den grauen Schwaden heraus.

»Keiner von uns ist stark genug, ewig die Verantwortung für das Flammenschwert tragen zu können. Nicht einmal du. Du hast den Großen Anderen versprochen, es ihnen zurückzubringen, oder? Aber weil die nun mal sind, wie sie sind, haben die dir einen Preis dafür genannt?«

»Möglich.«

»Was wollen sie dafür haben?«

»Keine Angst, nichts, was wir ihnen nicht geben könnten«, wich sie aus und klang dabei absolut nicht so, als ob sie wirklich bereit gewesen wäre, mit der kompletten und zweifellos sehr hässlichen Wahrheit herauszurücken.

Ich kannte Asrael. Es war zwecklos, jetzt noch weiter auf einer Antwort zu bestehen.

Hm, dachte ich, vielleicht hat Gott in seinem alten Bestseller den Ort der allerletzten Abrechnung mit der Endlingswelt falsch prognostiziert. Weil Armageddon nämlich in Wahrheit kein Pissnest in Galiläa war, sondern ein Dom in Prag.

Erde – Prag, Saal unter dem Veitsdom

Lilith stieß sich von der Wand ab, wandte sich der Tür zu und schaute einen Augenblick in den von drei altertümlichen Fackeln beleuchteten Gang hinein, den Schellinger und Tornau hinab eilten. Als die fliehenden Männer fast schon die geheime Wendeltreppe erreicht hatten, blickte Lilith über die Schulter hinweg zu den beiden Bischöfen und dem Kardinal zurück.

»Wie heißt es in deinen Kreisen, Eminenz? Launisch und listig sei das Weib?«, sagte sie, streckte ihren linken Arm aus und vollführte einige Fingerbewegungen.

Die letzte Fackel, an der Schellinger vorbeilief, flackerte auf. Ihre Flamme erfasste Haare und Anzug des Österreichers, der daraufhin innerhalb des Bruchteils einer Sekunde in Flammen stand. Er streckte die Arme aus und taumelte brüllend von Wand zu Wand. Tornau zog sein Jackett aus, warf es über den lichterloh brennenden Schellinger und versuchte vergeblich die Flammen zu ersticken.

»Tja, Bischöfchen, Frauen sind eben unzuverlässig. Und Hexen erst recht«, sagte Lilith scheinbar an keinen bestimmten Adressaten gewandt.

In dem Gang wich Tornau an Händen, Gesicht und Hals versengt von Schellinger zurück.

Der Bischof von Linz zerfiel in einem letzten wilden Aufflammen zu schwarz grauer Asche.

Der eklige Geruch nach verbranntem Haar und brutzelndem Fett, der Gang und Konferenzsaal erfüllte, erschien dem Kardinal unerträglich.

Tornau hielt sich seine versengten und verbrannten Hände vors Gesicht, starrte sie einen Moment an, brüllte dann eine unflätige Drohung und stürmte blindlings auf Lilith zu, die ungerührt an ihrem Platz verharrte.

Tornau prallte zwei Schritte vor der Schwelle zum Saal gegen eine von Liliths unsichtbaren magischen Barrieren.

Er sprang auf und rannte, endgültig außer sich vor Zorn, mit der Schulter gegen Liliths Barriere an. Vergeblich.

»Flieht, Mann! Flieht!«, rief ihm Belleneuve zu, bevor er wider besseres Wissen erneut den Exorzismus zu beten begann. Von Kleve fiel in sein Gebet ein.

So sah er zunächst nicht, dass Lilith, ungerührt von Tornaus Raserei gegen jenes unsichtbare Hindernis, auf den Tisch und die drei Männer daran zu schritt.

Von Kleve und Belleneuve, die sahen, wie ihre Gegnerin sich ihnen näherte, schrien ihr die lateinischen Worte ihres Gebets entgegen.

Der Kardinal jedoch stand hoch konzentriert mit geschlossenen Augen und zu Fäusten geballten Fingern einige Meter neben ihnen vor dem Tisch und durchsuchte verbissen seine Erinnerung nach einem Abwehrzauber, der dem Totentanz, in den seine Verschwörergruppe geraten war, endlich Einhalt gebieten könnte. Doch er ahnte, nein wusste, dass er nichts finden würde. Seltsamerweise fürchtete er sich gar nicht so schrecklich vor dem Tod, wie er es heimlich immer befürchtet hatte.

Lilith schaute den beiden Bischöfen in die Augen und brachte damit zumindest von Kleve zum Schweigen, während Belleneuve wie ein Kind, das nicht einsehen wollte, dass die Monster unterm Bett hin und wieder eben doch real sein konnten, weiterhin den Exorzismus herausschrie.

Lilith senkte den Kopf und schwang dann zweimal in einer Bewegungsabfolge, die viele Jahre später als Headbangen in die Musikgeschichte eingehen sollte, ihre rote Haarpracht vor den Bischöfen hin und her.

Beim dritten Mal öffnete der Kardinal seine Augen. Und sah gerade noch, wie die Spitzen von Liliths Haar über die Kehlen der Bischöfe strichen.

Der Bischof von Bordeaux verstummte.

Blut spritzte unter dem Kinn des Franzosen hervor und benetzte Liliths Leib.

Gleich darauf riss auch Tornau seine Hände zum Hals und presste sie gegen seine Kehle. Was nicht verhinderte, dass zwischen seinen Fingern ebenfalls Blut hervorspritzte. Der Kardinal begriff, was Lilith getan hatte, selbst wenn ihm unverständlich blieb, wie sie es angestellt hatte, mit den Enden ihrer Haarpracht die Hälse seiner Gefährten feiner aufzuschlitzen, als es selbst mit dem schärfsten Rasiermesser je gelungen wäre.

»Der schönste Schmuck einer Frau sind ihre Augen, ihr Lächeln und ihr gepflegtes Haar!«, flüsterte Lilith dem Kardinal lächelnd zu.

Vor ihr sanken die beiden Bischöfe zu Boden, wo sie schließlich zuckend und leise röchelnd innerhalb von Sekunden ausbluteten.

»Ich hätte mehr Widerstand von dir erwartet, Eminenz. Von Anfang an warst du so kontrolliert. Wo war deine Wut, wo der rasende Zorn, wo die gegen mich geschwungenen Fäuste? Ich bin beinah geneigt, dich für einen Feigling zu halten.«

Im Gang war der Bischof von Passau angesichts des Todes seiner Amtsbrüder vor zu Boden gesunken und schlug immer wieder mit der Stirn gegen Liliths Barriere.

»Gott wird das Opfer seiner Diener belohnen! Sein ist die Vergeltung!«, entgegnete der Kardinal.

»Sicher, Eminenz. Der Tod ist es bestimmt wert, in alle Ewigkeit an Gottes Plenen teilzunehmen und sich seine Vorträge über Harmonie und Enthaltsamkeit anzuhören. Wer würde *dafür* schon nicht sterben wollen?«

»Dann mach es kurz!«, sagte er und kam sich dabei tatsächlich wie ein Feigling vor.

Lilith fuhr ihm mit den Spitzen der Finger ihrer linken Hand sacht über die Brust. »Gibt nicht mehr viele, die etwas von der maurischen Gebrauchsmagie verstehen, Eminenz. Du hättest etwas so Großes aus deinem Leben machen können und die Frauen hätten dir sowieso zu Füßen gelegen ...«, flüsterte sie. Dann bewegte sie wieder ihre Finger und die Barriere, gegen die Tornau mit seiner Stirn anschlug, löste sich auf. Er fiel vornüber und blieb einen Moment regungslos liegen.

Lilith und der Kardinal sahen schweigend zu, wie Tornau schließlich jeglicher Hoffnung beraubt einige Meter auf sie zu kroch, bevor er zuletzt genug Selbstrespekt fand, um sich zu erheben und aufrecht auf sie zuzugehen.

»Worauf wartest du noch? Bring es zu Ende!«, forderte der Kardinal Lilith leise auf.

»Hm, kannst es wirklich kaum erwarten, Eminenz«, entgegnete sie

Tornau schaute quälend lange und intensiv auf die Leichen im Saal und blickte dann den Kardinal an. »Gott sieht mir meine Schwäche nach. Das wird er doch, Eure Eminenz? Er muss es! Denn Er ist die Liebe und die Gnade und wir alle wandeln in Seinem Lichte!«, sagte Tornau.

»Hörst du ihn um Mitleid betteln, Eminenz? Sag du diesem Wurm von einem Mann, dass Gott Verrat niemals vergibt!«, forderte Lilith ihn auf.

Doch Rodrigo Gutierrez, Kurienkardinal, Verschwörer und machtloser Gebrauchsmagier, schwieg. Er tat es, weil er sich ebenso davor fürchtete, dass sie Recht haben könnte wie davor, dass sie log.

»Was haben wir getan, Bruder? Wie soll man uns das jemals verzeihen? Du und deine Machtgier!«, rief Tornau plötzlich und wies auf Lilith dabei. »Du hast sie über uns gebracht! Du trägst an allem hier die Schuld!«

»Na, Eminenz? Was sagst du denn dazu? Der kleine Bischof hat endlich einen Schuldigen gefunden! Bravo!«, lächelte Lilith und klatschte dabei in die Hände.

»Reiß dich gefälligst zusammen, Bruder!«, forderte der Kardinal den letzten der Bischöfe auf, der jetzt keine zwei Schritt von ihm entfernt vor ihm stand und ihn entgeistert ansah.

Lilith füllte ihm Magen, Hals und Nase mit Wasser. Der Bischof von Passau würgte heftig und spuckte leuchtend grüne Fische aus, die herabfielen und hilflos auf den Steinplatten zappelten. Voller Schrecken und Todesangst fiel Matthias Tornau dem Kardinal um den Hals, als hoffte er, dort Halt und Rettung zu finden, wo es weder das eine noch das andere gab. Dennoch schlang der Kardinal seine Arme um den Ertrinkenden.

Lilith betrachtete den Sterbenden einen Augenblick und wies dann mit traurigem Blick über die Leiber der Toten.

»Ein feste Burg ist unser Gott. Eine gute Wehr und Waffen. Er hilft uns frei aus aller Not, die uns jetzt hat betroffen!«, sang Lilith in ihrer schönen vollen Altstimme, während der Kardinal den Toten sanft zu Boden gleiten ließ.

Lilith unterbrach ihren Gesang und legte kichernd die Hand auf die Lippen. »Oh, entschuldigt, das war die falsche Konfession, was?«

Der Kardinal kniete nieder, bekreuzigte sich und ging dann ungehindert von totem Bischof zu totem Bischof, um ihnen ein letztes Gebet zuzuflüstern und sich über ihnen zu bekreuzigen. Er achtete dabei peinlichst darauf, keinen der zappelnden Fische zu zertreten, die um Tornaus Leiche lagen.

Bevor er die Schwelle zum Saal übertrat, um auch Schellinger seinen Trost zu widmen, schaute er zu Lilith zurück.

»Wozu das? Du bist zu klug, um uns persönlich für das Leid deiner Hexenschwestern verantwortlich zu machen. Also warum?«, fragte er müde und in einer Art, als erwarte er nicht ernsthaft eine Antwort.

»Um Gott herauszufordern. Vielleicht lass ich dich sogar lange genug am Leben, um euch einander vorzustellen?«

Erde – Prag, Seitenkapelle im Veitsdom

Famels Seele hielt es immer noch in seinem Kopf. Er empfand keine Schmerzen, sah man einmal von der stechenden Kälte ab, die ihn durchdrang. Der verdammte Frosch saß jetzt allerdings zehn Zentimeter von seinem Gesicht entfernt auf einer Steinplatte und tat seltsame Dinge. Denn er lag flach atmend, alle Viere von sich gestreckt auf dem Rücken und gab in regelmäßigem Abstand hohe Pfeifgeräusche von sich. Hin und wieder schwang er seine Hinterläufe und rutschte so über den rauen Boden.

Das war es also, auf diese Weise und an diesem Ort wird es enden, dachte Flamel. 534 Jahre und was hatte er vorzuweisen? Nichts! Nun ja, nicht ganz und gar nicht Nichts, aber dennoch deutlich zu wenig für eine so lange Lebensspanne und einen so erhabenen Intellekt wie den seinen. Nicht einmal seine Rolle bei der Rettung der Hexen würde in den Geschichtsbüchern vermerkt werden, weil er die in Satans Auftrag und im Verborgenen erfüllt hatte. Ein paar von ihm verfasste Bücher und Texte, die heute längst niemand mehr las, setzten seit Jahrhunderten in den Universitätsbibliotheken Staub an oder wurden bei

den Antiquaren gehandelt. Übrigens, wie ihm durchaus klar war, für erbärmlich niedrige Summen.

Hingegen – dieses Weib Jones! Seit Stunden kämpfte die mit jenem Monster, dass Lilith geschaffen hatte, kurz bevor die sich in den Untergrund gebohrt hatte und verschwunden war.

Die Soldaten, die vor einiger Zeit in den Dom geeilt waren, lagen verwundet oder erschöpft am Boden und hatten längst aufgegeben. Ihre Versuche Verstärkung herbeizurufen, blieben erfolglos und nur ihr junger Offizier schien einen letzten Rest Kampfeswillen in sich zu tragen. Doch er war am linken Arm und beiden Beinen verwundet und wäre zweifellos tot, hätte dieses Weib Jones nicht vor einiger Zeit Liliths Monstrum von ihm weg und in eine der Seitenkapellen gelockt. Wo es jetzt seltsamerweise mit einem von seinem Kreuz herabgestiegenen Jesus focht, aus dessen wurmstichigen Leib bei jedem neuen Treffer des Ungeheuers feiner Holzstaub entwich.

Die Heilige Mutter Kirche, die er heute noch so tief verachtete wie vor fünfhundert Jahren, lehrte zwar, dass es richtig sei, Hoffnung schon allein um der Hoffnung willen zu hegen. Aber Flamel war Hoffnung gänzlich abhandengekommen. Trotz des Kampflärms hörte er jetzt deutlicher als zuvor eine der Katzen miauen, der es zweifellos

336

eine Freude und ein Genuss sein würde, sich den Frosch einzuverleiben.

Obwohl es ihm nie gelungen war, dessen Geschlecht klar zu verifizieren, war Flamel überzeugt, dass es sich bei seinem Frosch um ein weibliches Exemplar handeln müsse. Er hatte einfach kein Glück bei den Frauen. Seine weibliche Pechsträhne hatte bereits bei seiner selbstgefälligen Mutter mit ihrem ständigen Befehlston begonnen. Auf sie folgten Perenelle, die sich allzubald nach ihrer Hochzeit als garstige Sirene entpuppt hatte, und auf die wiederum jene altkluge Miss Jones und diese mörderische Dämonin, die ihn vorhin wortwörtlich einen Kopf kürzer gemacht hatte. Die einzige Frau in seinem langen Leben, die ihm keinen Kummer gebracht hatte, war die dralle Tereza gewesen. Selbst wenn die eines Nachts plötzlich verschwunden gewesen war und ihre Hexenschwestern später behaupteten, dass sie sich nicht an sie erinnern könnten.

Flamel schloss erbittert die Augen, weil er nicht zusehen wollte, wie eine der Katzen den Frosch fraß und ihn damit tötete.

So versäumte er, wie der Frosch sich unter einigen gequälten Quacklauten auf seine Hinterbeine stellte und die Vorderpfoten dazu nutzte, sich im wahrsten Sinne des

Wortes selbst die trockene alte Haut abzuziehen, unter der eine feucht schimmernde neue sichtbar wurde. Woraufhin das Tierchen sich umblickte und erneut nach dem nächsten wärmsten Punkt suchte. Obwohl Flamels Kopf allmählich auskühlte, war er immer noch wärmer als seine Umgebung, weswegen der Zeitfrosch beabsichtigte, ihn erneut als Heizgelegenheit zu gebrauchen.

Flamel versäumte neben der Häutung des Frosches auch ein anderes Ereignis. Eine der Katzen sprang hinter einem Farbeimer hervor und schlich sich an den Zeitfrosch heran, zweifellos in der Absicht, aus ihm ein Nachtmahl zu machen.

Der Zeitfrosch sprang zu Flamels Kopf, berührte den dabei an der Nasenspitze und löste so erneut eines jener für Flamels Kopf so schmerzhaftes Niesen aus.

Das Niesgeräusch verschreckte die Katze.

Endlich schlug der Alchimist die Augen auf und sah.

Erde – Prag, Kirchenschiff im Veitsdom

Miss Artemisia Jones war in ihrem Kampf mit dem Reliquienmonster eine dringend nötige Atempause vergönnt, denn seit einiger Zeit schlug es abwechselnd mit dem inzwischen recht bröckeligen Statuenarm auf einen Holzstaub absondernden Jesus oder eine mit metallenen Reliquienverpackungen bewaffnete Heiligen Jungfrau ein, die aus einer der gegenüberliegenden Seitenkapellen herübergestapft war.

Am Hochgrab, etwa sieben Meter entfernt, lag immer noch Flamels Leiche, der näherzukommen Artemisia nicht wagte. Aber der Alchimist hatte sein Leben riskiert, um an den geöffneten Sarkophag zu gelangen, weswegen Artemisia sicher war, dass sich darin tatsächlich etwas von großem Wert verbarg.

Selbst wenn sich Flamel als Lügner und Intrigant entpuppt hatte, war er eines ganz sicher: Ein Büchernarr. Es erschien ihr mehr als unwahrscheinlich, dass sich Lilith ihr falsches Grab mit einem Buch geteilt hätte, das für sie keine Relevanz besaß. Und falls es sich tatsächlich um jenes Buch handeln sollte, das Flamel ihr versprochen hatte, wäre es um so besser. Texte, die Anweisungen darüber enthielten,

wie man die Unsterblichkeit gesund an Leib und Seele überstand, waren wirklich nicht breit gesät.

Artemisia war klar, dass ihr nicht viel Zeit blieb. Dem Holzjesus fehlten bereits ein Auge und der linke Unterarm. Er würde nicht mehr lange durchhalten. Sie setzte jedoch einige Hoffnungen in die Heilige Jungfrau Maria, die weiter kräftig, wenn auch ein wenig ziellos, um sich prügelte. Ihr Widerstand sollte noch lange genug andauern, um Artemisia zu gestatten, das Buch aus dem Sarkophag zu ziehen, aus dem Dom zu fliehen und irgendwo auf dem Hradschin Verstärkung für die armen Soldaten zu alarmieren, die entweder verwundet im Hauptschiff herumlagen oder sich bleich und steif vor Angst in eine der Seitenkapellen geflüchtet hatten.

Sie lief geduckt durch das Seitenschiff auf das Hochgrab zu und sprang über einen zerbrochenen Offizierssäbel, der im Hauptgang umherlag. Sie glitt aus und fiel hin, rappelte sich aber wieder auf und schaffte es gerade noch bis zum Hochgrab, bevor der Heilige Zombie mit einem gewaltigen Treffer von Wenzels Schwert den Holzjesus einmal in der Mitte spaltete und ihn damit endgültig außer Gefecht setzte.

Artemisia stand aufgeregt und außer Atem direkt vor Flamels kopfloser Leiche, aus der eine erstaunliche

Menge Blut geflossen war, das um den Sarkophag eine Lache bildete.

Sie würgte vor Ekel, bevor sie genug Mut fasste, in die Blutlache zu treten, um in den Sarkophag blicken zu können. Hah, dachte sie, und dabei gilt Bibliothekarin als die perfekte Profession für Heimchen und besonders lyrische Gemüter. Wenn die Leute nur wüssten, was zuweilen nötig war, um an ein seltenes Buch oder Manuskript zu gelangen, sie würden sich für das naive Klischee in Grund und Boden schämen.

Hastig wandte trat sie über die Lache hinweg und wandte sich dem Innern des Sarkophags zu. Dort lag tatsächlich ein Buch, das eigentlich eher einer Kladde glich. Sie griff danach und fummelte es zwischen einigen Lumpen und einer antiken Öllampe hervor. Es erwies sich als schwerer, als sie erwartet hätte. Sie klemmte das Manuskript unter den linken Arm und schaute zu dem Fenster, durch das sie vorhin ins Kirchenschiff gelangt war. Das Gerüst darunter war bei einem der Kämpfe mit dem Reliquienmonster teilweise umgestürzt.

Erde – Prag, Seitenkapelle im Veitsdom

Miss Jones bewegte sich mit hastigen Schritten auf ihn zu.

War das etwa die Gelegenheit, auf die er längst nicht mehr zu hoffen gewagt hatte? Er blinzelte einige Male und sah, wie Miss Jones tatsächlich aus vollem Lauf abrupt verharrte und zu ihm schaute. Er versuchte etwas zu sagen, sie um Hilfe zu bitten, weil er plötzlich sicher war, dass alles gut werden würde, sollte sie seinen Kopf nur wieder in die Nähe seines Leibes bringen und dabei nicht vergessen, den Frosch mitzunehmen.

Doch ohne eine Verbindung zu seiner Lunge und mit gequetschten Stimmbändern war es ihm unmöglich, ein Wort hervorzubringen.

Erde – Prag, Seitenkapelle im Veitsdom

Artemisia Jones, die Liliths Anklageschrift gegen Gott aus dem Sarkophag gefischt und unter ihren Arm geklemmt hatte, eilte auf das Seitenschiff zu, über das sie das Gerüst zu erreichen hoffte, das sie nach draußen bringen sollte, als sie aus dem Augenwinkel eine merkwürdig bunte Bewegung wahrnahm und abrupt stoppte.

»Ja, wer bist du denn? Du bist ja niedlich. Was machst du denn hier, hm? Beinah wäre ich auf dich getreten!«, flüsterte sie, beugte sich, ohne den entsetzten Ausdruck in Flamels Augen zu beachten, nach unten, hob den Frosch auf und barg ihn in den Falten ihres Schornsteinfegerhemdes.

Es war ihr nicht klar, dass die ihr verzweifelt hinterher starrenden Augen brachen, als sie kaum drei Schritte weit gegangen war, aber nach all dem Ärger, den Flamel ihr eingebrockt hatte, wäre es ihr vermutlich auch gleich gewesen.

Artemisia eilte auf das halbzerstörte Gerüst zu. Hinter ihr zerbröselte der heilige Zombie eben seinen steinernen Statuenarm am Kopf der Heiligen Maria und schlug mit einem Kieferknochen und Wenzels Schwert weiter auf sie ein, was die Heilige Mutter Gottes beantwortete, indem

sie mit den Überresten des zerbrochenen Holzjesus zurücksemmelte.

Miss Jones ignorierte das Getöse und wollte sich eben auf das Gerüst schwingen, als plötzlich eine Stimme von irgendwo über ihr sagte:

»So nicht, meine Liebe!«

Artemisia hielt inne und hob verdutzt den Kopf, was sich als begrenzt gute Idee erwies. Denn über ihr schwebte Lilith in ihrer Yogapose, trat Artemisia gegen die Schläfe und schickte die junge Bibliothekarin so auf die Bretter.

Erde – Prag, Saal unter dem Veitsdom

Kardinal Rodrigo Gutierrez blickte über die Leichen seiner Mitverschwörer und zweifelte an sich und seinem Glauben.

Eben noch hatte die Dämonin ihn mit ihren Lügen verwirrt, er hatte sein letztes Stündlein kommen sehen und mit einem stillen Gebet versucht, seinen Frieden damit zu machen. Doch dann hatte sie sich von ihm abgewandt und unflätig geflucht, um anschließend den Saal zu versiegeln, den Gang hinab zu der geheimen Wendeltreppe zu schweben und dort aus seinem Blickfeld zu verschwinden.

Der Kardinal hatte keine Gnade erwartet. Ihn allerdings hier in diesem Kellergewölbe mit den Leichen der gemeuchelten Bischöfe einzusperren, bis entweder alle Luft verbraucht oder er wahnsinnig geworden war, erschien ihm besonders grausam.

Er kniete sich zwischen seine getöteten Mitverschwörer und begann ein Gebet für sie zu sprechen, das ihm seltsam ungelenk aus den Gedanken und über die Lippen kam. Je konzentrierter er neu zu seinem Gebet ansetzte, umso schwerer fiel es ihm.

Dieses Weib, fürchtete er, hat mir mit einem ihrer Zauber das Hirn vergiftet. Die Leichen seiner Brüder

begannen allmählich, seltsam zu riechen und er ahnte, dass dies nur der sehr betuliche Anfang eines sich stets weiter verschlimmernden Zustands sein konnte. Bevor ich hier ersticke, verdurste oder verhungere, dachte er, werde ich an ihrem Gestank verrecken!

Es musste einfach ein Mittel existieren, den Bann der Dämonin aufzuheben und aus diesem Höllenloch zu entkommen!

Erde – Prag, Kirchenschiff im Veitsdom

D u!«, zischte Lilith, schaute mich an und baute sich breitbeinig vor dem Altar auf.

»Ich«, antwortete ich kleinlaut angesichts meines Schuldbewusstseins und ihres Zorns.

»457 Jahre, acht Tage, sechzehn Stunden und dreiundzwanzig Minuten!«

Hinter Asrael und mir marschierte klirrend und ächzend der heilige Zombie auf uns zu. Während seines Marsches sammelte er steinerne Statuenarme, die er seiner Gestalt hinzufügte, sodass er jetzt eher an Kali als an einen christlichen Schläger erinnerte. Außerdem sorgte Lilith dafür, dass rundum einige der Statuen und Jesusfiguren von ihren Podesten oder Kreuzen herabstiegen und sich hinter ihr zu einem kleinen Heer viertelbeseelter Untoter sammelten.

»Hilft es, wenn ich schwöre, dass ich es gut gemeint habe?«

»Nein!«, sagte sie und begann mich mit Ratten und Mäusen zu bewerfen, die sie aus den unzähligen Löchern und Verstecken des Doms hervorzitierte. Die Viecher flogen irre schnelle und quiekten dabei erbärmlich. Ich riss die Hände vors Gesicht und duckte mich vor dem Nagerhagel.

»Hör auf, mit Tieren zu werfen! Das tut denen doch weh!«, mahnte Asrael.

Lilith hörte auf, uns zu bewerfen. Dafür ließ sie es über mir schneien. Große, kalte Flocken, die auf meine rote Haut fielen und mir Frostschauer durch den Leib jagten.

»Gott war bereit, dich töten zu lassen, als er davon hörte, dass du Gutenberg in Mainz dazu gebracht hast, die beweglichen Lettern zu erfinden und es nicht die Bibel sein würde, die als erstes Buch gedruckt werden würde, sondern deine Memoiren. Das hier ist der Anfang vom Ende von Gottes Macht. Wir haben dich versteckt, weil wir dich dafür brauchen, ihn vom Thron zu stoßen«, sagte Asrael ganz ruhig.

Ich beendete den Schneeschauer mit einem Stoß Gebrauchsmagie.

»Du lügst. Und er auch«, sagte Lilith und ließ dazu kleine Flammen aus ihren Fingerspitzen züngeln. Das fand ich unfair. Flammenfingerspitzen waren eines meiner unverwechselbaren Erkennungszeichen.

Asrael schlug einen Bann über sämtliche irdische Lebewesen im Dom, inklusive der Soldaten, die sich vor Angst, Erstaunen oder in einer Mischung aus beidem in die Hosen gemacht hatten.

»Satan hat mich bei der Rebellion der Engel alleingelassen und du hast auch keinen Finger in der Schlacht gerührt. Weshalb sollte ich euch trauen?«

Am Boden um mich herum wimmelten verstörte Ratten, Mäuse und Katzen, auf die Asraels Bann nur bedingt wirkte.

»Zum Beispiel, weil ich dir nach der Schlacht das Leben gerettet habe?«

Nirgendwo hatte ich bisher eine Spur von Miss Jones entdecken können. Das machte mir Sorgen

»Wo ist Miss Jones, Lilith?«, fragte Asrael

»Wer ist Miss Jones?«

»Die unsterbliche Bibliothekarin, die Satan und ich geschaffen haben.«

Lilith schürzte die Lippen und zog die rechte Augenbraue herauf. »Weiß ich nicht. Ich habe vorhin Flamel enthauptet und unter dem Dom ein paar Bischöfe getötet, die gerade darüber berieten, wie sie den Papst umbringen und die Welt um ein paar Jahrhunderte zurückdrehen könnten. Ein Kardinal ist noch übrig. Der beherrscht übrigens ein bisschen maurische Gebrauchsmagie in der toledonischen Variante.«

Mir lag der Mann nicht sonderlich am Herzen. Ganz im Gegensatz zu Miss Jones.

»Tot kann die Bibliothekarin ja nicht sein, wenn sie unsterblich ist. Also alles nur halb so schlimm!«, schob Lilith ein wenig schuldbewusst nach.

»Gott war bereit, dich einen Kopf kürzer zu machen, als er von dem Gutenberg-Debakel hörte. Schon wieder! Wir haben dich vor Gott versteckt, weil wir dich dafür brauchen, ihn endgültig abzusetzen. Aber Miss Jones brauchen wir dazu auch. Ich habe vorhin in der Hölle gesehen, wie du mit ihr gesprochen und deinen Zombie auf sie gehetzt hast. Wo ist sie?«

Lilith kratzte sich verlegen am Hals, wo einige Schlieren Bischofsblut auf ihrer Haut angetrocknet waren und jetzt allmählich abblätterten. Schließlich blies sie beleidigt die Wangen auf. »Sie hat erwähnt, dass sie von dir und Asrael geschaffen worden sei. Das klang allerdings nicht überzeugend, deswegen hab ich sie nicht ganz ernst genommen.«

Ich hielt dies für den passenden Zeitpunkt, mit der großen Informationskeule um die Ecke zu kommen. »Jeden Moment wird Michael mit dem Flammenschwert hier auftauchen. Er ist bereit, zu Ende zu bringen, was Gott damals nach der Schlacht angefangen hat. Und dieses Mal werden es nicht mehr deine Flügel sein, die er mit dem Ding abschlägt!«

»Was? Michael? Dieser verklemmte Schaumschläger?«

»Er liebt dich. Schon von Anfang an. Aber du hast ihm ständig Körbe gegeben und mit Satan Sex gehabt. Inzwischen ist er zu allem fähig!«, erklärte Asrael.

»Bisher habt ihr euch am Ende mit Gott und seinen Speichelleckern immer arrangiert. Weshalb der plötzliche Sinneswandel?«

Das ist unfair von ihr, dachte ich ärgerlich, nur weil ich nicht mit ihrer Rebellenarmee die ganz große romantische Geste zelebriert hatte, hieß das noch lange nicht, dass ich mich mit dem alten Korinthenkacker abgefunden oder gar arrangiert hätte. Ein warnender Blick von Asrael hinderte mich jedoch daran, Lilith zu antworten.

»Miss Jones, Lilith?«

»Möglich, dass ich da etwas falsch gemacht haben könnte«, gab sie zu und ging an uns vorbei zu Nepomuks Grab, dessen gewaltigen silbernen Sarkophagdeckel sie mit zwei Fingern und pikiert angeekeltem Gesichtsausdruck beiseite schob. »Ich hab sie für eine von Gottes Agentinnen gehalten.«

Miss Jones Kopf und Oberkörper tauchten über dem Rand des Sarkophags auf. Ihre Frisur war ruiniert und ihr buntgeflecktes Hemd schmutzig und zerrissen. Aber immerhin war sie in einem Stück und bei vollem Bewusstsein.

»Dunkler Herr?«, sagte sie und sprang dann aus dem Sarkophag. Der Deckel allein hätte sie dort bestimmt nicht halten können. Also hat Lilith da wohl magisch nachgeholfen, dachte ich.

Die erstaunliche Miss Jones war kaum aus dem Sarkophag heraus, als sie auch schon auf Lilith losging. »Du Monster! Ich habe stundenlang mit deinem Ungeheuer gekämpft! Und sieh nur, was das mit den armen Soldaten angerichtet hat! Schämst du dich gar nicht?«

Oi, das könnte schiefgehen, dachte ich. Lilith schüttelte jedoch nur überheblich den Kopf.

»An Ihrer Stelle würde ich mit meinen Kräften haushalten, meine Liebe! Falls Sie mein schlichter Lakai bereits überfordert hat, sollten Sie besser zuschauen, dass Sie zurück in Ihr Loch kriechen, und erst gar kein Wort von dem hören, was Asrael zu sagen hat.«

Die gegenseitige Abneigung der beiden knisterte geradezu in der Luft.

»Ich bin unsterblich. Ich halte eine Menge aus. Und ich lasse ganz sicher keine Lakaienzombies für mich kämpfen. Als unabhängige Dame kämpfe ich selbst. Eine Frage der Ehre, wissen Sie?«, entgegnete Miss Jones.

Lilith ignorierte jedoch die sarkastische Herausforderung in Artemisias Antwort und schaute Asrael an, als ob

sie darüber nachdächte, die ebenso zu verprügeln, wie sie offensichtlich Miss Jones verprügelt hatte. Zu meiner Erleichterung entschied sie sich dagegen.

»Ich kenne euch! Ihr habt euch nicht einfach so plötzlich dazu entschieden, Michael zu verprügeln und Gott herauszufordern. Dazu gab es einen Anlass. Und weil Satan zu träge ist, sich um mehr zu kümmern als seine blöde metaphysische Müllhalde, gehe ich davon aus, dass Asrael hinter unserer Zusammenkunft steckt.«

»Stimmt!«, gab ich zu.

Lilith richtete ihre Blicke auf Asrael. »Was hat Gott angestellt?«

Der mädchenhafte Tod forderte Lilith und Artemisia, die sie misstrauisch beäugte, dazu auf, ihr die Seelen zu öffnen, um es ihnen zu zeigen. Dass sie mich nicht gesondert aufforderte, nahm ich ihr zwar übel, aber ließ sie dennoch in mein Bewusstsein hinein.

Ich bereute es.

Denn Asrael zeigte uns, was sie bei den Großen Anderen gesehen hatte, als sie deren Formel zur Zukunftsberechnung auf Gott und die Dimension der Endlinge anwandte. Sie zeigte uns nacheinander die beiden furchtbarsten Varianten.

Meine Pohaare stellten sich auf und mir wurde speiübel.

»Das ... unfassbar ... unmöglich! Dazu sind Menschen nicht fähig! Dazu ist Gott nicht fähig, oder?«, stotterte die zutiefst erschütterte Miss Jones.

Zuletzt zeigte uns Asrael die dritte – am wenigsten katastrophale – Version. Einen Teil aller drei Versionen hatten mir meine Finsterlingskommissionen bereits vorhergesagt, doch deren Prognosen reichten nur bis zu einem gewissen Punkt. Die statistischen Ausschläge der Todeszahlen der Jahre 1914 bis 1918 hatte ich bereits eingepreist. Die waren furchtbar genug. Was dem folgte, stellte dies allerdings mühelos in den Schatten. In einen extrem tiefen und pechschwarzen Schatten. Aber immerhin war diese Variante der Zukunft, trotz all der unerhörten grausamen und unverzeihlichen Dinge, die der Welt und den Endlingen darin bevorstanden, wirklich um einiges weniger katastrophal als die beiden übrigen.

Miss Jones schien sprachlos vor Schrecken, Lilith wirkte verstört und ich war erschüttert.

»Weshalb? Er hat doch bisher so viel von den Endlinge gehalten!«, fragte Lilith, die wie wir alle eben gesehen hatte, wie, wozu und wann Gott das Flammenschwert zum

nächsten Mal einsetzen würde, sollten wir es ihm nicht abjagen können.

»Gott hat die Endlinge aus dem Blick verloren. Er weiß es bloß nicht und er *will* es auch gar nicht wissen. Er hält sich ewig mit diesen Plenen auf und setzt ständig Arbeitsgruppen ein, die jeden neuen Vorschlag zur Verwaltung und Erziehung der Endlinge ewig überprüfen, zerreden und wegen absurdester Bedenken abwählen. Obwohl er sie in Wahrheit im Stich gelassen hat, ist Gott absolut überzeugt, dass die Endlinge ihm vertrauen und seine Regeln befolgen. Aber diese Regeln sind uralt. Die Endlinge ignorieren sie und immer mehr von ihnen vergessen Gott. Evolutionsmoralisch betrachtet sind Menschen gerade mal in ihrer Pubertät angelangt und als Teenager herrscht bei denen ständiger Hormonfasching. Der führt nun mal zu fragwürdigen Entscheidungen. Aber sobald Gott einsieht, dass die Endlinge ihn vergessen haben, wird er genauso überreagieren wie seinerzeit, als Lilith ihn herausforderte. Dann schwingt er das Flammenschwert und es geschieht das, was ich euch eben in den ersten beiden Zukunftsvisionen gezeigt habe.«

Wir schwiegen eine ganze Zeit lang. Es gab sowieso nichts zu sagen, fand ich. Außer vielleicht: Scheiße.

Miss Jones sah das anders.

»Dunkler Herr? Wie genau muss man sich dieses Flammenschwert konkret vorstellen und wie gedenkt ihr es einem Erzengel abzujagen?«, erkundigte sie sich. »Die Bibel und die übrigen religiösen Texte sind in der Beziehung ziemlich vage.«

»Pfft! Die Frage ist eher, weshalb Michael immer noch nicht aufgetaucht ist. Bei all dem metaphysischen Lärm, den ich veranstaltet habe, müsste der längst da sein«, warf Lilith ein.

»Asrael hat zusätzliche Abzweigungen in den Schwarze Loch Surfweg hierher eingebaut. Ich habe mich vorhin auch ziemlich verspätet«, erklärte ich.

»Na toll, als ob's noch nicht genug ist, dass er krank vor Eifersucht ist, kommt er auch noch wütend über Asraels Umwege hier unten an?«

»Was ist denn nun ein Flammenschwert?« bestand Miss Jones auf einer Antwort.

»Sag es ihr, Satan!«, forderte mich Lilith auf. Wohl weil sie erwartete, dass Miss Jones von meiner Beschreibung sowieso überfordert sein würde.

»Engel können bis zu einem gewissen Grad Materie verändern. Was Endlingen wie Magie erscheint, ist eigentlich Elementarphysik und wäre einfach zu erklären, falls ich mich damit hier aufhalten wollen würde. Was ich

356

aber nicht will. Das Flammenschwert, das Gott sich von den Großen Anderen beschafft hatte, kann Materie nicht nur verändern, sondern komplett *auslöschen*. Außerdem können Vollengel es in so ziemlich jegliche Form bringen, die ihnen so einfällt. Auch wenn Gott es in Form eines Schwertes genutzt hat, ist seine ursprüngliche Form eine kleine, heiße goldene Kugel, die heller strahlt als eine Sonne.«

Miss Jones schaute nachdenklich auf Nepomuks Sarkophag.

»Hah! War doch klar, dass sie es nicht begreift!«, zischte Lilith gehässig.

Bevor die beiden eine neue Runde in ihrem Streit einläuteten, wechselte Asrael eine Reihe von grimmigen Blicken mit Lilith und Miss Jones.

»Ich habe einen Plan, den ich euch mitteilen sollte«, sagte Asrael.

Endlich dachte ich, die Stimme der Vernunft.

Fünfter Teil

Liebesakte

«We are all in the gutter, but some of us are
looking at the stars.»
Oscar Wilde, 1891, aus «Lady Windermere's Fan»

Erde – Prag, Kirchenschiff im Veitsdom

Mit einem grellen Licht, das alle Anwesenden dazu zwang, die Augen zusammenzupressen, erschien Michael vor dem Altar. Wie es von Gott nach der Rebellion der Engel angeordnet worden war, trug er einen weißen Lendenschurz vor dem Gemächt und hatte seine Haare zu einem Pferdeschwanz zusammengerafft. Seine Flügel waren braun mit weißen Streifen und Flecken, seine Augen blaugrau und in seiner linken Hand hielt er das Flammenschwert, das nur noch mäßig strahlte.

»Bruder Michael! Wie geht's?«, begrüßte ich ihn. Ich stand hinter Lilith, der ich den Arm um die Schultern gelegt hatte, während ich mit den langen roten Fingern meiner anderen Hand zärtlich über ihre linke Brust strich. Die Inszenierung war Teil von Asraels Plan, weswegen Lilith gute Miene zum bösen Spiel machte. Denn in Wahrheit hätte sie zweifellos nichts lieber getan, als mich weiter entweder mit Nagern zu bewerfen oder mir jedes Pohaar einzeln auszureißen.

Michael saugte unseren Anblick gierig in sich hinein. Dann öffnete er seinen Mund und warf Asraels schönen Plan völlig über den Haufen.

»Ihr Narren! Ihr solltet euch auf den Kampf eures Lebens vorbereiten, statt miteinander zu tändeln! Gabriel ist mit einer Streitmacht unterwegs, um Lilith gefangen zu setzen und vor Gottes Thron zu schleppen!«, schrie er.

Das war – vorsichtig formuliert – nicht ganz die Reaktion, die wir erwartet hatten.

»Gott würde es nicht wagen, Gabriel mit einer Streitmacht auf die Erde zu schicken. Das bliebe niemals verborgen und würde zu großer Unruhe unter den Endlingen führen!«, entgegnete Asrael.

»Gott ist außer sich, weil Lilith hier unter dem Dom sechs Bischöfe getötet hat, die eine entscheidende Rolle in Seinem Plan zur moralischen Neuausrichtung der Endlinge gespielt haben.«

Lilith atmete scharf ein und aus und funkelte Michael zornig an. »Diese Gossenfische hatten vor, den Papst zu vergiften und die Kirche zurück ins Mittelalter zu führen! Inklusive Hexenverbrennungen! Einer von ihnen träumte sogar von einem neuen Kreuzzug gegen Ungläubige und Abtrünnige. Die Vergangenheit soll also Gottes Plan für die Zukunft sein?«, schimpfte sie.

Ich hielt sie fester umklammert. Bei Lilith wusste man nie, und angesichts der aufrichtigen Furcht und Besorgnis

in Michaels Blicken zweifelte ich nicht an der Wahrheit seiner Worte.

»Asrael glaubt, du seist gekommen, um mich aus Eifersucht und Zorn zu töten!«, fügte Lilith hinzu. Jedes Wort war in seiner Betonung so scharf wie das Flammenschwert in Michaels Händen.

»Ich? Ich bin hier, weil ich Gott die Gefolgschaft versagt habe, als er mir befahl, dich zu ihm heraufzuholen, damit er dich verurteilen und Gabriel dich hinrichten kann! Es hat zweitausend Vollplenen und achtzig Arbeitsgruppen gebraucht, um Gottes Plan mit den Bischöfen in Gang zu setzen. Jeder Engel, der diese Tortur durchmachen musste, ist inzwischen so wütend auf dich, dass sie Applaus spenden werden, wenn Gabriel dir den Kopf abschlägt! Und genau das wird er tun, sobald er mit seiner Streitmacht diese seltsamen neuen Sackgassen und Umwege auf dem Schwarze-Loch-Surfweg überwunden hat und hier eintrifft.«

Gott ist tatsächlich wahnsinnig geworden, dachte ich und warf Asrael einen langen, fragenden Blick zu. Sie schien ebenso besorgt darüber wie ich. Doch sie verbat mir den Eintritt in ihr Bewusstsein, sodass es unmöglich war, in ihren Gedanken zu lesen.

Ich schaute über das spärlich beleuchtete Kirchenschiff, sah dort die Reste des heiligen Zombies, den Lilith geschaffen hatte, und die unter Asraels Bann geschlagenen Soldaten, deren Wunden immer noch bluteten und die auf mich so verletzlich und machtlos wirkten wie Marienkäfer im November. Hier soll das Ende sein, dachte ich. Ausgerechnet hier würde es zur letzten Schlacht kommen zwischen Gottes Traum einer strikt nach seinen Vorstellungen geordneten Welt und meiner Überzeugung, dass Vernunft stärker sei als Glaube und den Endlingen das Recht darauf zustand, ihr Schicksal selbst in die Hand zu nehmen.

Na gut, sprach ich mir selbst Mut zu, es gibt sicher schlechtere Orte als diesen, um sich mit Gottes bevorzugtem Engel zu messen. Angesichts des Chaos und der toten Bischöfe im Keller konnte sogar der Veitsdom in Prag inzwischen als höllisch genug durchgehen, um ihn zu einem passenden Ort für meine entscheidende Schlacht zu qualifizieren.

Michael und Gabriel haben seit jeher um die sehr zweifelhafte Ehre gebuhlt, Gottes hingebungsvollster Speichellecker sein zu dürfen, weswegen er ihnen abwechselnd auch die Verantwortung für die fachgerechte Verwahrung des Flammenschwerts übertragen hatte.

Immerhin war Michael so vorausschauend gewesen, es mitzubringen. Was uns eine deutliche Überlegenheit im Kampf gegen Gabriels Engelsstreitmacht verschaffen sollte.

Im Gegensatz zu Asrael hielt Michael sein Bewusstsein nicht vor mir verschlossen, weswegen ich sicher sein konnte, dass er nicht log. Ich sah keinen Grund, seine Offenheit mit Verschlossenheit zu beantworten und sperrte mich so nicht dagegen, dass auch er zumindest in Teilen meines Bewusstseins lesen konnte.

»Falsch, Satan! Dieses Flammenschwert ist nicht mehr das einzige. Gott hat es kopiert. Es gibt inzwischen sieben davon, für jeden Erzengel eines. Und Gabriel wird sie alle hierher mitbringen«, beantwortete Michael laut und unmissverständlich deutlich meine wohl zu optimistischen Gedankengänge.

»Wie konnte er die Schwerter kopieren, ohne dass die Großen Anderen davon wussten?«, fragte Asrael scharf.

»Die Großen Anderen? Die sind so träge und zu sehr mit sich selbst und ihren überkomplexen Gedankengängen beschäftigt. Denen ist gleich, ob Engel mit dem Untergang von ein paar Milliarden Exemplaren einer etwas unterbelichteten Spezies in einer anderen Realitätsdimension spielen!«, antwortete Michael.

Ich spürte, wie Lilith in meinem Arm zusammenfuhr und sich unwillkürlich enger an mich schmiegte.

»Dann soll er kommen!«, sagte sie lauter und entschlossener, als es mir in diesem Augenblick möglich gewesen wäre.

»Ja, soll er kommen!«, antwortete Asrael ebenso entschlossen, obwohl sie deutlich blasser war als sonst. »Irgendwann musste es sein. Ob Prag oder Armageddon bleibt sich gleich.«

Wir alle, Michael eingeschlossen, rückten am Altar zusammen und erwarteten Gabriels Streitmacht.

»Und falls wir das hier doch überleben sollten, dann gehen wir alle zu Gott und reißen ihn endlich in Stücke!«, flüsterte Lilith grimmig,

Die erstaunliche Miss Jones zögerte jedoch, sich uns anzuschließen und blieb mit nachdenklich gesenktem Kopf und geballten Fäusten in jener Ecke stehen, die Asrael ihr vorhin zugewiesen hatte. Weil sie von da aus, dem ursprünglichen Plan zufolge, Michael hätte überwältigen sollen. Neben Asrael war sie immerhin die einzige unter uns, der sein Flammenschwert nichts hätte anhaben können. Jetzt trat sie jedoch hervor und blieb zwischen Michael und uns stehen.

»Hm, ist die etwa immer noch beleidigt, weil ich sie Kakerlake genannt habe? Sollte ich mich entschuldigen?«, flüsterte Lilith mir zu.

Ich hatte keine Antwort darauf. Doch jetzt hob Miss Jones ihren Kopf und schaute uns an.

»Ich akzeptiere das so nicht«, sagte sie. »Wie könnt ihr nur so egoistisch sein, Dunkler Herr? Ihr und Asrael seid alles, was zwischen Gottes neuer Sintflut und dem Überleben der Menschheit steht. Aber alles, was Euch dazu einfällt ist, euch auf eine Schlacht mit einem Engelsheer einzulassen, die keine Seite gewinnen kann und von der ihr glaubt, dass sie mit Eurer Vernichtung endet?«

Das war knackig zusammengefasst in etwa die Lage, in der wir uns befanden.

»Falls ich Asrael richtig verstanden habe, war ich der Auslöser all dessen, richtig?«

»Gott hegte seine Vernichtungspläne schon lange vor deinem, äh, Wandel. Deine Existenz war nicht Auslöser, sondern höchstens Vorwand für ihn, die Menschheit zu bestrafen. Aber dasselbe gilt für Lilith, Satan und sogar zu gewissen Teilen für mich«, entgegnete Asrael.

Die erstaunliche Miss Jones sah sie an und dachte einen Moment nach.

»Dann ruft Gott selbst herbei und sagt ihm, ich will mit ihm reden! Ihr seid der Tod, nicht wahr? Ihr könnt das?«, sagte sie leise.

Obwohl sie es fertigbrachte, mich vom Einblick in ihr Bewusstsein auszusperren, war ich sicher, dass dies nicht für Asrael galt, denn die beiden kommunizierten eindeutig stumm miteinander.

»Gott wird nicht kommen, nur weil du mit ihm reden willst«, sagte Lilith überheblich. So wie ich den alten Feigling und Korinthenkacker kannte, traf sie mit ihrer Prognose absolut ins Schwarze. Wenn Gott nicht mutig genug war herunterzukommen, um zuzuschauen wie Gabriel und das Engelsheer Lilith und mich gefangen nahmen, war nicht zu erwarten, dass er sich dazu herabließ, hier im Dom aufzutauchen, weil die erstaunliche Miss Jones auf einen Plausch mit ihm erpicht war.

Asrael trat zu Nepomuks Grab, fingerte daraus irgendetwas hervor, steckte es in ihren Mantel und baute sich mit ausgestreckter Hand vor Michael auf. »Das Schwert!«, forderte sie ihn auf.

Mit deutlichem Zögern reichte er es ihr.

Sie wog es einen Moment in der Hand und lächelte mir dann zu. »Das könntest du jetzt falsch verstehen, Pohaarbüschelchen!«, sagte sie.

Asrael schwang das Flammenschwert und schlug mir den Kopf ab.

Erde – Prag, Saal unter dem Veitsdom

Eine gewaltige metaphysische Erschütterung durchlief die große und alte Stadt Prag, brachte ihre Bewohner dazu sich in ihren Betten aufzurichten, voller Furcht und bösen Vorahnungen zu den Fenstern zu laufen und in die Stadt hinauszuschauen, die aufgrund von Satans Wutanfall so tiefdunkel vor ihnen lag wie seit vielen, vielen Jahrzehnten nicht mehr.

Auch in jenem Saal unter dem Veitsdom war die Erschütterung zu spüren. Sie fiel derart gewaltig aus, dass sie für Augenblicke Liliths Bann um Saal, Gang und die Wendeltreppe zerriss. Kardinal Rodrigo Gutierrez lief um sein Leben. Er stolperte über die Leichen seiner Glaubensbrüder, riss sich ein großes Loch in den Anzug, während er die zerstörte Tür passierte, und trat sogar rücksichtslos in Otto Schellingers Asche. Während er die ersten Stufen der engen Wendeltreppe hinaufeilte, spürte er ein Ziehen im Nacken und ahnte, dass sich Liliths Bann wieder um den Saal, den Gang und die Leichen darin geschlossen hatte.

Erde – Prag, Nepomuks Hochgrab im Veitsdom

Auf meinem Kopf hockte der Zeitfrosch. Mir war plötzlich sehr kalt geworden, was ich als Höllenbewohner als äußerst unschön empfand, obwohl mein Kopf auf meinem Bauch lag, der immerhin noch etwas Wärme abgab. So weit war ich mir meiner Lage bewusst. Davon abgesehen begriff ich allerdings gar nichts mehr. Weshalb hatte Asrael – ASRAEL – mich getötet und mir dann den Zeitfrosch auf den Kopf gesetzt, der dafür sorgte, dass ich nicht starb und zumindest theoretisch die Chance bestand, dass Kopf und Leib sich wieder vereinten?

»Das«, sagte Asrael, »sollte ausreichen, um Gott zu zwingen, herunterzukommen!«

»Du Monster!«, schrie Lilith und schlug blindlings auf Asrael ein, die sich jedoch nicht wehrte. Schließlich geriet Lilith außer Atem und funkelte den mädchenhaften Tod nur noch in tiefster Verachtung an.

»Mit dem Zeitfrosch hat er zwei Stunden, Lilith. Und Miss Jones Idee ist unsere einzige Hoffnung, das hier nicht zum Ende der Welt eskalieren zu lassen. Vertrau uns!«

Bei aller Liebe, dachte ich erschrocken, ausgerechnet von Lilith Vertrauen zu erwarten, kurz nachdem Asrael

mich einen Kopf kürzer gemacht hat, ist eine heftige Ansage.

Trotz meiner neuerdings sehr eingeschränkten Perspektive sah ich, dass Asrael und Lilith leidenschaftlich telepathisch diskutierten. Schließlich mischten sich auch Miss Jones und sogar Michael in ihren Diskurs ein. Nur ich blieb wieder einmal außen vor. Aber ich konnte mir denken, worum es bei ihrer Unterhaltung ging. Bisher war Gott der einzige gewesen, der je dafür gesorgt hatte, dass Engel getötet wurden. Und Asrael machte Lilith gerade klar, dass meine Enthauptung ein solches Sakrileg gegen Gottes Stolz und Eitelkeit darstellte, dass er gar nicht anders konnte, als sich eben doch hierher in den Dom zu bequemen, um höchstpersönlich zu sehen, was zum Otterspinneneuter vorging und weshalb ausgerechnet der mädchenhafte Tod meinen Leib so unschön des Stammsitzes meiner Gedanken beraubt hatte.

»Es ist Wahnsinn, Gott mit seinen eigenen Waffen schlagen zu wollen! Und dann überlässt du das ausgerechnet einem Weib? Er wird euch auslachen und dann mit uns allen erst recht kurzen Prozess machen!«, rief Michael aus.

Ich begriff nicht viel davon. Stattdessen hoffte ich inbrünstig, dass die Umwege und Sackgassen, die Asrael auf dem Schwarze-Loch-Surfweg angelegt hatte, Gott

nicht so lange aufhielten, bis es für die Wiedervereinigung meines ansehnlichen roten Leibes mit meinem Charakterkopf zu spät wurde.

Michael hatte meine Gedanken gelesen. »Er kommt! Er ist Gott! Deine Umwege konnten Ihn nicht in die Irre leiten!«, sagte er und trotz seines Platzes zwischen uns Rebellen schwangen Bewunderung und vielleicht – trotz allem – sogar Liebe in seinen Worten mit.

»Sodom und Gomorrha!«, sagte Artemisia Jones. Und sie sagte es so laut, als müsse sie sich damit selbst Mut machen.

Meine Hoffnung sank. In seinem alten Bibelbestseller hatte Gott lügen lassen, dass sich die Planeten krümmten, aber an kaum einer Stelle log er so sehr wie bei der Geschichte mit den beiden Städten, die angeblich so voller Sünde und Sünder gewesen waren, dass sich keine zehn Unschuldige darin finden konnten, deren Existenz sie vor dem Untergang bewahrt hätte.

Verwirrend fand ich außerdem, dass sowohl Asrael als auch Lilith dies hätten wissen sollen. Die waren schließlich dabei gewesen, als Gott seinerzeit den Feuersturm herabregnen ließ.

Michael bewegte die Lippen, als rezitierte er tonlos irgendwelche Verse.

»Was soll das?«, fuhr Lilith ihn an.

»Er betet«, antwortete Asrael.

Das tat er offenbar tatsächlich. Ich fragte mich nur wofür. Denn die Auswahl an Gründen fiel aktuell sehr reichlich aus.

Aber jedes Mal, wenn ich später an diesen Moment zurückdachte, in dem unser aller Leben und die Existenz der Welt, wie wir sie kannten und liebten, auf dem Spiel standen, war ich mir seltsamerweise sicher, dass er nicht für mich, Asrael, Lilith oder die Endlinge zu Gott gebetet hatte, sondern für Miss Artemisia Jones. Und beinah – BEINAH! – versöhnte mich dieses Wissen mit seiner Feigheit und naiven Dummheit.

Erde – Prag, Kirchenschiff im Veitsdom

Auch wenn sowohl Asrael als auch Lilith die erstaunliche Miss Artemisia Jones vorgewarnt hatten, war das Erscheinen Gottes doch beinah zu viel für sie.

Wie erwartet kündigte er seinen Besuch mit einem blendend hellen, goldenen Licht an, das das Innere des Veitsdoms unter überirdischer Schönheit verblassen ließ. Zudem erklangen die Fanfaren ebenso wie der Gesang der Engel, der allein in seiner Glorie schon so überwältigend war, dass die Ehrfurcht sie übermannen wollte. Aber genau davor hatte Asrael sie gewarnt. Artemisia hatte im Pariser Nachtleben genug Shows und Cabarets gesehen, um zu wissen, wann dramatische Effekte sie vom eigentlichen Kern der Sache ablenken sollten, daher konzentrierte sie sich auf die große, sehr schmale Gestalt, die inmitten der Engelsscharen langsam herabglitt. Ein Gesicht von androgyner Perfektion unter weißblondem, wallendem Haar, eine weiß-silberne Rüstung, die die Geschlechtslosigkeit des Körpers noch unterstrich. Gott ist atemberaubend in all seiner Pracht, dachte Artemisia, als die Gestalt die Arme ausbreitete und mit klangvoller, tragender Stimme verkündete: »Höret, Ihr Sterbl... Ihr irdischen Wese... Ihr ...«, kurz stockte und dann mit der

gleichen Gravitas fortfuhr: »So höret, Ihr Glücklichen, Gott der Herr ist gekommen, Euch zu richte...«

Lilith fuhr dazwischen. »Spar dir den Scheiß, Gabriel! Wir werden schon noch sehen, wer hier wen richtet.«

Gabriel?, fragte sich Artemisia verwirrt, als die lichte, strahlende Gestalt beiseitetrat und dahinter eine weitere hervortrat. Klein, nicht größer als der dunkle Herr, ein wenig korpulent, mit schütterem Haar und Bauchansatz. Man könnte die beiden für Brüder halten, dachte Artemisia, bevor sie sich innerlich vor die Stirn schlug und das Lachen verbeißen musste. Sie SIND ja Brüder, genau wie Asrael und Lilith ihre Schwestern sind. Sie schloss ihr normales Auge und, natürlich, in der Klarheit ihres übernatürlichen Blickes war Gottes Schönheit ebenso überwältigend wie die des Dunklen Herrn.

Artemisia atmete tief durch und trat, gerade als Gabriel zornig zu einer Erwiderung ansetzen wollte, einen Schritt vor.

»Danke, dass Ihr gekommen seid«, sagte sie, deutlich leiser als beabsichtigt, doch Gott schien sie gehört zu haben, denn er hob die Hand, um seinen Engeln Einhalt zu gebieten, und sah sie neugierig an. Artemisia, ermutigt davon, nicht sofort mit einem Blitz niedergestreckt worden

zu sein, fuhr fort. »Ich habe Asrael darum gebeten, Euch herbeizurufen, weil ich mit Euch sprechen wollte.«

Durch die Engel fuhr ein Sturm der Empörung, der die Buntglasfenster des Doms zu sprengen drohte, doch auch hier reichte eine kleine Handbewegung ihres Herrn, um dem Lärm Einhalt zu gebieten und ihn zu einem leisen Hintergrundmurmeln verblassen zu lassen.

»Ich, der ich Gott, der Herr, bin, allmächtig, allweise und allgütig, habe Deinen Ruf vernommen, Artemisia Jones, die Du zur Abscheulichkeit geworden bist durch den Einfluss abtrünniger Engel. Doch erschienen bin ich, weil Bruder Satan ...«, begann er. Noch bevor Asrael die Gelegenheit hatte, ihm klarzumachen, was sie davon hielt, als abtrünniger Engel bezeichnet zu werden, fuhr Artemisia selbst ihm in die Parade.

»Wer hier eine Abscheulichkeit ist, ist nicht ganz klar, glaube ich.«

In der Stille, die sich nach diesen Worten nicht nur über das Innere der Kathedrale, sondern wie eine Glocke über die ganze Welt zu legen schien, klang jeder Atemzug wie ein Schrei. Artemisia trat noch einen weiteren Schritt vor.

»Asrael hat getan, was getan werden musste, damit Ihr hier selbst erscheint und nicht nur Eure Streitmacht vorschickt. Das ist bedauerlich«, sie warf Satans

angeschlagenem Kopf einen aufmunternden Blick zu, »aber nicht unumkehrbar. Aber jetzt, wo Ihr schon mal hier seid, gibt es einiges zu besprechen zwischen Euch und mir.«

»Wie kannst du es wagen, du erbärmlicher Mensch!«, fauchte Gabriel und holte aus, um Miss Artemisia Jones eine Ohrfeige zu verpassen, die ihr vermutlich den Kopf von den Schultern gerissen hätte. Artemisias Hand schoss nach vorn und fing den Arm des Erzengels ab. Sie hielt ihn, mit ungerührtem Gesicht, während Gabriel versuchte, sich aus ihrem Griff zu befreien, bis ihm die Röte ins milchweiße Gesicht stieg.

»Ich«, sagte Artemisia Jones, während sie den Arm des Engels langsam verdrehte, sodass er gezwungen war, der aufgezwungenen Bewegung zu folgen, »bin«, Gabriels Arm nun hinter seinem Rücken, sein Gesicht verquollen durch die Anstrengung, »kein«, sie zwang ihn vor sich auf die Knie, sein Handgelenk noch immer fest umschlossen, »Mensch.«

Ohne auch nur eine Miene zu verziehen, hielt sie den zweitstärksten von Gottes Engeln im Klammergriff und starrte Gott dabei unverwandt in die Augen.

»Mir ist klar«, fuhr sie im Plauderton fort, »dass Ihr Eure Heerscharen dabeihabt. Eine unfassbare Überzahl,

der wir«, sie wies mit der freien Hand auf das kümmerliche Häufchen ihrer Unterstützer, »nichts entgegenzusetzen haben.« Sie lächelte. Schmal, wie eine Klinge. »Würdet Ihr nur Lilith und Satan gegenüberstehen, der Sieg wäre euch sicher.« Ihr Lächeln wurde breiter und zeigte nun deutlich mehr Zähne, als sie eigentlich hätte haben sollen. »Aber Lilith und Satan stehen Euch und Euren Heerscharen heute nicht allein gegenüber, Gott.«

Sie beugte sich nach vorn, strich mit der freien Hand ein paar verschwitzte Haarsträhnen aus Gabriels Stirn, küsste ihn sanft auf den Scheitel und ließ ihn los. »Diesmal sind sie nicht allein«, wiederholte sie sanft.

»Was willst du?«, fauchte Gott.

Ihm musste bewusst sein, dass seine Armee nicht erwarten konnte, endlich zuschlagen zu dürfen, doch ebenso, dass sie selbst in ihrer Übermacht keine Chance gegen wahre Unsterblichkeit haben würden.

»Verhandeln«, erwiderte Artemisia Jones, und in den Heerscharen der Engel erhob sich ein zorniges Zischen. Gott seufzte schwer, hob erneut die Hand, um für Ruhe zu sorgen, und nickte.

»Ich höre«, sagte er ruhig.

Erde – Prag, Nepomuks Hochgrab im Veitsdom

Gabriel zählte zwar zu den ältesten Engeln, aber ohne Fanfarenklänge und Lichteffekte hätte ich ihm nicht zugetraut, lebendig eine brandenburgische Landstraße zu überqueren. Asrael hatte erzählt, dass er sich neuerdings zu Gottes Plenen von einer Horde Viertelengel hereintragen ließ. Er hatte seinen Kopf offenbar inzwischen so tief in Gottes Arsch geschoben, dass er ihm normalerweise jeden Wunsch von den Hirnsynapsen lecken konnte. Das alles tat er aus einer tiefen unwillkürlichen Angst vor Schwäche, Chaos und Entscheidungen heraus, die zu treffen er zu zögerlich war, weshalb er die sämtlich Gott überließ. Asrael vermutet, seine seltsame psychische Statur hätte etwas mit seiner Position als der jüngste der ältesten Engel zu tun, damit, dass er vom ersten Moment seiner Bewusstseinswerdung an niemals sicher sein konnte, zu uns zu zählen oder nicht.

Bei euch Endlingen werden solche Typen entweder dampfplaudernde Manager, Kunstkritiker oder mittlere Beamte. So gesehen hatte Gabriel es innerhalb Gottes Engelshierarchie recht weit gebracht. Weder für Michael, Asrael oder gar mich wäre er ein ernstzunehmender

378

Gegner gewesen. Trotzdem beeindruckend zu sehen, wie Miss Jones ihn gerade vorgeführt hatte.

Irgendetwas kitzelte mich an meinem Hinterkopf, ich hatte ein nervendes Dauerbrennen im Mund und außerdem einen ständigen Drag zu pinkeln. Offenbar gab es in abgeschlagenen Köpfen einen Reflex, der alle Empfindungen, Gedanken und körperliche Bedürfnisse, die man in dem Moment hatte, als der Kopf fiel, verstärkte.

Es wird Zeit, dass Asrael meinen herkömmlichen Zustand wieder herstellt, dachte ich, obwohl ich wusste, dass die Verhandlungen zwischen Gott und der erstaunlichen Miss Jones gerade einmal angefangen hatten.

Verdammt, man hatte es schon schwer.

Erde – Prag, Kirchenschiff im Veitsdom

Ihr habt uns in dem Glauben gelassen, Ihr hättet uns erschaffen. Geformt nach Eurem Bilde, das war die Botschaft, nicht wahr?« Artemisias Stimme klang, als müsste sie allen Zorn der Welt zurückhalten. Die Buntglasscheiben zitterten in ihren Bleieinfassungen. »Gelogen!«, zischte sie.

»Ihr habt uns in dem Glauben gelassen, nach dem irdischen Tod warte das Ewige Leben auf uns, gesegnet in Eurer Glorie, wenn wir nur nach Euren Regeln spielen. Gelogen!« Ihre Worte troffen vor Verachtung. Sie trafen Gott hart, das war ihm anzusehen.

»Ihr habt uns in dem Glauben gelassen, Ihr wäret ein liebender, sorgender Vater, der über seine Schöpfung wacht. GELOGEN!«

Artemisia schüttelte sich, als ob sie gegen einen inneren Ekel ankämpfen müsste.

»Asrael hat mir vorhin erzählt, Ihr hättet uns versehentlich in die Existenz gerülpst. Und genauso habt ihr uns behandelt – wie einen versehentlichen Auswurf! Doch das«, sie hob einen Zeigefinger und fuchtelte damit bedrohlich nah vor Gottes Nase herum, »wäre noch verzeihlich, wenn Ihr nicht gleichzeitig eine unfassbare

Propagandamaschine angeworfen hättet, die all diese Lügen verbreitet hat! So viele Kriege! So viel Leid! So viel Tod! Und warum? Weil *Ihr* den Leuten eingeredet habt, sie seien Euch wichtig. Ihr Verhalten wäre in irgendeiner Form relevant für das, was nach ihrem Tod auf sie wartet. Ganz so, als ob es nicht ihr eigenes Gewissen wäre, dass entscheidet, ob sie danach zu Satan oder zu euch gehen werden.«

Erde – Prag, Nepomuks Hochgrab im Veitsdom

Ups, dachte ich, hatte Miss Jones etwa eben eine meiner Kernkompetenzen kritisch umrissen? Eigentlich hätte sie nicht wissen sollen, wie genau sich die Aufteilung zwischen Gottes und meiner metaphysischen Restmüllhalde so gestaltete.

Erde – Prag, Kirchenschiff im Veitsdom

Artemisia, die vor Zorn zitterte, atmete tief durch. »Und nun, als ob das alles nicht schon schlimm genug wäre, plant Ihr, alles, was jemals gut und richtig gewesen ist auf dieser und allen anderen für Endlinge wichtigen Welten, dem Untergang preiszugeben.« Sie sah auf, straffte die Schultern, trat noch einen Schritt vor, bis ihre Nasenspitze beinahe an die Gottes stieß und flüsterte: »Nur. Über. Meine. Leiche.«

Noch bevor Gott etwas erwidern konnte, was die Situation vielleicht zum Eskalieren gebracht hätte, trat sie wieder einen kleinen Schritt zurück und fuhr fort.

»Natürlich würde ein Kampf zwischen uns zu einem Debakel führen. Nicht nur für dich und deine Engel, sondern vor allem für die Menschen, die Tiere, die Pflanzen und all das restliche Leben auf dieser Welt. Was, das kann ich dir und den deinen«, sie tätschelte Gabriels Schulter, »versichern, das Einzige ist, was mich davon abhält, dir deinen verdammten Heuchler-Arsch zu versohlen, dass du die nächsten Äonen nur stehend Gericht halten kannst.« Ihre Stimme erhob sich, um das Raunen der Engel zu übertönen. »Also schlage ich dir einen Deal vor. Einen, wie du ihn selbst schon einmal angeboten hast, damals, vor den Toren von Sodom.«

Erde – Prag, Nepomuks Hochgrab im Veitsdom

Fakt ist, ohne den kompletten Hals und irgendeine Art von Lunge zur Verfügung zu haben, ist es unmöglich zu lachen. Was sich richtig scheiße anfühlt, wenn man nur so als Kopf umherliegt, allmählich auskühlt, aber gerade so sehr hätte lachen wollen wie ich, als ich hörte, wie die Bibliothekarin damit drohte Gott den Arsch zu versohlen. So hatte nicht einmal Lilith in ihren besten zornigsten Zeiten ihm die Leviten zu lesen gewagt. Ach, dachte ich, die Naivität und Zuversicht der Jugend!

Erde – Prag, Kirchenschiff im Veitsdom

D u bist nicht Abraham, Weib«, zischte Uriel empört.
Artemisia lachte glockenhell.

»Nein, ich bin nicht Abraham. Ich komme nicht als
Bittsteller. Deshalb wird unser Deal auch weitreichender
sein, Gott.« Sie ließ ihren Blick drohend über die Heerscharen gleiten. »Wenn ich gewinne, dann verziehst du
dich von hier. Unser Planet, unsere Regeln. Keine Einmi-
schungen. Keine Propaganda. Freiheit.«

Gott nickte langsam. »Ich bin einverstanden«, sagte
er. »Bring mir zehn Unschuldige, hier aus der Stadt Prag,
am heutigen Tage, und ich werde diese Welt verschonen.
Ich werde sie ihrem eigenen Schicksal überlassen und
ihr die Freiheit gewähren, die du für sie verlangst.« Sein
Gesicht verzog sich zu einem breiten, strahlenden und
ganz und gar nicht schönen Lächeln. »Zehn Unschuldige, Artemisia Jones.«

Artemisia nickte, obwohl sie den entgeisterten Ausdruck auf Satans enthauptetem Gesicht sah, ebenso wie
das siegessichere Grinsen auf Uriels. Sie hielt Gott die
Hand hin, und der schlug ein.

»Natürlich ist es dir klar, dass es quasi unmöglich ist,
in dieser Stadt zehn unschuldige Seelen zu finden, nicht

wahr, Artemisia Jones? Ein jeder Tag hat seine Plage, und ein jeder Moment seine eigene Sünde. Der Priester, der sich in seinen Träumen selbst befleckt. Die jungfräuliche Gouvernante, die bei der Beichte zu erwähnen vergaß, dass sie Geld aus der Kasse nahm, um ihrer kranken Mutter Medizin zu kaufen. Aber vielleicht«, sein siegesgewisses Grinsen verlieh dem runden Gesicht einen wahnsinnigen Ausdruck, »vielleicht willst du mir auch mit der Unschuld der Kinder kommen? Der Reinheit der Säuglinge, die frisch das Licht der Welt erblicken, doch noch keine Sünde begehen konnten? Da muss ich dich enttäuschen, Artemisia Jones, denn selbst das reinste Neugeborene ist schon befleckt von den Erbsünden dieser Welt, kaum dass es seinen ersten Schrei getan hat. Zudem wäre es für die Kinder ohnehin besser, sie würden direkt in mein Paradies einkehren, ohne dass dieser Pfuhl hier unten sie verderben kann.«

Erde – Prag, Nepomuks Hochgrab im Veitsdom

natürlich kam er ihr jetzt mit der Erbsünde, seinem besten Propagandatrick überhaupt, den er zur Rechtfertigung von so ziemlich allem und jedem nutzte, was ihn an den Endlingen aufregte. Dennoch vielleicht nicht ganz clever, die ausgerechnet Miss Jones gegenüber aufzufahren. Die Frau hatte immerhin einen exzentrischen Hang zu okkulten Schriften und hatte ihm noch vor ein paar Minuten schließlich selbst ins Gesicht hinein gesagt, dass die Story von Adam und Eva, die ihm als Fundament seiner Erbsündekeule diente – umsichtig formuliert – in ihrer klassischen Form so nicht haltbar war.

Hm, wenn das hier ein Otterspinnenhinderniswettlauf wäre, hätte Miss Jones gerade schon zum zweiten Mal gepunktet.

Erde – Prag, Kirchenschiff im Veitsdom

Artemisia schüttelte sanft den Kopf. »Nein, Gott. Ich werde nicht die Unschuld der Kinder anbringen. Würde die dir etwas gelten, hätte kein Kind auf dieser Welt je leiden müssen.«

Gott sah sie an, als hätte sie ihn geschlagen, doch sie achtete gar nicht auf ihn.

»Jetzt, in diesem Moment, in dem deine Heerscharen den Veitsdom füllen und in all ihrer Pracht zeigen, dass die Menge der Engel, die auf einer Nadelspitze tanzen können, einzig allein von deinem Willen begrenzt wird, befinden sich zehn Sterbliche unter uns. Zehn Soldaten, die von ihren Vorgesetzten geschickt wurden, um in diesem deinem Haus nach dem Rechten zu sehen.«

Sie schloss die Augen, als müsse sie sich auf eine innere Stimme konzentrieren, und zählte leise auf:

»Unterleutnant Franz Gräfenstein, unverheiratet, aufgewachsen in einer erzkatholischen Familie, hat im Dienst aufgrund all der Schrecknisse, die er sehen musste, seinen Glauben verloren. Er zweifelt am Guten in der Welt, zweifelt an dir und der Schöpfung, und verzweifelt an seinen Mitmenschen. Otto Herrmann Brauße ist ein Schwerenöter, den die Sachsen des Landes verwiesen haben, weil

er dort als Heiratsschwindler reihenweise gestandene Damen um den Verstand brachte. Jaroslav Rudisch hat sich vor dem Eintritt in die Armee mit Diebstahl vorm Verhungern gerettet. Franz Hašek hat seinen Zorn und seine Wut auf die Ungerechtigkeit der Welt nicht im Griff, und hat deshalb schon so manche Schlägerei vom Zaun gebrochen. Radu Beneš ist ein Vielfraß, der keine Mäßigung kennt, weder beim Essen noch beim Saufen oder bei der Fleischeslust. Friedrich Krüger ist so faul, dass seine eigenen Männer sich darüber bei jeder Gelegenheit lustig machen. Johannes Novak wurde auf dem Schlachtfeld vom Blutdurst übermannt und hat einen Gegner erschlagen, der sich schon ergeben hatte. Olek Kučera hält sich selbst für den schönsten Mann, den nicht nur dieses Regiment, sondern das ganze Reich jemals gesehen hat. Antonin Nêmecs Herz ist so voller Neid auf jeden, der es im Leben leichter hatte als er, dass es ihm schwerfällt, irgendjemandem auch nur die Butter auf dem Brot zu gönnen. Und Milos Černy, der da drüben in der Ecke liegt, weil ihm der Holzjesus eben eine übergebraten hat, hat seiner Großmutter auf dem Sterbebett versprochen, den elterlichen Hof zu übernehmen, aber ist trotzdem bei erster sich bietender Gelegenheit davongelaufen, um Soldat zu werden.«

Als sie geendet hatte, war es einen Moment lang sehr still im Veitsdom, bevor sich aus den Rängen der Himmlischen Heerscharen ein Gelächter Bahn brach, das seinesgleichen suchte. Auch Gott selbst grinste debil vor sich hin.

Bevor aber einer von ihnen etwas sagen konnte, hob Artemisia die Hand und fuhr fort.

»Asrael hat vorhergesagt, dass ein jeder dieser Männer in den Schlachten, die in gar nicht ferner Zukunft stattfinden werden, sein Ende finden wird. In Schlachten, die geschlagen werden, weil du, Gott, die Menschen belogen und betrogen hast.«

»Das ändert jedoch nichts daran, dass diese Männer ganz sicher keine Unschuldigen sind«, unterbrach Uriel sie rüde. »Wenn sie nicht gleich als Symbol für die Todsünden dienen könnten, haben sie doch zumindest Gottes Gebote gebrochen. Sie sind das Gegenteil von unschuldig!«

Artemisia ignorierte den Einwurf, aber ließ Gott nicht aus den Augen, als sie fortfuhr. »Diese zehn Männer sind Sinnbild für die Fehlbarkeit der Menschen. Sie sind sich ihrer Schwächen und Fehler bewusst. Aber statt sich darin zu suhlen und sich ihnen zu ergeben, versuchen sie jeden neuen Tag, es besser zu machen. Besser zu werden. Ihr Leben ist ein steter Kampf gegen die Unbill der Welt

und die eigene Schwäche. Wenn sie sterben sollen – so wie alle Menschen bald sterben sollen – dann sollen sie es jetzt tun. Hier und jetzt. Von deiner Hand, Gott. Sieh ihnen in die Augen und erkläre ihnen, warum du ihr Leben nimmst. Erkläre ihnen, warum diese Welt ist, wie sie ist, und warum du entschlossen hast, dass sie nicht die Gelegenheit bekommen werden, sie besser zu machen. Warum du ihnen die Gelegenheit nimmst, Unschuld zu erreichen.«

Wieder hallte der Veitsdom vom Gelächter der Engel wider. Nur Gott lachte nicht.

Erde – Prag, Nepomuks Hochgrab im Veitsdom

Hätte ich es nur gekonnt, ich hätte in diesem Moment applaudiert. Stehend und mit Verve.

Natürlich war Gott wie alle anderen Tyrannen. Er dachte in abstrakten Zahlen und vermeintlich hehren Zielen. Darin fand er Trost und Anerkennung. Auf den ganz großen Neustart-Knopf zu drücken, wie er es beabsichtigte, fiel echten Tyrannen nur dann verhältnismäßig leicht, solange sie das von einer Kanzel herab, aus einer Amtsstube oder einem Thronsaal heraus, auf einem Feldherrenhügel abseits der Schlacht oder in der Abgeschiedenheit und Sicherheit eines Bunkers tun konnten. Sicher hatte Gott längst auch eine Zeremonie vorbereitet, bei der er seine Pläne verkünden und umsetzen wollte, Halleluja, Fanfaren, Lichtshow, Krokodilstränen, die Beschwörung von Erinnerungen und die gegenseitige Versicherung zwischen Engeln und Gott, dass dieser Weg letztendlich der moralisch sauberste sei, da schneller Untergang der Endlinge auch einen unverzüglichen Übergang in Gottes angeblich so liebenswerte Restmüllhalde für Seelen bedeutete.

Doch konfrontierte man Tyrannen damit, ihren Opfern in die Augen schauen zu müssen und sich dabei

direkt deren allzu menschlichem Gefühlsmix aus Elend, Erbärmlichkeit, Schmerz, Angst und Zorn auszusetzen, bröckelten gemeinhin die dünnen statistischen, moralischen, ideologischen oder sadismusfassaden Teile, hinter denen sie ihr bisschen eigene Seele erfolgreich vor den wahren Konsequenzen ihrer Taten geschützt hatten. Dann brach ein Anfall von akutem heulendem Elend über sie herein. Der ihnen nicht gar so gut anstand wie die großen Showgesten, mit denen sie ihre Handlungen bis dahin stets verbrämt hatten.

Nicht umsonst hatte ich einer Inkarnation meiner unsterblichen Lieblingskünstlerseelen seinerzeit in l'Albergaccio bei Florenz den Gedanken in die Feder geflüstert, wie schwer es einem aufrechten Herrscher falle, zuweilen auch brutal, mörderisch oder ruchlos zu handeln. Tyrannen waren zu ihrem Rang gekommen, weil sie von solchen Skrupeln nicht verfolgt wurden. Tyrannen und Diktatoren besiegte man im Kampf und im Herzen, denn nichts ist für sie so eindrucksvoll und bedrohlich zugleich wie öffentliche Niederlagen und sentimentale Propaganda. Deswegen fürchten Diktatoren und Tyrannen auch Künstler und Poeten wie ich angeblich das Weihwasser. Die mögen in der Schlacht nicht allzu viel nütze sein, aber sie sind stets dazu fähig, die Verheißungen der Tyrannen

als Propaganda zu entlarven wie auf die Tränendrüsen ihrer Zielgruppen zu drücken. Und das, Endlinge, gelingt sogar miesen Künstlern.

Trotz des Dauerbrennens in meinem Mund fragte ich mich, ob Gott es irgendwann für nötig gehalten hätte, mich in seine Pläne einzuweihen. Im Grunde war ihm meine Hölle schon seit Jahrtausenden ein Dorn im Auge gewesen. Hatte Gott etwa erwartet, mit dem katastrophalen Seelenansturm auf die Hölle, zwei Fliegen mit einer Klappe schlagen zu können? Denn der Rest-Ich Andrang, den seine Pläne erzeugen mussten, führte zweifellos zu einem Verwaltungsüberdruck, dem selbst meine Höllenbürokraten nicht gewachsen gewesen wäre. Rechnete er also damit, dass die daraufhin aufgaben, streikten oder sich schlichtweg in einer riesigen Verpuffung roten, gelben, schwarzen und blauen Rauchs auflösten? Und was war mit Asrael? Selbst im mädchenhaften Tod hätte das von Gott ausgelöste Massensterben schließlich tiefe Spuren hinterlassen müssen. Hätte er all das wirklich nur um seiner Eitelkeit willen in Kauf genommen? Natürlich hätte er das. Und so wie er charakterlich gestrickt war, wäre es ihm vermutlich nicht einmal nachhaltig nahe gegangen.

Erde – Prag, Kirchenschiff im Veitsdom

Als den Engeln klarwurde, dass Gott eben nicht über Miss Jones Forderung lachte, legte sich Stille über den Dom.

Artemisia hatte beobachtet, wie der Gesichtsausdruck des Herrn sich in Sekundenbruchteilen von Entsetzen über Zorn, widerwilliger Akzeptanz und Resignation hin zu einem selbstgefälligen, paternalistischen Lächeln, das sie ihm am liebsten mit der Faust aus dem Gesicht geschlagen hätte, gewandelt hatte. Sie wusste, dass sie gewonnen hatte, noch bevor er die Arme ausbreitete, um seinen Engeln Schweigen zu befehlen.

»Dies, meine Kinder«, begann er in einem salbungsvollen Ton, der Artemisia die Pelmeni vom Abendessen wieder in die Speiseröhre drückte, »ist, was ich euch zeigen wollte. Die Fehlbarkeit der Sterblichen in all ihrer Glorie! Der Tanz auf Messers Schneide, der sie im kurzen Wimpernschlag, der ihnen zwischen Geburt und Tod vergönnt ist, vor die Wahl zwischen Gut und Böse stellt. Die Haaresbreite, die zwischen Gnade und Verdammnis liegt! Niemals hätten meine Worte euch diesen Aspekt der Schöpfung so nahebringen können wie die Gesichter dieser zehn Männer. Wie einst Lot der Gerechte in Sodom war, so sollen diese Männer die Gerechten von Prag sein!«

»Der Gerechte in Sodom? Der Mistkerl hat den Schweinen seine eigenen Töchter zum Fraß vorwerfen wollen«, murmelte Lilith zornig, doch Asrael brachte sie mit einer Handbewegung zum Schweigen.

Die Heerschar der Engel zögerte einen Augenblick, doch als Uriel sich mit einem lauten »Hosianna!« zu Boden warf, brandete auch unter ihnen Jubel auf. Satan blinzelte von unten hinauf, Asrael und Lilith tauschten einen Blick und Artemisia Jones zog die linke Augenbraue hoch, als Gott sich mit erhobenen Armen von seiner Meute feiern ließ. Dann nutzte sie den Lärm des allgemeinen Jubels, trat, den Kopf leicht geneigt, einen halben Schritt vor und flüsterte: »Klar soweit?«

Gott nickte, ohne eine Miene zu verziehen. Artemisia wich nicht zurück und murmelte: »Satan?«

Gottes Augenbraue zuckte. »Der ist euer Problem!«

Artemisia sorgte sich zwar um Satan, tröstete sich aber damit, dass Asrael schließlich wissen musste, was sie tat.

Die Soldaten, die sie eben zu Schachfiguren in ihrem Kampf mit Gott gemacht hatte, schienen sich zu regen. Was immer die bisher ruhiggestellt hatte, verlor wohl allmählich an Wirkung.

Ihr Blick fiel wie zufällig auf Michael, dessen Gesicht und Leib geradezu strahlten.

Erde – Prag, Nepomuks Hochgrab im Veitsdom

Gabriel konnte der Versuchung nicht widerstehen und schwang auch bei Gottes Rückzug die ganz große Showkeule. Zuerst Wiederherstellung der vorgeschriebenen Engelsmarschordnung, was zu einem Rauschen von Flügelfedern und Scharren von nackten Füßen führte, das für einen Moment fast schon so laut war wie die bescheuerten Trompeten. Dem folgte ein Fanfarenstoß, der so herrschaftlich übertrieben klang, dass er selbst die ersten und uralten Fundamente des Doms zu erschüttern drohte. Große Gesten von erhobenen Armen und geschlagenen Flügeln, dann Lichtblitz.

Mir war immer noch kalt. Eigentlich war mir sogar kälter als je zuvor, was nicht nur an meiner aktuell deutlich mangelhaften Blutzirkulation lag, sondern auch an meiner Wut darüber, dass Gott mal wieder verhältnismäßig billig davon gekommen war.

Michael hatte seit und während Gottes Auftritt kein Wort zu Gott, Miss Jones, Lilith oder mir gesagt, sondern den alten Korinthenkacker nur schweigend und mit überdeutlicher Erleichterung zugeschaut und zugehört.

Er warf jetzt einen langen wehleidigen Blick auf Gott, dann schaute er zu mir herab. »Ich habe es gehofft, ich habe dafür gebetet und ich habe Recht behalten. Gott ist weise. Er ist voller Liebe und er hat die Seinen nicht im Stich gelassen. Seht das Wunder seiner Großzügigkeit und Gnade!«, rief er.

»Wunder? Gott hat gerade vor Miss Jones den Schwanz eingekniffen!«, flüsterte Asrael, deren Augen entweder vor Erleichterung oder Restzorn leuchteten wie Fackeln in einer Winternacht.

»Dazu müsste er erst mal einen haben!«, zischte Lilith, der es offenbar nicht geheuer war, dass Gott so verhältnismäßig schnell klein beigegeben hatte.

Mir war das selbst auch nicht ganz verständlich und ich fürchtete, dass seinem Auftritt ein Nachspiel folgte.

Michael ergriff das Flammenschwert, warf einen Blick auf Asrael und Lilith und folgte wortlos im allerletzten Schein des Lichtblitzes Gott und dessen Engelsheer nach.

»Feigling!«, rief Lilith ihm hinterher.

»Lass nur, beinah von der platonischen Bettkante gestoßen worden zu sein ist fast noch schmerzhafter als von der sexuellen«, erklärte Asrael in einem Tonfall, der mich an gelangweilte Sukkubae beim Knorpelnussteeklatsch in der Höllenverwaltung erinnerte.

»Und natürlich hat er das Flammenschwert wieder mitgenommen!«, beklagte sich Lilith. »Das hier war alles umsonst! Nicht ist geklärt! Ich kenne Gott, der wird sich jetzt oben auf seinen Thron setzen, seine Wunden lecken und den nächsten Plan zur Auslöschung der Welt aushecken. Und dabei werden wir nicht noch mal so billig davon kommen wie eben!«

»Die Großen Anderen wissen nichts davon, dass Gott ihr Flammenschwert kopiert hat. Ich habe demnächst einen Termin bei ihnen. Ich bin sicher, ihnen fällt etwas ein, wie sie die Schwerter unschädlich machen können«, erwiderte Asrael.

Daran zweifelte ich, aber das konnte ich nicht mehr lange, falls Asrael nicht gleich etwas unternahm, um meinen Kopf wieder mit meinem Blutkreislauf zu verbinden. Zeitfrosch hin oder her, allmählich herrschte in meinem Hirn Konfettiregen.

»Und weshalb ist denen das nicht schon früher eingefallen? Warum müssen wir uns hier mit Gott herumschlagen, wenn die bloß drei Mal mit ihren hässlichen Zehennägeln wackeln müssten, damit Gott den Spaß an den Dingern verliert? Ohne die wäre der doch wahrscheinlich gar nicht auf die Idee gekommen, die Welt zu zerstören, oder?«, beschwerte sich Lilith.

Ich hatte den Eindruck, dass Miss Jones etwas zur Konversation hinzufügen wollte, sich aber noch nicht traute, die beiden Engel zu unterbrechen.

»Och, Lilith, also wirklich! Du kennst die Großen Anderen doch! Die sind so phlegmatisch, die vergessen ab und zu das Atmen, weil das Mühe bereitet. Die brauchen den größtmöglichen Anschub, um in Bewegung zu kommen. Gottes Drohung und sein Auftritt eben müssten dafür gerade ausgereicht haben. Außerdem hab ich ihnen etwas versprochen, was es nur auf der Erde gibt, und schon weil sie das haben wollen, werden die künftig darauf achten, dass Gott hier keinen Overkill veranstaltet«, antwortete Asrael und klang dabei ein wenig ansatzgenervt.

Miss Jones wollte immer noch etwas zu ihrer Unterhaltung beitragen und meinem Kopf wurde so kalt und schwindelig, dass ich nicht mal mehr Alarmzwinkern konnte, um die beiden daran zu erinnern, dass ich demnächst unwiderruflich abzunippeln drohte.

»Entschuldigung, Asrael, aber Satans Kopf ist so pink geworden. Sonst ist er doch rot, nicht wahr?«, sagte Miss Jones.

»Was?«, fuhr Lilith zu mir herum. »Oh, Asrael, Satan ist wirklich kreidebleich! Du hast ihn umgebracht!«, rief sie erschrocken.

»Nö, der hat noch über zwanzig Minuten, bis er erste Schäden davonträgt. Dem ist bloß ohne Blutkreislauf bisschen kalt«, erklärte sie, ergriff aber dabei endlich meinen Kopf und gab ihn zu meinem Erstaunen (jedenfalls dem Maß davon, zu dem ich mit dem Gedankenkonfettifasching im Hirn noch fähig war) an Lilith. »Halten! Und aufwärmen!«, befahl sie ihr.

Lilith schaute mich etwas ratlos an, dann zuckte sie mit den Schultern, vergrub mein Gesicht zwischen ihren Brüsten und verschränkte ihre Arme hinter meinem Kopf, sodass meine Ohren auch ohne Blut ganz warm wurden. Ich war froh, dass Lilith nicht auf die Idee gekommen war, sich wie eine Henne beim Brüten auf meinen Kopf zu setzen.

Angesichts der Lage meines Kopfes war es unmöglich, sehen oder hören zu können, was Lilith, Asrael und Artemisia sagten und taten. Aber schließlich entließ mich Lilith aus dem warmen Nest und reichte meinen Kopf an Asrael weiter, die ihn – begleitet von einer Reihe halblaut gemurmelter Flüche – gegen meinen Halsstumpf presste, woraufhin mich ein heißes Ziehen durchlief, das fast so unangenehm war wie der Streich, mit dem sie vorhin meinen Kopf von dort abgeschnitten hatte.

Sechster Teil

Die stille Macht der Träume

«People think dreams aren't real just because they aren't
of matter, of particles. Dreams are real. But they are
made of viewpoints, of images, of memories and puns
and lost hopes.»
Neil Gaiman, «Sandman – Preludes and Nocturnes»

Erde – Prag, Goldene Gasse

Kardinal Rodrigo Gutierrez kniete hinter einer Säule und atmete sehr langsam aus und ein. Was er da gerade gesehen hatte, stürzte ihn in nachhaltige Verwirrung. Gott inmitten seiner Engelsschar! Aber Gott hatte weder die verfluchte Dämonin noch jenes verstörende Kindweib, den roten Satan oder gar die gemeine Mörderin Jones bestraft, sondern mit ihnen offensichtlich irgendeine Vereinbarung getroffen.

Unter seinen staubigen und schmerzenden Knien verrotteten die Leiber von sechs treuen Dienern im Weinberg des Herrn und er selbst verbarg sich wie ein Strauchdieb hinter einer staubigen Säule, doch Gott rührte keinen Finger, um dieses schreiende Unrecht zu richten? Dieses gewaltige Gebäude war Ihm zu Ehren errichtet worden, hier herrschte Er und dennoch ließ Er es zu, dass hier auf Seinem eigenen Grund Dinge geschahen, die die gut gefügte Ordnung der Welt über den Haufen warfen? Was geschehen war, konnte nur in einem fürchterlichen Chaos enden, glaubte der Kardinal, und ahnte zugleich, dass er weder über die Macht noch die Mittel verfügte, eben jenes Chaos verhindern zu können, wenn ihn Gott doch so schmählich im Stich gelassen hatte.

404

Zerschunden und an Gliedern und Glauben lahm, schlich sich Rodrigo Gutierrez durch eine der bei Gottes Erscheinen zerbrochenen Bautüren des Doms davon.

Draußen in der Morgenluft hob er das Gesicht gen Himmel und blickte lange auf die letzten Sterne, deren Licht sich in der versinkenden Dunkelheit noch hielt. »Der Tod ist nur der Anfang von etwas anderem und nicht jeder Mensch stirbt nur einmal!«, hatte Salomon ihn in einem anderen Leben einst gelehrt.

Es ist nutzlos nach Rom zurückzukehren, ja mehr noch, dachte er, es ist sogar gefährlich.

Zwei Männer, die, so wie sie gekleidet waren und angesichts der Eimer, Papierrollen und alten Besen, die sie mit sich führten, nur Anstreicher oder Plakatkleber sein konnten, schritten die Goldene Gasse zum Burgberg hinauf und warfen ihm misstrauische Blicke zu.

Jedem Ende wohnt ein Zauber inne, dachte er und nahm damit beinah wortwörtlich den Vers eines Dichters vorweg, den er sehr geschätzt hätte, wäre das Schicksal nur so gnädig gewesen, ihn mit ihm und seinem Werk zusammenzuführen.

Ich habe alles verloren, was mir wichtig ist und mein Leben bis hierher bestimmt hat, stellte der Kardinal fest und war erstaunt darüber, wie lange er gebraucht hatte,

um zu dieser letztlich banalen Erkenntnis zu gelangen. Die Konsequenz daraus bestand darin, dass ein Mann, der nichts mehr hatte, auch nichts mehr verlieren konnte. Außer Leib und Leben vielleicht, aber auch das war nicht immer so viel wert, dass es sich dafür nicht manchmal zu sterben gelohnt hätte.

In seiner Brieftasche befanden sich etwa 300 österreichische Kronen, einhundert deutsche Mark und wahrscheinlich etwa ebenso viele französische Franc. Ein kleines Vermögen, das mehr als ausreichte, um ihn für einige Wochen hier in Prag über Wasser zu halten. Doch die Stadt hatte jeglichen Zauber für ihn verloren.

Die Männer, die ihn vorhin so misstrauisch angeschaut hatten, tunkten ihre Besen in die Eimer und bestrichen eine Litfaßsäule mit Kleber, dann pappten sie rasch und routiniert das schreiend bunt gestaltete Werbeplakat für den Auftritt des Bolschoi Balletts.

Ein russisches Ballett in einer böhmischen Stadt, der alte Solomon hätte es als Zeichen gewertet, dachte er und lächelte, weil er sich in diesem Moment spontan dazu entschied, einen Teil seiner Barschaft in eine Zugfahrkarte nach Sankt Petersburg zu investieren.

Erde – Prag, Karlsbrücke

Wir saßen auf der Balustrade der Karlsbrücke und schauten auf die träge dem Meer entgegenfließende Moldau hinab.

Um diese Zeit war Prag immer noch zwischen Schlaf und Erwachen. Bisher waren uns nur einige Arbeiter begegnet, die verdutzt auf die drei Frauen geblickt, aber kein Wort zu sagen gewagt hatten. Ich konnte ihr Erstaunen nachvollziehen. Asraels Mantel und Stiefel vom Ende des 20. Jahrhunderts mochten ihnen noch als exzentrisch durchgehen, doch Lilith trug eine viel zu große Uniform des 28. kuk Infanterieregiments, die sie sich im Dom vom kleinsten der Soldaten gestohlen hatte, und Miss Jones ehemals schwarzes Hemd sah aus, als hätte Jackson Pollock sich daran ausgetobt. Auf die guten Prager wirkten wir wohl wie aus einer Geisterbahn entsprungen. Und bestimmt war es keine von den wirklich amüsanten.

Lilith rieb sich die nackten Füße. »Ich weiß nicht, diese Stadt hat eine seltsame Aura. Sogar die Straßenlaternen sind magisch aufgeladen. Da war Köln aber schon was ganz anderes. Da wusste frau, woran sie ist mit all der zielgerichteten Gier, die da überall aus den Gassen ausdampfte!«

»Die Laternen hat Satan letzte Nacht zerklirrt und vorhin zu hastig wieder instandgesetzt. Wird noch 'n paar Tage dauern, bis die wieder bloß Licht abstrahlen«, erklärte der mädchenhafte Tod.

»Ich hätte dir den Hals umdrehen sollen, Rackerchen! So ein Kopf ohne Körper, das macht keinen Spaß«, sagte ich.

»Und? Was hätte das genützt? Mein Hals ist schwerer umzudrehen als deiner, Bocksbeinchen. Außerdem kannst du mir sowieso nicht für lange böse sein!«, antwortete sie.

»Weshalb hat Satan die Laternen zerklirrt? Haben die ihm irgendwas getan?«, fragte Lilith erstaunt.

»Aus Wut. Weil ich ihn an der Nase herumgeführt habe. Ist eine längere Geschichte.«

»So lang ist die gar nicht!«, widersprach ich.

»Doch! Ist sie!«, entgegnete Asrael.

Es hatte keinen Sinn mit ihr zu diskutieren, wenn sie in dieser halsstarrigen Stimmung war.

Vorhin hatte sie die Soldaten im Dom mit einem Erinnerungsimplantat versehen, während Lilith und ich uns abgemüht hatten, die Kampfschäden zu beseitigen. Inzwischen waren meine Halsschmerzen am Abklingen und trotz Asraels seltsamer Laune fühlte ich mich

unerklärlicher Weise so frei und frisch wie lange nicht mehr.

Der mädchenhafte Tod klopfte mir unvermittelt auf den Rücken. »Tut mir leid, Bocksbeinchen, aber ging nicht anders.«

»Hm«, antwortete ich noch nicht voll überzeugt. Aber immerhin zeigte sie Verständnis und Anteilnahme.

»Ich weiß ja nicht, was ihr mit dem Morgen anfangt, aber ich muss dringend Schuhe klauen!«, sagte Lilith und zog sich eine Glasscherbe aus dem Fußballen.

Miss Jones blickte sie erstaunt an. »Sie haben vorhin den kompletten Dom in seinen ursprünglichen Zustand zurückversetzt, sechs Bischöfe getötet und einen Heiligen Zombie geschaffen, der mich ein paar Mal fast in zwei Hälften zerteilt hätte. Man sollte meinen, Sie könnten sich ein paar Schuhe herbeihexen, wenn Sie welche brauchen!«

»Hah, schön wär's!«, schnaubte Lilith. »Schuhe und Kleidungszauber sind die schwierigsten überhaupt! Ich hätte ein ganzes Heer an Hexen aufstellen und damit gegen Rom marschieren können, falls mir jemals rechtzeitig ein zuverlässiger Schuhzauber gelungen wäre.«

»Oh!«, entgegnete die erstaunliche Miss Jones überrascht.

»Ja – oh!«, antwortete Lilith und streckte Miss Jones dabei die rechte Hand entgegen. »Wenn wir schon zusammen Gott geärgert haben, schlage ich vor, dass wir uns duzen!«

»Ich heiße Artemisia«, antwortete Miss Jones.

»Weiß ich. Macht aber auch nichts. Aber du hast etwas, das mir gehört.«

Ich lachte angesichts des deutlichen Zögerns, mit dem Miss Jones Lilith einen Augenblick später die lederne Kladde mit den Memoiren übergab. Einmal Bibliothekarin, immer Bibliothekarin, nehme ich an. Aber sie hatte noch etwas aus dem Dom mitgebracht, das ihr nicht gehörte. »Ach, Miss Jones? Da wäre auch noch der Zeitfrosch, den Sie vorhin so geistesgegenwärtig eingesteckt haben. Er gehört in eine andere Dimension und hat hier schon genug Chaos gestiftet!«

Ich streckte ihr ebenfalls meine Hand entgegen.

Deutlich energischer griff sie in ihr Hemd und holte daraus den Frosch hervor, der träge ein Auge öffnete, sich umschaute und das Auge gleich wieder schloss. Die Karlsbrücke schien nicht ganz nach seinem Geschmack zu sein.

Ich setzte ihn vorsichtig auf den von der Morgensonne angewärmten Stein und öffnete ein Dimensionsfenster.

»Los, hopp, hopp, du blödes Vieh! Verzieh dich zu deiner Gattin!«

»Das ist ein Weibchen, Satan. Und wenn du so grob mit ihr sprichst, fühlt sie sich nicht respektiert«, sagte Asrael.

Der Zeitfrosch hüpfte durch das Dimensionsfenster.

»Ist mir doch egal, ob die sich diskriminiert fühlt oder nicht ...«, brummte ich und schloss das Fenster wieder.

Einige Zeit schauten wir in schweigender Eintracht wieder auf den Fluss herunter.

»Diese Kladde enthält also deine Memoiren?«, erkundigte sich Miss Jones bei Lilith.

»Ja. Und Gott wird deswegen noch von mir hören!«, antwortete die schönste und mächtigste aller Hexen.

»Schade, Flamel hatte mir versprochen, dass ich darin Anweisungen fände, wie man die Ewigkeit gesund an Leib und Seele übersteht.«

»Der glaubte auch mal, dass er meiner Hölle entkommen könnte«, entgegnete ich grimmig.

»Wäre trotzdem praktisch gewesen, so eine Anleitung für seelische Gesundheit in der Ewigkeit«, flüsterte Asrael etwas wehmütig.

»Dazu hast du schließlich mich!«, antwortete ich und legte ihr tröstend den Arm um die schmalen Schultern.

»Du wirst aber nicht immer da sein, Bocksbeinchen«, entgegnete sie traurig.

Lilith lachte. »Oh ja, Asrael – immer für einen Stimmungsaufheller gut.«

»Ich bin also ganz auf mich gestellt dabei zu lernen, wie man mit der Ewigkeit umgeht?«, fragte Miss Jones irgendwann.

»Willkommen im Club!«, antwortete ich. »Nach den ersten zwei, drei Äonen wird's einfacher.«

»Ich hab Hunger!«, sagte Lilith.

»Engel müssen essen?«, fragte Miss Jones erstaunt.

»Engel nicht. Aber Hexen!«, erklärte Lilith. »Außerdem ist da die Sache mit den Schuhen und Kleider brauche ich ja wohl auch und vögeln muss ich. Ich muss so dringend vögeln, das glaubt ihr gar nicht!«

»Verschon mich bloß damit, Lilith«, entgegnete Asrael gereizt.

»Pfft! Nicht jede kann ohne Sex wie du!«, zischte Lilith.

Ah ja, klar, wieder einmal Sex. Damit hatte all das hier angefangen und solange Lilith irgendetwas zu sagen, hatte würde alles und jegliches auch damit enden. Ich hielt es für angebracht, das Thema zu wechseln, um eventuell dräuenden Konflikten vorzubeugen.

»Asrael? Jetzt sag schon, was hast du den Großen Anderen dafür versprochen, dass sie dir gestattet haben, die Zukunft der Erde zu sehen?«

»Ach das? Sie wollen fünfzehn Paare irdischer blauer Pilotfische und achtunddreißig Ringelbergschnecken. Die Schnecken sind ein bisschen ein Problem, weil die in einem Dschungel in Indien leben und schwer zu finden sind. Die Pilotfische sind mühelos aufzutreiben.«

Ich hatte heimlich damit gerechnet, dass sie ein Königskind oder einen Grönlandwal gefordert hätten und das auch nur deswegen, weil sie ganz genau wussten, welche Schwierigkeit deren Beschaffung Asrael gemacht hätte. Aber Schnecken und blaue Pilotfische?!

»Schnecken sind langweilig!«, sagte Lilith.

»Die Großen Anderen haben Probleme mit der Zehenzwischenhaut, weil die sich ja nur selten und langsam bewegen, wächst die häufig zusammen und das tut ihnen dann weh. Sie behaupten, blaue Pilotfische seien die einzigen Wesen im gesamten Universum, die ihre Zehenhäute problemlos verdauen können. Also stellen sie ihre Füße ab und zu mal in einen kleinen Ozean und lassen die dann von den Fischen sauberknabbern. Die Schnecken brauchen sie, weil deren Schleim den Schmalz in ihren Ohren flüssig macht. Der wird nämlich schneller fest als

bei unsereinem und dann verkrusten die Ohrinnenräume und die Großen Anderen hören noch schlechter als ohnehin schon«, erklärte Asrael leichthin.

Wieder schwiegen wir einige Zeit. Die Brücke füllte sich allmählich mit frühen Dienstboten, Arbeitern und Angestellten auf dem Weg zu ihren Arbeitsstellen. Die meisten von ihnen warfen uns nervöse Blicke zu.

»Was hast du jetzt vor? Außer Schuhe zu klauen?«, fragte ich Lilith irgendwann.

»Ich glaube, ich werde mir die Welt ansehen. Und vielleicht auch der Welt ein wenig von mir zeigen.«

»Ich bin nicht sicher, ob die Welt dafür schon bereit ist«, sagte Miss Jones.

»Ich auch nicht. Aber das ist das Problem der Welt. Nicht meins.«

»Aber meins. Und Gottes. Kannst du es wenigstens für ein paar Jahre mal ein bisschen ruhiger angehen lassen?«, bat ich sie.

»Mal sehen. Wenn, dann tue ich es bestimmt nicht für Gott. Oder dich. Sondern höchstens für mich. Ich hab gehört, Indien soll sehr schön sein. Vielleicht übe ich dort auf einem Elefanten zu reiten und gründe danach einen Ashram.«

»Gute Idee!«, erklärte Asrael.

»Indien!«, flüsterte Miss Jones sehnsuchtsvoll.

Vom Burgberg her marschierte ein Trupp Feldgendarmen auf die Brücke. In ihrer Mitte hielten sie die zehn Soldaten des 28. kuk Infanterieregiments gefangen. Die wirkten allerdings ganz und gar nicht bedrückt darüber, sondern blickten ganz im Gegenteil geradezu dumm vor Glück in die Welt, die ihnen das eindeutig übelzunehmen schien. Wozu sonst die Feldgendarmen?

»Sind das ...?«, fragte Miss Jones.

Asrael schaute über die Schulter hinweg zu ihnen hin.

»Ja, Leutnant Franz Gräfenstein und seine Mannen«, bestätigte Lilith.

Ich wandte mich zu Asrael. »Was hast du mit ihnen angestellt?«

Sie zierte sich mit ihrer Antwort.

»Na ja, ich war ein bisschen in Eile vorhin.«

»Rackerchen? Was hast du mit ihnen gemacht?«, drängte ich.

»Ich weiß es!«, lächelte Lilith.

»Nach all dem Kampf, fand ich, hatten die Soldaten ein angenehmes Erinnerungsimplantat verdient«, sagte Asrael.

»Rackerchen?!«

»Na, wir konnten zwar das Schlimmste für die Welt verhindern, aber die beiden nächsten Kriege und alles was später passiert, kommen ja ganz sicher. Und da dachte ich, ich tu den armen Endlingen einen Gefallen und pflanze ihnen ein, wie sich multiple Orgasmen anfühlen können!«

Das musste ich erstmal verdauen. Asrael schien zu wissen, wie sich multiple Orgasmen anfühlten. Demzufolge musste sie Sex gehabt haben. Und den musste sie mit einem Wesen gehabt haben, das nicht ich gewesen sein konnte, weil ich mich nämlich daran erinnert hätte. Natürlich war ich so wütend, verwirrt und aufgeregt, dass ich meine Gedanken nicht vor ihr schützte, und sie deswegen lesen konnte, worum die sich drehten.

»Nein, Pohaarbüschelchen, ich hab keinen Sex gehabt. Ich verstehe völlig, dass ihr alle da Spaß dran habt, aber für mich ist das halt nix. Aber ich bin der älteste Engel und kann die Gedanken jedes bewussten Wesens in sämtlichen Universen lesen. Natürlich weiß ich, wie sich multiple Orgasmen anfühlen!«, erklärte sie.

»Tja, Satan ...«, flüsterte Lilith.

Du kannst mich Tja-en, wie du willst, dachte ich angesäuert, während ich den armen Soldaten nachschaute, die mit ihrem dämlichen Dauergrinsen an uns vorbeigeführt wurden.

416

Irgendwann zog Asrael einige dunkle Körner aus ihrer Manteltasche und streute sie über dem Fluss aus.

»Was wird das denn?«

»Ich säe.«

»Aha! Was säst du denn?«

»Wutdistelsamen.«

»Etwa welche von Gottes Wutdisteln?«, fragte ich empört, sprang auf und sah den Samen nach, wie sie einer nach dem anderen im Wasser der Moldau versanken.

»Wenn man die warm hält und mit Liebe behandelt, verwandeln sie sich. Dann wird daraus etwas sehr Schönes.«

»Was denn?«, fragte Lilith.

»Fliegende Fische«, klärte der mädchenhafte Tod sie auf.

Und tatsächlich sah ich unten aus der trägen grauen Wasseroberfläche wenig später hin und wieder einen winzigen Fisch mit blauen Flügeln, weißem Leib und roten Köpfchen aufsteigen.

»Das ist so wundervoll! Das will ich auch können ...«, sagte die erstaunliche Miss Jones leise.

Hölle – 66 Jahre nach den Ereignissen in Prag

Leonora strich nervös ihren Wolkenkuhlederrock glatt. Neben mir saß Asrael, die gerade dabei gewesen war, Knorpelnussschalen gegen eine auf die Glaswand meiner Bürokugel gemalte Zielscheibe zu spucken. Es trug nicht gerade dazu bei, meine Stimmung zu heben, dass sie dabei jedes Mal – JEDES Mal – exakt ins Schwarze traf.

»Ähm, Satan?«, machte Leonora sich bemerkbar.

»Was ist?«, antwortete ich gereizt.

»Nicolas Flamel bittet darum, von den Zwangsyogalektionen mit Perenelle befreit zu werden.«

Flaps.

Eine weitere Knorpelnussschale traf all die anderen, die über dem schwarzen Zielpunkt der Scheibe bereits einen Finger bildeten, der höhnisch auf mich zu weisen schien.

»Abgelehnt! Sonst noch was?«

»Ja. Eine Klageschrift von Gott. Er bestreitet, dass die Hippies eine Erfindung seiner Verwaltung seien und weist darauf hin, dass du deinen Pakt mit ihm dehnst, weil acht deiner unsterblichen Künstlerseelen gerade Bands gründen und er findet, dass eine solche Häufung in einem für die Endlinge durchaus relevanten Konsumbereich gegen

eure Abmachung verstoße, weil die deinen unsterblichen Seelen zu viel Einfluss verschaffe und das euren moralisch-ideologischen Wettbewerb auf der Erde verzerre.«

»Im linken untersten Eingangskorb ablegen und mir in zwanzig Erdenjahren noch mal vorlegen. Oder! Nein! Besser in fünfzig«, entschied ich, während ich Asraels blödem Schalentrefferfinger meine rote Zunge rausstreckte.

»Sonst noch was? Ich bin schwer beschäftigt, wie du siehst« fügte ich hinzu.

»Ja, eine Meldung aus der geheimen internen Kommunikation des Vatikans. Der Fall der in Prag spurlos verschwundenen Bischöfe wird endgültig zu den Akten gelegt.«

»Hm, war's das endlich?«

»Ja!«, entgegnete Leonora gereizt, wandte sich ab und stolzierte heraus.

»Wenn das dein Lieblingssukkubus ist und du die so behandelst, möchte ich nicht sehen, wie du die behandelst, die du gar nicht magst«, sagte Asrael.

»Auch besser so«, brummte ich. »Hast du was von Lilith gehört?«

Sie verschoss noch zwei weitere Schalen gegen den Vorwurfsfinger, der daraufhin endlich herabfiel, bevor sie antwortete.

»Ja.«

»Ach?«

»Es geht ihr gut, sagt sie.«

»Und?«

»Was und?«

»Jetzt lass dir doch nicht jedes Wort aus der Nase ziehen, Rackerchen!«

»Sie ist gerade dabei, uralte indische Liebestechniken aus ihrem Ashram nach San Francisco und Paris zu exportieren. Sie ist überzeugt, dass sie damit den Anfang vom Ende des Patriarchats unter den Endlingen einläutet. Weibliche Endlinge, die endlich wissen, wie das mit dem Sex wirklich gut für beide Seiten funktioniert, glaubt sie, werden die Welt verändern.«

»Hm«, brummte ich.

»Aha? Mehr hast du nicht dazu zu sagen?«

»Doch. Aber das behalte ich lieber für mich.«

»Weshalb?«

»Darum.«

»Aha!«

»Weißt du was? In Prag behaupten die Endlinge, dass sie manchmal bunte Fliegende Fische in der Moldau sehen.«

Erde – San Francisco – 68 Jahre nach den Ereignissen von Prag

Der Wind fuhr ihr in Haar und Röcke, als sie lächelnd aus dem Cable Car sprang. Ein junger Mann, der im Wagen zurückgeblieben war, rief ihr etwas zu, was im Wind und im Klingeln des losfahrenden Zuges unterging, doch sie hatten sich eben freundlich unterhalten, also bauschte Artemisia ihre bunten Röcke und drehte sich einmal lachend im Kreis, bevor sie ihn mit einer Kusshand verabschiedete. Dann tanzte sie mehr als sie ging die California Street hinunter. An der Ecke, auf die sie zulief, sang ein Straßenmusiker, ein junger Mann mit langem, hellbraunem Haar, dessen Gesicht dahinter verborgen lag, einen Song von Jim Morrison. Die Frage schien direkt an sie gerichtet zu sein, auch wenn er sie nicht ansah, klang sie in ihrem Herzen wie eine silberne Glocke.

Als sie den Song das erste Mal im Radio gehört hatte, war ihr fast das Herz im Leibe zersprungen. Mit einem Mal hatte sie im Moulin Rouge gesessen, mit Sebastian, als es ihm noch besser gegangen war, und eine der Tänzerinnen, die durch das Publikum getanzt waren, hatte sich über ihren Tisch gebeugt, um ihm schöne Augen zu machen. »Hello, I love you!«, hatte er ihr zugerufen,

und als sie kichernd ihr Gesicht hinter dem Federfächer verborgen hatte, »won't you tell me your name?«. Ob Jim Morrison, ein Poet so feinfühlig wie Sebastian selbst, diesen Ruf durch die Zeit hindurch hatte hören können? Sie wusste es nicht. Aber sie spürte, dass die Stimme des jungen Straßenmusikers ihr gerade durch Mark und Bein ging, vor allem, als er seinen nächsten Song anstimmte. »*Je ne regrette rien*« vom Spatz von Paris gehörte nicht zu den Liedern, die sie in San Francisco zu hören erwartet hätte. Doch auch, wenn die Auswahl ungewöhnlich war, der Vortrag war bezaubernd. So blieben die Leute, auch wenn sie diesmal nicht mitsangen. Erst, als er zum neuesten Song der Beatles überging, stimmten sie wieder mit ein und sangen alle gemeinsam »Hey Jude«.

Artemisia schloss die Augen und überließ sich ihren Erinnerungen. Sie dachte an Paris, an die langen Spaziergänge, die Nächte in den Cabarets, die Gespräche und die Gedichte, all die Gedichte, die der Welt verlorengegangen waren, als Sebastian viel zu früh gestorben war. Tränen liefen ihr über das lächelnde Gesicht, und die Umstehenden sahen sie seltsam an, doch das bemerkte sie nicht, so sehr war sie in ihren Erinnerungen gefangen. Erst der Applaus und das Klimpern der Münzen im herumgehenden Hut weckten sie aus ihren Erinnerungen. Sie griff nach ihrer

Tasche und wühlte nach ihrem Geldbeutel, aber der Hut war zu schnell an ihr vorbeigereicht worden.

Die Menge zerstreute sich. Artemisia blieb stehen, sah zu, wie der junge Mann seine Gitarre verstaute, das Geld einsteckte und sich dann umwandte, um zu gehen. Als sein Blick auf sie fiel, verharrte er ganz kurz, lächelte dann, trat auf sie zu und gab ihr einen sanften Kuss auf die Wange, genau auf den Silberstreif, den die Tränen auf ihre Haut gemalt hatten. Dann eilte er davon.

Artemisia drehte sich um, sah, wie er die Straße überquerte auf dem Weg zur Cable Car Haltestelle und rief, so laut sie konnte: »Wer bist du?«

Und kurz, bevor die einfahrende Bahn ihn vor ihren Blicken verbarg, hörte sie über den Lärm der Schienen hinweg seine Antwort.

»Ich selbst natürlich! Alle anderen sind ja schon vergeben.«

Danksagung

Verschiedenen Menschen, deren Geduld, Hinweise oder anderweitig erfolgte Beiträge die Entstehung dieses Buches maßgeblich unterstützt bzw. beflügelt haben, muss soll und darf hier gedankt werden.

Zunächst bleibt mir nichts anderes, als der überaus geschätzten Frau Koautorin meinen Dank auszudrücken. Sie war wie stets klug und entschlossen am Werke, um das Werk zu ermöglichen. Hier besonders genannt werden soll ein Vorfall, der sich derart gestaltete, dass die verehrte Koautorin ihren Koautor anrief, um ihn zu fragen, ob er denn glaube, dass der räumliche Abstand zwischen seinem Wohnort und ihrem eigenen ausreiche, ihn vor ihrem Zorn und gewissen magischen Praktiken zu schützen, derer sie sich möglicherweise befleißigen wollen würde, um den Koautor dazu zu bringen, den angeblich durchaus mindestens zweit bis drittbesten Satz des Romans nicht noch einmal abzuändern, sondern gefälligst so im Skript stehen zu lassen, wie er da ursprünglich in all seiner womöglich zweifelhaften Pracht prangte. (Der Koautor ruderte geflissentlich zurück und so steht besagter Satz jetzt so im Buch.)

Desweiteren gilt es der Familie der Koautorin meinen Dank dafür auszusprechen, dass sie mich bei mindestens einer Gelegenheit länger als vielleicht unbedingt notwendig in ihren vier Wänden ertrug.

Zu danken ist außerdem der Frau E. T., die sich, obzwar gar keine Fanin von satirischer Fantasy oder gar Horror Literatur, stets bemühte, mich mit den notwendigen Überlebensutensilien zu versorgen, als da z.B. wären dänischer Tabak und alkoholische Getränke teils exzentrischer Natur. Ganz besonderer Dank gebührt den Testleserinnen, die uns in einer hektischen Phase der Romanentstehung so rasch und bereitwillig zur Seite sprangen. Hier insbesondere von meiner Seite noch einmal zu nennen ist Tilly Domian.

Absolut notwendige – und man sollte sogar sagen für die Entstehung gewisser Romanteile überlebensnotwendige – Hinweise hat Frau Eva Hanson geliefert, die sich darüber hinaus auch als eine erste Testleserin des seinerzeit nur teilweise fertigen Skripts anbot. Und den männlichen Teil (das bin ich!) des Autor*innenduos auf gewisse sehr interessante christliche Mythen verwies, die ich mit allergrößtem Vergnügen im Romanverlauf satirisch von Satan widerlegen ließ.

426

Auch Frau Katharina Kraft half z.B. durch fachkundige Beratung zu Kleidungsteilen und Stilen jener Ära, in der wir unsere Geschichte ansiedelten. Aber auch durch ganz allgemeine Beiträge zu den Dingen, die wir in unserem Buch be- und ansprachen.

Zuletzt – last but not least – haben der Hirsch und Frau A. T. aus Leipzig es sich nicht nehmen lassen, den männlichen Teil des Autorenduos (das bin weiterhin ich!) durch diverse großzügig übernommene Drink-Rechnungen in einer sehr exzellenten Lokation namens Vodkaria seelisch und moralisch aufzumuntern.

David Gray, Saarbrücken, 05.03.2022

Ich habe ebenfalls zu danken. Zuallererst und mit großem Enthusiasmus dem Verleger, der diesem Buch mehr als eine Chance gab, nachdem der geschätzte Herr Co-Autor und ich bei gleich mehreren Deadlines den Douglas Addams gaben und uns an ihrem Geräusch erfreuten, als sie vorbeizogen. Schreiben während Zeiten wie diesen gestaltet sich nur beschränkt erfolgreich, Leben passiert, ohne auf Abgabetermine Rücksicht zu nehmen, Krebs – diesmal nicht meiner, aber trotzdem – ist ein Arschloch und der Verleger,

das hat er mal wieder bewiesen, verdient den Titel Bester Verleger von Welt™ absolut.

Zudem gebührt ein herzliches Dankeschön nicht nur den beiden fulminanten Testleserinnen, Tilly Domian und Aimée Ziegler-Kraska, sondern auch der ebenso fulminanten Lektorin Alina Isabel Altendorf, der oben gebauchpinselter Verleger gleich als zweites Verlagslektorat diesen Klopper vor die Füße warf, der mit großer anarchistischer Freude quasi alle Regeln bricht, mit der die moderne Unterhaltungsliteratur so aufwarten kann. Du hast dich wacker geschlagen, Alina – danke dafür!

Aimée möchte an dieser Stelle darauf hingewiesen wissen, dass der korrekte Plural von Sukkubus im Deutschen Sukkuben ist, und ich mich – wider besseres Wissen, siehe oben, anarchistische Freude und so – schon wieder dagegen verwehrt habe, ihn zu benutzen. Sukkubi, Sukkubae, Sukkuben, Hauptsache Italien!

Ebenso gebührt der besten Familie von allen Dank, für Geduld, Unterstützung und eine beeindruckende Menge an salted caramel M&Ms, die der Nachwuchs aus dem örtlichen Supermarkt anschleppte, um meine geplagten Nerven zu beruhigen.

Ohne meine Patrons, die dafür sorgen, dass meine Sozialversicherungen auch dann bezahlt sind, wenn ich

Unsinn mache statt ernsthaft Geld zu verdienen, wären solche Projekte wie dieses gar nicht machbar, also auch ihnen von Herzen der Dank, der ihnen gebührt. Ein Hoch auf: Daniel, Maggi, BRVarg, Romina, Tina, Vera, Andrea, Sylvia, Tinka, Almut, Angelika, Stefan, Sarah, David, Monika, Martina, Boris, Adam, Andreas, Barbara, Ricardo, Liza, Lena, Grummel, Gudrun, Anja, Michael, Patrik, Bernhard, Martin, Una, Olaf, Markus, Ben, Joachim, Andreas, Michael, Claudia, Iris, Ramona, David, Patricia, Sabrina, Simone, Karsten, Nicole, Fabienne, Thomas, Wolfram, Chrissie, Jörg, Melanie, Claudia, Karen, Nate, Stefan, Sandra, DasTenna, Floki und dem Zirkusadel, Faja, Rieke, Natalie, Sascha, Silke, Iris, Janika, Marco, Aimée, Mirko, Roger, Vera-Lynn, Christian, Pappa Schlumpf, Alex, Achim und Melanie. Liebe. Und so. Immer.

Last but not least: dem, der voran geht. Ich lerne aus deinen Fehlern, auch wenn's nicht so aussieht. Und ich bin bumsdankbar. Weitermachen.

Isa Theobald, Saarlouis, 05.03.2022

Die Autoren

ISA THEOBALD lebt und arbeitet im Saarland, wo sie neben dem Schreiben, Lektorieren und Tingeltangel-Schauspielern auch noch kocht, Krimi-Dinner veranstaltet, Seifen siedet, mit Feuer tanzt, absonderliche Hobbys und ebensolche Menschen sammelt und im Großen und Ganzen sehr viel Freude am Leben hat. Geschichten von ihr sind in diversen Verlagen erschienen. Bei Edition Roter Drache hat sie schon mehrere Bücher herausgebracht, unter anderem das nicht an Kinder gerichtete Kinderbuch »Der Tintenphönix«.

Zudem ist sie Erste Vorsitzende des Phantastik-Autoren-Netzwerk e.V., Mitglied des Verbands der Schriftstellerinnen und Schriftsteller ebenso wie des Selfpublisherverbands und Buchhändlerin im Drachenwinkel auch noch.

Ihre Zeitmaschine kann aus organisatorischen Gründen nicht ausgeliehen werden, aber die Autorin steht für Lesungen zur Verfügung.

DAVID GRAY, geboren 1973 in Leipzig, heisst eigentlich Ulf Torreck. Er hat nach dem Abbruch eines Jurastudiums in Leipzig eine Ausbildung zum Drehbuchautor absolviert und anschließend als Script Doctor sowie als Filmkritiker

für verschiedene Lokalzeitungen gearbeitet. In diese Zeit fielen längere Auslandsaufenthalte in Frankreich, Irland, Großbritannien und Nepal.

Er findet Sherlock Holmes spannender als Miss Marple und Hercule Poirot. Außerdem liebt er die Romane James Ellroys und bekennt freimütig, dass er zuviel Zeit damit verbringt, sich trashige Serien im Internet anzuschauen.

David Gray veröffentlichte bisher sechs Romane und eine Shortstoryanthologie. Darunter die von der Kritik gefeierten Polizeithriller »Kanakenblues« und »Sarajevo Disco« im Pendragon Verlag, Bielefeld. Sein historischer Roman »Wolfwechsel« hielt sich über ein Jahr in den Amazon Top Einhundert eBook-Charts.

Unter David Grays bürgerlichem Namen Ulf Torreck verlegte der Münchner Heyne Verlag mit »Vor der Finsternis« und »Fest der Finsternis« zwei seiner historischen Romane um den Marquis de Sade, der darin der Pariser Polizei bei den Ermittlungen um zwei grausame Mordserien zur Seite steht. Im Herbst 2019 folgte der historische Roman »Zeit der Mörder«, der ebenfalls in Paris angesiedelt ist und die Jagd nach Frankreichs bis heute berüchtigstem Serienkiller schildert.

Weitere Geschichten der Autoren in der Edition Roter Drache

Isa Theobald:

- Auf fremden Pfaden. *Erotische Phantastik Anthologie* (Hrsg.)
- 19. *Geschichten aus dem Dazwischen.*
- Tintenphönix.
- Tochter der Sterne.
- Dunkle Ziffern. (Co.-Hrsg.)

Vertreten in den Anthologien:

- FaRK-Chronicles. *Lost Places.*
- Anderswelt.
- Boschs Vermächtnis. *Geschichten aus dem Garten der Lüste.*
- Reiten wir! *Phantastikautoren für Karl May.*
- Mütter. *Eine überraschende Anthologie.*

David Gray:

- Sherlock Holmes. *Der Geist des Architekten.*
- Sherlock Holmes. *Das Grab der Molly Maguire.*
- Sherlock Holmes. *Die Augen der Göttin.*

Vertreten in den Anthologien:

- Boschs Vermächtnis. *Geschichten aus dem Garten der Lüste.*
- Dunkle Ziffern.